白い僧院の殺人

カーター・ディクスン

ロンドン近郊、サリー州エプソムの由緒ある屋敷〈白い僧院〉で、ハリウッドの人気女優マーシャ・テイトが殺害された。周囲は百フィートにわたって雪に覆われ、発見者の足跡以外に痕跡を認めない。事件発生前マーシャに毒入りチョコレートが届き、新聞界の大物との結婚話も手伝って不穏な雰囲気はあった。甥が〈白い僧院〉の客だったことから呼び寄せられたヘンリ・メリヴェール卿は、皆を煙に巻きながらたちどころに真相を看破する。江戸川乱歩が「カーの発明したトリックの内で最も優れたものの一つ」と激賞した黄金期本格ミステリの名作、新訳版。

登場人物

ジェームズ・ベネット……外交官
マーシャ・テイト……女優
カール・レインジャー……映画監督
ティム・エメリー……広報担当
ジョン・ブーン……製作担当
ジャーヴィス・ウィラード……俳優
モーリス・ブーン……〈白い僧院〉当主、ジョンの兄
カニフェスト卿……新聞業界の大物
ルイーズ・カルー……カニフェスト卿の娘
キャサリン・ブーン……ブーン兄弟の姪
トムスン……執事
チャーリー・ポッター……州警察警部
ハンフリー・マスターズ……ロンドン警視庁首席警部
ヘンリ・メリヴェール卿……ベネットの伯父

白い僧院の殺人

カーター・ディクスン
高　沢　治　訳

創元推理文庫

THE WHITE PRIORY MURDERS

by

Carter Dickson

1934

目次

白い僧院の殺人

地図原案＝高沢 治
作成＝TSスタジオ

I　鏡に映る像

「ふむ。するとお前はわしの甥ということになるな？」仏頂面のH・Mが、ずり落ちた眼鏡越しに相手を眺めた。口は不機嫌そうにへの字に曲げられ、大きな手は太鼓腹の上で組まれている。机の後ろで回転椅子がきしんだ。H・Mは鼻を鳴らし、「よし、葉巻を取れ。ウィスキーもな――おい、何がそんなにおかしい？　厚かましいやつじゃな。何をニヤニヤしておる？」

ヘンリ・メリヴェール卿の甥だという若者は、今にも吹き出しそうになっていた。あいにく、偉大なH・Mの前に出ると、ほとんど誰もが同様の振る舞いに及ぶ。陸軍省内の部下も例外ではなく、それがH・Mの癪《しゃく》の種だった。ジェームズ・ボイントン・ベネット青年は弁《わきま》えていた。大西洋の向こうから着いたばかりの青二才が、切れ者揃いの英国諜報部をかつて動かしていた傑物の仕事部屋に初めて腰を下ろすとなれば、如才なくやる必要があると。のんびりした時局で、H・Mはお飾りめいた存在ではあったが、今でもあやつり糸を繰り出していて、その先は、ヨーロッパの政情不安地域でしばしば危機的状況を生じさせるいさかいへとつながっていた。H・Mの義弟でアメリカ政府の要職にあるベネットの父親は、ベネットが乗船する前、親類に会いに行くに際してはやや風変わりな忠告を与えていた。

「いいか、しっかり胸に刻んでおくんだぞ。どんな場合でも、あの男に肩肘張った言い回しは禁物だ。どうせそんなものをわかろうとはしない。政治家が集まる席でさえ、内務大臣をでかっ鼻、首相を馬面《うまづら》呼ばわりして問題を起こすんだからな。部屋に入るときっと居眠りしているだろうが、忙しそうな振りを始めるはずだ。まわりの者から邪険にされている、自分は誰からも正当に評価されないというのが決まり文句だ。二、三百年続いている立派な准男爵位にありながら、本人は戦闘的社会主義者ときている。法廷弁護士と医師の資格を持っているが、話し振りを聞くと、文法なんてものはどっかに忘れてきたらしい。頭の中には破廉恥なことが詰まっていて、タイピストたちに厭な思いをさせている。白い靴下をはいたり、ネクタイなしで人前に出たりする。だがな、見かけにだまされてはいかん。自分は仏陀みたいに無表情でスクルージみたいに気難しい顔をしていると思いたいだけなんだ。それから、敢えて言っておくが」

ベネットの父親は続けた。「犯罪捜査にかけては、並の天才じゃないぞ」

驚いたことに、父親の説明はぴたりと当っていた。二百ポンドの巨体は、物が乱雑に置かれた大きなデスクの向こうの椅子に窮屈そうに押し込まれ、ぜいぜいあえいだり、ぶつぶつぼやいたりしていた。大きな禿げ頭は薄汚い部屋の窓を背に、陸軍省の喧噪から超然とそそり立っている。広々とした執務室では、豪華な設《しつら》えが色あせるままになっていた。ここはかつてのホワイトホール宮殿の一角で、ウサギ穴のように入り組んだ、じめじめして古さびた建物の最も時代のついた部分にあり、眼下には荒涼とした狭い庭園の向こうにヴィクトリア・エンバンクメント、さらにその先にテムズ川を望む。今はクリスマス週間の寒々とした夕暮れが迫り、青く煙る闇が窓からの景色をぼやけさせていた。それでも、河岸通り《エンバンクメント》の手すりに連なる無数の灯火が川面に映るのがベネットにも見て取れた。バスが通りを突進し警笛を鳴らすのに合わせて窓はがたがた震え、傷みの激しい白大理石のマントルピースの下で炉火がはぜる。その火を除けば部屋に明かりはなかった。Ｈ・Ｍは不機嫌そうに椅子に収まり、大きな鼻に眼鏡をずり落としたまま、目を瞬《しばた》いていた。頭上のシャンデリアからは、赤い紙で作った大きなクリスマスベルがぶら下がっている。

「ああ、あれか！」Ｈ・Ｍはうなり声を上げ、急に探るような目で甥を見た。「あれが目に入ったか。わしがあんなものをぶら下げたと思うなよ。わしがどう思うかなどお構いなしでな。ここではわしの扱いはそういう具合なんじゃ。あれはロリポップの仕業だよ」

「ロリポップ？」

「秘書じゃ」Ｈ・Ｍがうなった。「いい娘なんだが、しょっちゅうわしを困らせよる。忙しくて手が離せんときつく言っておるのに、お構いなしで電話を取り次ぐ。わしはいつでも忙しいんだ。ふん。あの娘ときたら、机に花は飾るわ、そこいらにクリスマス飾りをぶら下げるわで……」

「お言葉ですが」ベネットは理に適った見解を口にした。「お気に召さないのであれば、取り外したらいかがです？」

重いまぶたが上がり「ルルル！」と激しい音が漏れたかと思うと、Ｈ・Ｍは低くうなり始め、甥を睨みつけた。不意に話題を変える。

「随分な口の利きようだな。ふん、お前もほかのやつらと同じか。ところで――確かお前はキティのせがれだったな。ヤンキーと結婚したキティの。そうか。で、どんな仕事をしておる？アメリカ人てのは人使いが荒いからな」

「仕事はしているんですが」ベネットは認めた。「どんな仕事なのか自分でもよくわからないんです。父の代わりに国と国との間の使い走りをやっているようなものです。そのせいで、十二月だというのに大西洋を渡る羽目になりました」

「おい！」Ｈ・Ｍの声はかすれ、甥をじろりと見た。「まさかお前までこの仕事に引きずり込まれたんじゃあるまいな。いかんぞ。足を突っ込むな！　まともな人間のやることじゃない。それに退屈きわまりない。うんざりするほどあれこれ注文をつけられるしな。内務省の連中ときたら、持ってもいない戦艦の秘密を守ろうと戦々兢々じゃ――で、お前は本当に足を突っ込んじまったのか？」

ベネットは机越しにぐいと突き出された葉巻箱から一本取り、おもむろに答えた。

「いいえ。むしろそれだったらありがたいくらいです。僕のやっていることといったら、父の省庁を訪れるお偉いさんにカクテルを作るか、父から小国の外務省に宛てた決まり文句だらけのメッセージを届けるくらいのもので。ご存じでしょう、『当省長官は閣下に深甚なる敬意を表し、当該案件について最大の考慮が払われることをお約束いたします――』といった感じです。そもそもロンドンに来たのだって、運命の気まぐれみたいなものです」ベネットは、気になっている問題を打ち明けるべきかためらった。「あのカニフェストのおかげで。カニフェスト卿のことをご存じでしょうか？　新聞業界の大立て者です」

H・Mはたいてい誰のことも知っていて、どこのパーティーでもいつものだらしない服装《なり》で押しかける。メイフェア（ロンドンの高級住宅街）でパーティーを主催する女主人たちでさえ、客にH・Mのことを弁解交じりに説明するのをとっくにやめていた。「カニフェストじゃと？」H・Mは鼻孔に当たる葉巻の煙が不快だというように、しかめ面で聞き直した。「英米同盟大賛成、目つきの悪い日本人を追い払えと息巻いているやつじゃな？　うん、あいつだ。大物じゃよ。首相気取りで、孫を可愛がる祖父《じい》さんみたいに世間にお節介を焼こうとしておる。甘ったるい声でな。機会さえあれば人前でしゃべりたがる、そうじゃな？　ふん。それに、女好きだ」

ベネットは驚いた。

「それは知りませんでした」ベネットはしみじみと話し出した。「だったらよかったのに。話が早かったでしょうから。カニフェストは政治がらみで合衆国へ行ったようです。実際は親善旅行のようなものでしょう、『英米同盟はいかがです？』とか切り出して。もちろん、そんなこと言われたってどうにもなりません。でも好印象を残し、彼をもてなす晩餐会が何度も催されました」話しながら、延々と続いた常套句だらけの晩餐の席を思い出してベネットはうんざりした。バラの花を飾ったテーブルに置かれたマイクロフォンの上で、人を逸らさぬ穏やかな物腰のカニフェストの白髪頭が揺れていたっけ。「ラジオでも話をしました。聴衆はこぞって、同胞愛に感銘を受けたと称えたものです。カニフェストのグループに付き添ってニューヨークを案内することも、使い走りとしての僕の仕事でした。でも、あの人が女好きということに関しては――」

ベネットは二、三の不快な出来事をぼんやりと思い出し、言葉を呑み込んだ。H・Mが奇妙な表情で見つめているのに気づき、先を続ける。

「正直言って、あんな場合にどうするのがいいのかわかりっこありません。相手の人となりを知らなきゃどうにもなりませんから。外国から来たお偉方が、アメリカの生活を見たいと言ったとします。こっちは承知しましたとばかり、毎晩カクテルパーティーを催します。ところが、そのお偉方はグラント将軍の墓や自由の女神像が見たいだけだとわかる、といった具合なんです。カニフェストの望みは、アメリカの立場について誰だって答えられない質問をいくつもすることだけでした。でもマーシャ・テイトが着いたときは――」

H・Mは口から葉巻を離した。相変わらず無表情だが、目許には相手を落ち着かなくさせる奇妙な表情が覗いている。

「おい、そりゃ何の話だ？　マーシャ・テイトがどうした？」

「いえ、何でもありません」

「どうやらお前は」悪意のこもった手つきで葉巻の先をベネットに向ける。「わしの興味を惹こうとしているな。そうか、お前は何か隠しておる。わしとしたことが迂闊じゃった。親戚孝行なんて殊勝な目的でわしに会いに来る者なぞ一人もおらんということくらい、とっくにわかって然るべきだったよ。はん！」

この二日間の出来事が、錯綜したイメージとなってベネットの頭に押し寄せていた。貧寒とした公園を見下ろすフラット――茶色の紙包み――毛皮をまとい流線形のしゃれたスポーツカーに乗っているところを写真に撮られた、今にも笑い声が聞こえそうなマーシャ・テイトの綻《ほころ》んだ顔――極めつきは、突然体を二つに折り、バーのスツールから滑り落ちた砂色の髪の男。そこに殺人の光景はないが、企てられたのは確かだ。ベネットはもぞもぞと身動きした。

「それは言いがかりです。僕はあなたの質問に答えただけです。カニフェストのアメリカ訪問が終わると、父が外交上の儀礼として、僕を遣わして『貴国の名門貴族にご来訪いただき感謝に堪えません』という手紙をお国の内務省に届けさせたんです。それだけのことで、含むところはありません。事実僕はクリスマスに間に合うように帰国したいと思っていたくらいです」

「クリスマスじゃと？　馬鹿を言え！」Ｈ・Ｍはやにわに上半身を起こして吼える。「甥っ子、クリスマスはわしらと一緒だ。いいな」

「ところがですね、先約があるんです。サリー州にあるお屋敷で。実を言うと招待に応じたい理由もありまして」

「ああ、そうか」Ｈ・Ｍは不機嫌そうに言った。「若い娘だな」

「違います。好奇心――とでも言いましょうか。自分のことなのにあやふやですが」若者は再び落ち着かなさそうに動いた。「おかしなことが立て続けに起こっているんです。未遂に終わりましたが殺人も企てられました。風変わりなグループができ、そこにカニフェストとマーシャ・テイトもいました。気の置けない集まりですが――どうにも胸騒ぎがします」

「ちょっと待て」

息を切らし、ぶつぶつぼやきながら、Ｈ・Ｍは巨体を椅子から持ち上げて手を伸ばし、机の上の自在に曲がる読書用ランプを点けた。緑色のシェードに覆われた円い光がほとばしり、公文書のスタンプを押した書類が葉巻の灰にまみれて散らばっているのを照らし出す。さっきまでH・Mの足が乗っていたあたりの書類はくしゃくしゃだ。ベネットは、白大理石のマントルピースの上にメフィストフェレス然とした痩身のジョゼフ・フーシェ（一七五九―一八二〇。仏政治家）の肖像画が掛かっているのに目を留めた。H・Mは背の高い鉄製の金庫から酒壜とサイフォン、グラスを二つ取り出した。どたどた歩いては、物をひっくり返す。机と金庫の間を近眼のコウモリのようによろめき、今しがた考えていた詰めチェスの駒をなぎ倒し、戦術上の難問解決のために鉛の兵隊を並べておいたテーブルをひっくり返していた。しかし何も拾い上げず、散らかしたまま。それは、奇っ怪で子供っぽく危険きわまりないH・Mの脳味噌が働くのに必要な背景でもあるのだ。酒を量り終えたH・Mは、儀式めいた厳粛な口調で「ブーッ、ブーッ」と唱え、一気にグラスを干した。再び椅子に腰を下ろすと、むっつりした木彫りの像に戻ってしまった。

「さて、お前の話を聞こうか」H・Mは両手を組んだ。「だがな、わしは忙しいんだ。あそこの連中ときたら――」ひょいと頭を傾けた仕草は、明らかに別の建物、河岸通り《エンバンクメント》を少し行ったニュー・スコットランド・ヤードと呼ばれる場所を指していた。「ハムステッドの男の件が解決できず、じりじりしておる。山の上に日光反射信号装置を据えつけたやつじゃ。まあいい、連中には好き放題迷わせておくさ。何と言ってもお前はわしの甥だし、お前が口にした女には興味がある。さあ、先を話せ」

「マーシャ・テイトにですか？」

「マーシャ・テイトにじゃ」H・Mは狒々《ひひ》じじいめいた目配せをした。「ふふ、映画じゃよ。セックスアピール満点。あの女の出る映画は欠かさず観ておる」大きな顔を老獪な笑みがかすめる。「わしの女房殿はそれが気に食わんのだ。ふくよかな美人を褒めると、瘦せた女どもが必ず嚙みついてくるのはどうしてなんじゃ？　確かにあの女はぽっちゃりしておるが、それがなぜいかん？　マーシャ・テイトについては面白い話があってな。実は彼女の父親の老将軍とは昵懇《じっこん》だった。戦前のことだが、狩猟小屋が近かった縁でな。二週間ほど前、わしはルクレツィア・ボルジアを扱った映画に出ているテイトを観に行った。レスター・スクエアで何か月もかかっている。そこで会ったのがサンディヴァル老夫妻でな、夫人は黒貂《てん》の毛皮にくるまってお高くとまり、マーシャ・テイトをけちょんけちょんにこき下ろしておった。わしは二人の車に同乗して家まで送ってもらったが、夫人にご忠告申し上げたよ。テイト老将軍の娘がいる場に出ちゃいかんとな。しきたりでは、晩餐で老将軍の娘が夫人の上座につくことになる。ハッハッ、夫人は大層な剣幕だったよ……」H・Mはしかめ面に戻り、ウィスキーの壜に手をかけたまま言葉を切った。「おい」とがめるような目つきで机越しに甥を睨む。「まさかお前がマーシャ・テイトと関わり合いになっているのか。どうなんだ？」

「いいえ。あなたがおっしゃる意味では、ですが。面識はあります。彼女は今ロンドンにいますよ」

「関わり合いになっていたら、お前のためになったんだがな」H・Mはうなった。再び手を動かすと、ソーダサイフォンがシューッと音を立てる。「いい勉強になっただろうに。近頃の若いやつには覇気というものが欠けとる。はん、まあいい、先を続けろ。あの女はこっちへ来て何をしておる？」

H・Mの小さくて表情のない目で見つめられると、誰でも落ち着かない気分になる。

「そんなことまでご存じなら、マーシャの出発点が舞台だったこともご承知ですね――場所はロンドンでした」

「大こけだった」H・Mは静かに言うと目を細めた。

「ええ。劇評家連中に手厳しくやられました。芝居は無理だとほのめかされて。それでマーシャはハリウッドへ渡ったんです。奇跡的な巡り合わせでレインジャーという映画監督が彼女をつかまえ、世間の目から隠して磨き上げました。満を持してロケット花火を打ち上げたわけです。六か月後には――ご覧の通り。レインジャーの手腕、加えてエメリーという広報担当者の成果でした。しかし、僕の見るところマーシャの野心はたった一つ、ロンドンで自分を酷評した連中にひと泡吹かせることで、今回の渡英も新作の芝居に主演するためです」

「先を聞かせろ」H・Mが言葉を挟む。「また王妃なんだな？　テイトは王妃のほかは演《や》ったことがない。復讐か。ふむ。で、プロデューサーは誰だ？」

「今度の公演が波瀾含みなのはそこで、自主興行なんです。条件を提示した興行師が二人いたんですが、マーシャは鼻であしらって大いに溜飲を下げました。お断りよ、この前の公演が失敗したあと、あんたたちは支援を断ったじゃない、というわけです。話に尾ひれがついて噂になっています。こんなことは彼女のためにならないとエメリーがぼやいてました。しかもマーシャは、まだ契約が残っているのにハリウッドの撮影所を脱け出してこっちへ来たんです。エメリーとレインジャーはかんかんです——それでも二人は一緒に渡英しましたが……」

ベネットは机の上に落ちた円い光を見つめながら、もう一つの不気味な光を思い出していた——ニューヨークでの最後の夜、〈カヴァラ・クラブ〉での出来事を。ベネットはルイーズ・カルーと踊っていた。ほのかな明かりを受けて、踊る男女の不気味な影が突然大きくなったり揺れ動いたりしていた。煙の立ちこめる薄暗がりの向こう、ルイーズの肩越しにベネットの目はマーシャ・テイトが坐るテーブルを捉えていた。彼女の後ろには、金の房飾りで縛った深紅のカーテン。白いドレスを着たマーシャ・テイトは、剣を構えた活劇の主人公がやるように引いた肩をそびやかして柱にもたれていた。酔っていたが、乱れてはいない。笑うと白い歯が覗き、浅黒い肌に映えてきらきらと輝く。片側に酔ったエメリーが坐り、興奮した身振りでしゃべっていた。もう一方にはずんぐりしたレインジャー。いつものことながらひげの剃り残しが目立ち、そのときは何も飲まずに肩を心持ち怒らせて葉巻を矯《た》めつ眇《すが》めつしていた。煙の立ちこめる店内は蒸し暑く、バンド演奏のずっしりしたドラムの音がゆっくりとリズムを刻み、頭上で扇風機がうなっている。背を丸めて踊る男女の影の向こうで、マーシャが細いグラスを上げた。気炎を吐くエメリーの手がグラスに当たり、中身がマーシャの胸にかかった。彼女は歯を見せて笑った。ジョン・ブーンがテーブルの薄暗がりからさっとハンカチを差し出した……

「最近の展開としては」ベネットは物思いを誘う円い光から顔を上げ、話を続けた。「シネアーツ社は、マーシャが撮影所に戻るのに、ひと月の猶予を与えました。でも彼女は戻らないでしょう——本人はそう言っています。これが答えだそうです」
葉巻を宙にかざして、ポスターを描くように文字をなぞった。

製作　ジョン・ブーン

主演　マーシャ・テイト、ジャーヴィス・ウィラード

チャールズ二世の私生活

脚本　モーリス・ブーン

H・Mは顔をしかめ、大きな鼻に沿って鼈甲《べっこう》縁の眼鏡を上下させた。
「うまい！　上出来じゃ！　彼女のようなタイプの美人にぴったりじゃ。まぶたの厚い大きな目、浅黒い肌、細い首、ぽっちゃりした唇。国立肖像画美術館《ナショナル・ポートレイト・ギャラリー》のスチュアート王朝室にある王政復古時代（一六六〇—八五。チャールズ二世の在位期間）の高級娼婦の生まれ変わりと言っていい。今まで誰も気づかなかったのが不思議なくらいだ。お前も時々あそこへ行って見て回れば驚くようなことがいろいろわかるぞ。〈血みどろ《ブラッディ》メアリ〉と呼ばれる女（イングランド女王メアリ一世。一五一六—五八。プロテスタントを迫害した）が童顔のブロンド娘だったのに対し、同じメアリでも〈クイーン・オブ・スコッツ〉のほう（スコットランド女王メアリ一世。一五四二—八七。エリザベス一世廃位の陰謀に荷担したとして処刑された）はあの美術館で一番醜い女性として描かれておる」H・Mはまた眼鏡を動かした。「それにしても、テイトという女は面白い。大した心臓じゃな。進ん

で人に憎まれるようなことをするだけじゃ足りずに、芝居で勝負しようとしているんだからな。ジャーヴィス・ウィラードがどんな男か知っておるか？　イギリスきっての性格俳優でな。一介の自主興行師が、ウィラードをかっさらってきて相手役に据えるとはな。テイトはやれると信じておるんだろうが――」

「ええ、すっかりその気です」

「ふむ。で、この二人のブーンがくっついて家内制興行を決め込んでいるのはどういうわけなんじゃ。カニフェストはどう絡んでおる？」

「そこが話の始まりであり、そこへ戻りもするんです。二人は兄弟ですが、絵に描いたような好対照なんです。兄のモーリスとは面識がありませんから、噂ですけど。ともかく、ジョンは別にして、モーリスを知る者にとっては彼が脚本を書いたというのは腹の皮がよじれるくらいおかしな話らしいんです。マーシャに言わせると、モーリスが芝居の脚本を書くこと自体が不思議で、英雄詩格の無韻詩で書かれた古臭い五幕物ならひょっとして考えられなくもないけれど、軽快で下ネタだらけ、素早いやりとりが見せ所の洒脱な笑劇となると……」

「無味乾燥居士《ドクター・ドライアズダスト》か」不意に言葉を挟んだH・Mが顔を上げる。「ブーンじゃと！　思い出した。いや、あやつのはずがないな。わしが思い出したブーンは――オックスフォードの首席学監をやった男だ。『十七世紀の政治経済史講義』という本を書いておる。まさかお前――？」

　ベネットはうなずく。

「ええ、その人です。さっきクリスマス休暇にサリー州の屋敷に招待されていると言ったのは、ブーン家のことなんです。エプソムの近くで〈白い僧院〉と呼ばれています。その来歴はこれからお話ししますが、先ほど話した一行《いっこう》はその雰囲気に浸りに行くんです。ジョン・ブーンのほうは、耄碌《もうろく》したのか、その学者先生はやにわに紙の上で悪ふざけを始めたようです。大した成功は収められず、かといってほかにやりたいこともなし。このジョンが、カニフェスト卿の友人、そして愉快な旅行仲間としてアメリカに現れたんです。

ジョン・ブーンはあまり話しませんでした。普段もめったに口を利きません。無口で常に傘を持ち歩くような典型的英国紳士です。歩き回り、時たま建物を見上げて控えめな興味を示す。それで終わりでした——マーシャ・テイトがハリウッドからニューヨークへ来るまでは。今となっては、あらかじめ打ち合わせてあったようにも思えます」

「ということは」H・Mは奇妙な口調で言った。「色恋絡みか?」

それこそが、頭を悩ませている疑問だった。ベネットは、さまざまな音が反響するグランドセントラル駅の薄暗がりを思い出していた。列車から降りるマーシャ・テイトがステップでポーズを取ると、フラッシュバルブがポンポンと続けざまに焚かれた。誰かが彼女の犬を抱き上げ、サイン帳が飛び交い、群衆は波のように押し寄せまた退く。離れて立っていたジョン・ブーンが、アメリカ人は何を考えてるんだ、と罵《ののし》った。ベネットは、ブーンが自分より背が低い連中の頭越しに首を伸ばし、懸命に覗いていたのを思い出した。電柱のように痩せたブーンは、筋張った手で傘をコンクリートの床に突き立てていた。その顔はマーシャ・テイトより浅黒い。

ブーンは群衆を押しのけて彼女のもとへ進みながら、ずっと睨みを利かせていた……

「恋人たちの逢瀬を連想させたかということでしたら」ベネットはゆっくり答えた。「ノーですね。でも、蒸し暑い日の様子を言葉にすることができないのと同じで、雰囲気を描写するなんてできっこありません。テイトが身に帯びているのは雰囲気なんです。大衆には努めて――何と言うんでしたっけ――はじけるような、活潑な姿を見せようとします。実際のマーシャは違うんです。あなたはさっきうまいことをおっしゃいました。彼女は、肖像画に描かれている王政復古時代の女性たちのようだと。言い得て妙です。物静かで、考え深い。誤解を恐れずに言えば、古風なんです。黒絹のつけぼくろに愁《うれ》いを帯びた物腰、遠雷のような情熱の閃き。それはみな、蒸し暑い日と同じ、空気中に感じ取るしかないものです。こんな飾り言葉は性的魅力をあおるだけかもしれませんが、僕はもっと別のものがあると言いたいんです」ベネットは意図した以上に熱を込めて話していた。「昔の偉大な宮廷娼婦たちが持っていた資質のようなものが。うまく説明できなくて残念ですが……」

「説明できないってか?」H・Mは眼鏡越しに瞬きする。「ふふん、そんなことはない。お前はかなりうまく説明しておる。どうやらお前自身が相当入れ上げたようじゃな」

ベネットは正直に言った。「確かにマーシャの魅力にあてられていました――少しの間ですが。血の通った男なら誰でもそうでしょう。でも」先を続けるのをためらう。「競争の激しさは措《お》くとしても、魅力にあてられっぱなしでいつも感情が張り詰めている状態は好きじゃありません。わかっていただけますか?」

「まあな。すると、争奪戦は熾烈《しれつ》だったのか？」

「恋の鞘当てがやむことはありませんでした。カニフェストまで目の色を変えていましたね。さっきあなたがおっしゃったことを考えると……」

「そうか。テイトはカニフェストに会ったんじゃな？」

「アメリカへ渡る前に面識があったようです。カニフェストは彼女の父親の友人でした。カニフェストとその娘――ルイーズという名前で、父親の秘書のようなものです――とジョン・ブーンは、〈ブレヴォート〉（ニューヨークの五番街にあった）に宿を取っていました。とても立派で落ち着いた威厳を感じさせるホテルですから、派手好みのテイトが〈ブレヴォート〉に泊まると知って誰もが驚きました。僕たちはグランドセントラル駅からホテルへ駆けつけました。銀幕で名声を得たイギリス人女優と握手をし祝いの言葉を述べている、そんな場面としてカニフェストは写真に撮られました。そのときは父親然として他意はない様子で、サンタクロースが握手しているようなものでした。何か変だぞと僕が思い始めたのは、次の日、映画監督のカール・レインジャーが宣伝係のエメリーと一緒にやって来たときでした。レインジャーは物見高い連中をテイトよりたくさん引き連れていました。もちろん僕には関係のないことです――僕はカニフェストの付き添いにすぎませんから。ところがブーンは兄の書いた脚本を持参していたんです。テイトはそれを秘密にしませんでした。それで、テイトとブーンを一方の陣営、レインジャーとエメリーを他陣営として、両者間に武装休戦状態が出現しました。好むと好まざるとにかかわらず、僕たちはみんな巻き込まれました。一触即発と言ってもいいでしょう。その中心には、いつもと変わらず、何を考えているのか全く読めないマーシャ・テイトがいました」

ベネットは机の上に落ちた円い光を見ながら、あの不吉な緊張に、そりの合わないグループの内に流れる神経をかきむしるような不安に、初めて気づいたのはいつだったか思い出そうとした。そうだ、また蒸し暑さだ。〈カヴァラ・クラブ〉のダンス音楽の、くぐもったドラムの響きのような。あれは監督のレインジャーが着いた夜、テイトのスイートでのことだった。古いホテルによくあるスイートで、金色の装飾や起毛のビロード、ガス灯を模したガラスのプリズムで物々しく飾り立てられていた。窓の外には五番街の青白い明かり。テイトの官能的な美しさは、部屋の道具立てにしっくり溶け込んでいる。黄色のドレスをまとい、明かりの下の凝った装飾の椅子にもたれるように坐っていた。黒と白の礼服姿だと痩せて肩が張っているのが強調されるジョン・ブーンは、その日もタキシードを着てカクテルシェーカーを巧みに振っていた。口許に憂鬱そうな表情を浮かべたカニフェストは、父親然として、唱道する政治的主張を際限なく開陳している。そばの椅子に娘のルイーズがいたが、どういうわけかほかの椅子より低いように思えた。無口で有能、そばかすのある地味な娘は、父親の意志でいっそう目立たない存在にされていた。カクテルは飲むとしても一杯。「スパルタ風の厳格なイギリスの母親たちは」カニフェスト卿は、自分の主張に訓戒を述べる余地を嗅ぎつけたらしく、声を張り上げた。「カクテルなんてものは知らなかった。全くだ」少しして、内線電話が鳴った。

ジョン・ブーンは背筋を伸ばし、とがめるような目で電話を見やり——ベネットは、この場景を正確に説明しようとしていた——電話に手を伸ばしたとき、マーシャ・テイトが受話器を取った。顔に興味のなさそうな笑みがかすかに浮かび、本来の黒髪は強い明かりに照らされて褐色に見えた。彼女は「いいわよ」とだけ言って、微笑んだまま受話器を置く。ブーンはテイトと同じようにどうでもよさそうな口調で、誰からかと尋ねた。答えがわかるのに時間はかからなかった。廊下とスイートを隔てるドアにノックの音が聞こえ、返事も待たず乱暴にドアを開けて入ってきたのは、物静かな小男だった。怒りで顎をこわばらせ、おどけた感じは微塵もない。ひげは二日ほど剃っていないのだろう。ほかの者には目もくれず、男は静かに言った。

「俺たちを見捨てて出ていくとは、いったいどういう料簡《りようけん》だ?」マーシャ・テイトが、カール・レインジャーさんを紹介するわ、と言った。

「――それがほぼ三週間前のことです。ある意味、事の始まりでしかありませんでした。問題は」ベネットは身を乗り出し、机に指を一本乗せた。

「僕たちのうち、誰がマーシャ・テイトに毒入りチョコレートの箱を送ったか、です」

2　弱い毒

「お前たちのうちの誰かが」Ｈ・Ｍが思案顔で言った。「マーシャ・テイトに毒入りチョコレートを送ったんじゃな？　で、彼女はそれを食べたのか？」

「話が先走りました。毒入りチョコレートの一件があったのは昨日の午前中、テイトがハリウッドを発ってニューヨークに着いたのは一か月近く前です。あのとき僕はイギリスに来ることになるとは予想もしていませんでした。ワシントンへ戻ってしまえば彼らとは二度と会うこともないと思っていましたから。だからといって、誰かと親しくなったわけではないんです。あの不吉な雰囲気のせいです。あれが頭にこびりついてしまって。微妙な言い回しなんか使いたくないんですが、でも――」

Ｈ・Ｍがうなる。

「ふん。微妙な言い回しというのはな、自明の真実を誰にもわからん言葉でしゃべることじゃ。それにな、毒を盛る企てに微妙なところなんぞありゃせん。酒のお代わりはどうだ？　さて、いったいどんないきさつでお前はその連中ともう一度関わり合いになった？」

「それには奇妙な事情があるんです。ジョン・ブーンがまるで別人になってしまったんです」ベネットは説明を試みた。「使い走りの役を終えてワシントンに戻った僕は、今度はアメリカ政府からイギリス政府に宛てた決まり文句だらけの親善文書を携えた外交官人形になりました。外交官人形に仕事なんかありません。お利口さんで、真っ当で、分別臭いことをしゃべっていればいいんです。イギリスへ向かうベレンガリア号が出航したのは寒さ厳しい灰色に曇った日で、紫色に煙る水平線の彼方に針で刺したほどの光が射し、三角波の立つ港には身を切るような風が吹きつけていました。港を出る船がざわつき興奮が募っていることには気づいていました。桟橋の突端で見送る人の振るハンカチが見えないくらい沖に出たとき、マーシャ・テイトとばったり会ったんです。お忍びの旅らしく、薄い色のサングラスをかけ、大きな毛皮にくるまって微笑んでいました。ブーンとカニフェストを両脇に従えて。カニフェストは船の揺れで顔面蒼白、昼食時に部屋へ戻ったきり現れませんでした。レインジャーと広報係のエメリーは、サウサンプトン到着の前日までほとんど船室を離れませんでした。

その結果、大西洋を渡る間マーシャとジョン・ブーンと僕は一緒にいることになったんです。面食らったことに、ブーンの様子が一変していました。ニューヨークにいたときに感じていた不安と疎外感から自由になったみたいでした。話し好きになり、ユーモアさえ交えて話すんです。三人でいるときは例の緊張感も感じませんでした。そのとき不意にわかりました。ブーンはプロデュースしようとしている芝居にとてつもなくロマンティックな考えを持っているんです。たぶん、ブーン兄弟は十七世紀の伝承にどっぷり浸っています。無理からぬことだと思いますが。彼らの〈白い僧院〉はチャールズ二世の時代にブーン家が所有していた屋敷です。当時のブーン家当主は〈逸楽の館《メリー・ハウス》〉を構えていました。当主はチャールズ王の覚えがめでたく、王は競馬見物でエプソムに来ると〈白い僧院〉に滞在しました」

再びグラスに酒を注いでいたH・Mは顔をしかめた。

「エプソムか、そりゃまた時代がかった場所じゃな。〈逸楽の館《メリー・ハウス》〉？　ふむ。確か、ネル・グウイン（一六五〇—八七。英の女優）がチャールズ二世の愛妾になる前、バックハースト卿（一六四三—一七〇六。英の貴族）と住んでいたところだな。そして〈白い僧院〉——待て！　わしに考えさせろ。うん、そのあたりの建物について読んだ記憶がある。〈白い僧院〉の離れ屋みたいなもので、観光客の立入りを禁じて……」

「それです。〈王妃の鏡《クイーンズ・ミラー》〉と呼ばれています。ブーンの話では、海外から大理石を輸入し、彫刻などで飾り立てた池や泉に寺院を模した建物を建てる趣味は、この別館を建てたブーン家を嚆矢《こうし》とするそうです。ちなみに間違っていますがね、その様式は百年後にやっと始まったんですから。でもブーンは頑《かたくな》に自説を信じています。いずれにしても、先祖のジョージ・ブーンは、チャールズ王の寵愛をほしいままにしたレディ・カースルメイン（一六四一—一七〇九。カースルメイン伯爵ロジャー・パーマーの妻）の栄華を称え、彼女の便宜を図って一六六四年に建てたらしいです。大理石造りの別館で部屋は二つか三つしかありません。小さな人工池の中にあるので〈王妃の鏡《クイーンズ・ミラー》〉と呼ばれています。モーリスの脚本の一場面もここで展開されます。

三人でデッキに腰を下ろしていたある日の午後、ジョンが建物の様子を話してくれました。彼は秘密主義で——神経質だという印象です。しょっちゅう『モーリスはブーン家代々の知性を受け継いでいるが、僕は違う。僕にもあんな脚本が書ければいいんだが』と言っては、さりげなく微笑みながら周囲の人を（特にマーシャを）見るんです。そうじゃないと言ってくれるのを待つように。ジョンには物事を活写する天賦の才と、効果を知り抜いた芸術家の目があります。優秀な演出家になると思いますよ。彼が話し終えると、常緑樹が両側に並ぶ小道が目の前に現れ、そこを抜けると周りに糸杉が植わったきれいな池がぱっと出現し、おぼろげな佇《たたず》まいの離れ家の中にはレディ・カースルメインの絹のクッションの鮮やかな色、そんな光景がまざまざと浮かんでくるんです。それからジョンは、独り言のように『ああ、僕がチャールズ王の役をやりたいよ。僕なら――』とつぶやいて黙り込みました。マーシャは奇妙な目つきで彼を見上げ、静かに『その役はジャーヴィス・ウィラードに決まったでしょう？』と言いました。ブーンはくるりと振り向き、マーシャを見ました。僕は彼女の顔に浮かんだ表情、穏やかではあるものの、ブーンの介入を拒む事柄に思いをめぐらせているような表情が気に入りませんでした。それで、わざとおどけて『シニョリーナ・テイト、あなたは〈王妃の鏡《クイーンズ・ミラー》〉をご覧になったことがありますか？』と尋ねました。するとブーンがにっこりして彼女の手に自分の手を重ね、『もちろんあるさ。僕たちはあそこで初めて会ったんだよ』と言ったんです。

それは特に意味のないことだったかもしれません。でも僕は一瞬背筋に冷たいものを感じました。デッキにほかの人影はなく、船は大きな波切り音を立てて進み、人のいないデッキチェアが滑って動く。そして、古い美術館に展示してある肖像画から抜け出たような二つの顔が、黄昏《たそがれ》の中で僕を見つめているんです。そこへ、少し青ざめているものの意を決した様子のティム・エメリーが来ました。ティムはことさら陽気に話に加わろうとしましたが、うまくいきませんでした。でも、ブーンを黙らせる効果はありました。ブーンはエメリーとレインジャーを嫌っていることを隠そうとしませんでした」

「その二人」H・Mは思案深げにうなった。「レインジャーとエメリーのお二人さんだが……高給を取って名前も売れている映画監督が、仕事をほっぽり出し、娘一人を追っかけてわざわざ海を渡ってきたのか？」

「いいえ、違います。彼は二年間働き詰めだったので、休暇を取っていました。その休暇を使って、馬鹿なことはやめろとマーシャを説得することにしたんです」ベネットは話の先をためらった。レインジャーの表情のない大きな顔、短く刈り込んだ黒い髪、些細なことも見落とさない抜け目なさそうな目を思い出していた。「たぶん、あの男が何を考えているかわかる人間もいるでしょう。でも僕には無理です。レインジャーは頭がよくて、こっちの考えはお見通し、おまけにタクシー運転手ばりの皮肉屋ときています」

「だがテイトに気があるというわけか？」

「さあ――そうかもしれませんが」

「そうは思っていないようじゃな。人を疑うことを知らんやつだ、お前は」H・Mは火の消えた葉巻を揉み消しながら言った。「ふむ。で、エメリーという男はどうなんじゃ？」

「エメリーはほかの連中より話し好きで、僕個人としては好感を持っています。しょっちゅうつかまって長話の相手をさせられるのには閉口ですが。ほかの三人にはやり込められてばかりいるので、あからさまに嫌っています。じっとしていられないタイプで、始終動き回ったり腕を振り回したり。気が気じゃないでしょうね。何しろ、彼の仕事はテイトを連れて帰れるかどうかにかかっているんですから。ここにいる理由もそれです」

「で、テイトに対する態度は？」

「ことあるごとに、カリフォルニアにいる細君の意見を引き合いに出します。テイトに異性としての関心はなく、フランケンシュタイン博士の場合と同じで、自分が創り出した、あるいは創り出すのに手を貸したモンスターに抱く気持ちと変わらないでしょう。それで、昨日のことですが――」

毒入りチョコレート、とベネットが言いかけたとき、議事堂大時計《ビッグ・ベン》の重々しい鐘の音が河岸《エンバン》通り《クメント》に響き渡った。それが記憶を呼び覚ますきっかけになった。ニューヨークではなく、ロンドンでのことだ。青い夕闇にともる生気のないガス灯のせいでシルクハットの陰になった顔はどれも仮面のように見えたが、この地でもマーシャ・テイトはニューヨークと変わらぬ熱烈な歓迎を受けた。定期船は一昨日入港していた。乗り継いだ臨港列車がウォータールー駅へ着いたとき、大混雑でベネットはみんなに別れの挨拶ができなかった。そこへジョン・ブーンが狭い通路の人混みをかき分け、握手をしに来てくれた。「さあ、これが住所だ」ジョンは名刺に走り書きをして言った。ロンドンの空気に触れ、本来のジョン・ブーンに戻っていた。きびきびして、有能で、目許にはおどけた表情も覗いている。ここが彼の居場所なのだ。「マーシャにはひと晩〈サヴォイ〉に泊まってもらう。人目をくらますためにね。明日の朝こっそりホテルを出てこの住所へ行く手筈だ。ほかには誰も知らない。君も来てくれるね？」

ベネットは「もちろんです」と答えた。その住所をレインジャーとエメリーに渡す前に、ブーンとマーシャが激しくやり合ったことは知っていた。「どうせカニフェスト卿に渡すんでしょ、そのはずよね」マーシャ・テイトはそう言っていた。ベネットが人波を縫ってタクシー乗り場へ向かいつつ振り返ると、煤《すす》で汚れた薄暗がりでテイトが列車の窓から身を乗り出し、微笑みを浮かべて花束を受け取り、こちらに背を向けている男と握手をしているのが見えた。誰かが「ジャーヴィス・ウィラードだぜ」と言った。フラッシュが何度かきらめく。良き父親然としたカニフェスト卿が、娘を腕につかまらせて写真に収まっていた。

十二月の午後の黄色い日射しのもと、ウォータールー橋を滑るように走るタクシーの車中で、ベネットは彼らのうちの誰かと再び会うことがあるだろうかと思案した。船で知り合った者はすぐ散り散りになり、互いに忘れてしまうのが習いだ。まずアメリカ大使館で堅苦しい大げさな儀礼や握手を交わし、次にホワイトホールへ赴いて同じことを繰り返し、ようやく役目を終えた。すべてが二時間ほどで片づくとベネットは二人乗りのモーリスを私用に提供され、断れない招待を二、三受けた。そのあと孤独をひしひしと感じた。

次の朝、マーシャ・テイトのことが頭を離れず、いっそう気がふさいだ。定期航路の気の置けない仲間と比べると、灰色の都会はなおさらわびしく映る。名刺に書かれたハミルトン・プレース十六番地Aへ行くかどうか迷いながら、当てもなくピカデリー・サーカスをうろついていると、偶然が問題を解決してくれた。シャフツベリー・アヴェニューへの入口で誰かになれなれしく大声で呼びかけられ、次いで黄色い大きな車に轢《ひ》かれかけた。道行く人々はその車をじろじろ見ていた。銀メッキを施した大きくて重そうな像がついたラジエーターキャップから、流れるような書体でボディに書かれたシネアーツ・スタジオのロゴに至るまで、運転している当のティム・エメリーさえ目を奪われそうな派手な車だった。「乗れよ！」と言われたベネットは、虫の居所が悪そうなエメリーの隣に坐った。車がピカデリー（東端のピカデリー・サーカスと西端のハイドパーク・コーナーを結ぶ通り）を疾走する間、ベネットは横目でエメリーの目鼻立ちのはっきりした横顔を見やった。不機嫌そうに口許を歪め、眉の砂色が目立つ。

「くそっ、あの女、頭がおかしくなった」エメリーが毒づく。「すっかりいかれちまったよ！」ハンドルをこぶしで叩き、バスにぶつかりそうになり慌ててハンドルを切る。「これまでマーシャがあんな風になったことはない。この町へ着いたら急にお高くとまり始めた。宣伝は結構よ、宣伝は結構よ、だとさ」うわずった金切り声。本気でうろたえ心配している。「うちの会社のイギリス支社に行ってきたんだ。ウォーダー・ストリートにあるんだけどね。まったく、役に立ってくれて涙が出るよ！　あの女が撮影所を飛び出したって、こっちは新聞で大きく扱われるように面倒見てやらなきゃいけねえってのに。なあ、考えられるか——ちょっとでも信じられるか？——どんな女だって、こっちが……」

「ティム」ベネットは言った。「僕が口出しすることじゃないけど、もうわかってもいいんじゃないか？　マーシャはあの芝居をやると決めたんだよ」

「なぜ？　どんな理由でだ？」

「まあ、復讐だろうな。今朝の新聞を見たかい？」

「見たさ」ティムは、恐れ入ったと言わんばかりだ。「マーシャがイギリスのプロモーター連中に含むところがあるのは確かだよ、そうだろ？　でも、そんなこと身のためにならない。彼女は本場で週に二千ドル稼げるんだ、なぜこの町の連中が言うことを気にする？　それが俺の一番我慢ならないところなんだ！　あれじゃまるで……そうだ」エメリーはつぶやくように言った。「決意を秘めた女、いい見出しになる。読み応えのある宣伝記事も書けるな。これを惹き文句にして何本か作れば――いや、そうはいかないんだ。俺はこれをやめさせなきゃいけないんだからな」

「頭を殴りつけて攫《さら》っていくしかないね」とベネット。「そうでもしなきゃ、まず無理だ」

エメリーが盗み見るように横目を使う。目の縁は真っ赤で、清々しい冷気の中に吐く息は酒臭い。エメリーが感傷的になっているのは明らかで、それが正直な気持ちの吐露であるにせよ芝居がかっているように思え、ベネットはばつの悪さを感じた。

「おい、よく聞けよ」エメリーの息遣いが荒いのは、ベネットの冗談を真に受けたからだった。「攫うだと？　いいか、俺はマーシャの髪の毛一本触る気はないぞ。小指一本だって痛い思いはさせるもんか。そんなことをするやつは、ひどく後悔することになるぞ。俺が言えるのはそれだけだ。そうさ、俺はあの女を、女房のマーガレットと同じくらい愛しているんだ。あの女がほしいと言えば、何だってくれてやるよ……」

「前をよく見てくれ」ベネットは強く言った。「どこへ行くつもりだ？」

「言い聞かせに行くのさ。いてくれればの話だけどな」思い詰め青ざめたエメリーの顔が再び正面を向いた。「マーシャは今朝買い物に出かけた――かつらをかぶって。は、かつらだぜ。いいか、彼女がチャールズ二世とやらで映画を作りたいと言うんなら、何も問題はない。そうじゃないか、大当たり間違いなしだ。レイディアント映画社は去年同じような映画を作って、『バラエティ』（米エンターテインメント業界誌。一九〇五年創刊）で最高評価を取った（確かネル・グウィンが出てくる話だよな？ そうか。そうだと思ったよ）。映画ならいいんだ。俺たちでバウマンと話をつける。製作に百万ドルつぎ込むさ。百万――ドルをな」エメリーは味わうように発音した。「そうさ。何もかもきっちりやるんだ、オックスフォードのやつらを連れてきて技術顧問をやらせてな。俺にとっては芸術的成功なんかどうでもいい、あんたはそう思ってるんだろ？ ところが違うんだ。それこそ俺がほしいものなんだ」語気鋭く言い放ち、車はまたも道を大きく逸れた。エメリーは本気だった。顔をぐいとベネットに向けて話を続ける。「仮にそれがマーシャのほしいものなら、俺はくれてやる。だが、この国じゃだめだ。あんたに訊きたいんだが、ブーンというのはどんな男だと思う？――考えがころころ変わるだろ？ つまり間抜けってことだ。それがブーンだよ。あいつら、小細工をしやがった。俺がマーシャを正気に戻すのを恐れて、俺から遠ざけるために田舎の屋敷へ連れていくつもりだ。そうすりゃ俺たちは手が出せないと考えてな。そうだろ？ かくれんぼに付き合う気はない。田舎でもどこでも行きゃいいさ。ロンドンにいたって、あいつらのお遊びをやめさせる方法はある」

「どうするつもりだ？」

「いろんな手があるのさ」エメリーは額にしわを寄せ小声になった。「ここだけの話だぜ。この芝居に金を出しているのが誰か知っているか？」

「さあ？」

「カニフェストだ——さあ、ここを曲がるぞ」

ハイドパーク・コーナーの車の流れを縫うように進んで大きくハンドルを切り、ハイドパークの茶色の地面と尖った木々を見下ろす、白い石造りのフラットの中庭に滑り込んだ。お取り次ぎはできません、と言うホール係の男をエメリーは無理やり黙らせ、何やらぼやいて紙幣を一枚握らせた。伽藍《がらん》の内部にいるような薄暗い階段を上って二階の通路に達すると、十二号と書かれたドアが開け放たれていた。「葬式みたいだな」漂ってきた濃密な花の匂いを嗅いでそう言ったエメリーは、部屋から聞こえた人声に足を止めた。


　大きな窓から冬の日が明るく射し込む、青を基調とした客間に、三人の男がいた。窓下のベンチに背を預けタバコを吸っている男は、ベネットの記憶になかった。蘭の花がつぶれて散らばるテーブルの上に、小包が置かれていた。茶色の包装紙は解かれ、派手な色のリボンと、蓋にどぎつい色でセイレーン（ギリシャ神話の魔女。本来は半人半鳥の姿だが、人魚として表現されることもあった）が描かれた、五ポンド入りチョコレートの箱が見えていた。ジョン・ブーンとカール・レインジャーが、テーブルを挟んで立っている。二人の様子から、ベネットはこの部屋にも危険が存在することを察した。マーシャ・テイトの私物と彼女が触れたものが散在する部屋に入っただけで、忌まわしい雰囲気がまたぞろ頭をもたげるのを感じたのだ。

「ご存じないかもしれないが」ジョン・ブーンの声が一瞬うわずり、刺すように鋭い皮肉があらわになる。次の瞬間には控えめな調子に戻った。「小包は宛名の本人が開ける習慣だよ。礼儀とも言うがね。耳にしたことがないかい？」

「さあ、知らないね」レインジャーはぞんざいに答えた。葉巻を歯で挟み、チョコレートの箱から目を離そうとしない。手を伸ばしリボンに触れる。「こいつが気になったんだ」

「ほう、そうか」ブーンは抑揚のない声で言った。「箱から手をどかすんだな。さもないと、そのでかい顔に一発お見舞いすることになる。わかったか？」

窓下のベンチにいた男が「待ってくれ！」と言い、素早くタバコを揉み消して立ち上がる。それに合わせるようにレインジャーはテーブルから身を引いた。相変わらず落ち着き払って、目はチョコレートの箱から動かない。

「ジョン、ちょっと騒ぎすぎではないかな」三番目の男は、どんな険悪な状況でも丸く収められそうなユーモラスな胴間《どうま》声で話した。「しかし目の前の二人には効果がない。「こんなことでやり合うのは馬鹿げていると思わないか？」大男がゆったりした動作でテーブルに近づき包みを手探りした。思わせぶりに振り返り、レインジャーに視線を向ける。「それにね、そちらの、ええと――レインジャーさん、これはただのチョコレートですよ。カードも添えてある。『成功を信じて疑わぬファンより』とね。あなたはこれが怪しいと言うが、ミス・テイトに届けられるプレゼントはそんなに少ないんですか？　まさか、これが爆弾だと思ったんではないでしょうな？」

「そこの間抜け野郎に」レインジャーは葉巻の先をブーンに向けた。「俺にちゃんと説明させるだけの分別があれば……」

　ブーンが一歩踏み出したとき、開いているドアをエメリーが申し訳程度にノックし、足早に部屋へ入った。ベネットが後に続く。男たちは素早く振り向いて二人を見た。闖入者《ちんにゅう》のおかげで一瞬緊張が緩んだものの、室内はスズメバチの羽音が聞こえそうなほど剣呑《けんのん》な雰囲気に満ちていた。

「やあ、ティム」レインジャーが言った。悪意を隠し切れない声だ。「おはよう、ベネット君。面白いことを聞き逃さずに済んだようだね」

「ところで、レインジャー」ブーンは冷淡に口にした。「もう出ていったらどうだ?」

　相手の真っ黒な眉が上がる。「どうして俺が出ていくんだ?　俺だってここの客だ。たまたまマーシャと彼女の健康に関心を持ってもいる。だから喜んで説明させてもらうさ。きみにも、そちらの、ええと――」三人目の男の口真似をした。「ウィラードさんにもね。このチョコレートにはおかしなところがある」

　ジョン・ブーンは足を止めてテーブルを振り返った。それに倣《なら》うウィラードと呼ばれた男の目が細められた。四角張った顔には鋭いがユーモラスな表情が漂い、口の回りに深いしわが刻まれている。秀でた額に灰色がかった豊かな髪。「おかしなところ?」ウィラードはゆっくりと繰り返した。

「それを送って寄越したのは」目は箱に据えたままレインジャーの口調だけが突然鋭くなった。「見ず知らずの一ファンなんかじゃない。宛名を見てみろ。ロンドン西一区、ハミルトン・プ

彼女がここに来ることを知っていたのはほんの五、六人だ。ミス・マーシャ・テイト、となっている。彼女がここに来ることを知っていたのはほんの五、六人だ。新聞にも出ていないのに、この箱は昨夜《ゆうべ》のうちに届いた。彼女が姿を見せていないときにな。送ってきたのは、彼女の――友人ということになる。つまり、俺たちの中にいるんだ。違うか？」

やや沈黙があって、ブーンが声を荒らげた。「この上なく趣味の悪いいたずらだと思うがね。マーシャを知っている人間なら、彼女が甘いものを口にしないことは承知している。こんな安物のチョコレート、おまけに箱には裸の女の絵――」不意に言葉を切る。

「そうか、きみもこう考えているんだな」後を継いだウィラードは、こぶしでゆっくりと箱を叩いた。「これはある種の警告じゃないかと」

「じゃあ、あなたはチョコレートに毒が入っていると言うんですか？」ブーンが嚙みつく。

レインジャーはぼんやりとした目でブーンを見た。「これはこれは」不愉快な笑い顔を作って葉巻をくわえる。「誰もそんなことは言ってないぜ。毒のことなんか誰も口にしていない、あんたのほかにはな。あんたはとんでもない間抜けか、さもなきゃ抜け目がなさすぎるのかもしれないな。まあいい。おかしなところはないと思うんなら、一つ食べてみたらどうだ？」

「いいとも」ブーンはわずかに間を置き、「食べてやろうじゃないか！」と言って蓋を開けた。

「落ち着きたまえ、ジョン」ウィラードがそう言い、声に出して笑った。良識みなぎる深みのある声に込められたからかうような響きが、二人にかりそめの分別を取り戻させた。「いいかね、聞き分けをよくしてくれよ。何でもないことに大騒ぎしたって仕方がない。我々は愚かな振る舞いをしているよ。その箱におかしなところはないだろう。あると思うなら然るべきところで分析してもらえばいい。ないと思うなら好きなだけ食べればいいさ」

ブーンはうなずき、不恰好に膨らんだチョコレートを一つつまみ上げた。ほかの者たちを見回す目には奇妙な輝きが宿っている。彼はかすかに笑った。

「そうだ。みんなで一つずつ食べてみるのはどうです？」


……このとき六時十五分を告げる議事堂大時計《ビッグ・ベン》の鐘が鳴り響き、陸軍省の上階の薄汚い部屋で回想を続けていたベネットは、語りをやめて我に返った。机の上の催眠作用のある明かりを見ているうちに、回想はこの部屋の諸々の事物と同じくらい現実味を帯びてきていた。薄暗がりで、でっぷりした気難しそうな顔のH・Mが目を瞬《しばたた》いていることに再び彼は気づいた。

「呆れて物も言えん！」大時計に負けない破《わ》れ鐘《がね》声でH・Mが吼えた。咳き込むように言葉を続ける。「開いた口がふさがらんほどのかぼちゃ頭にこれまで何人もお目にかかってきたが、ジョン・ブーンという男は第一級の間抜けじゃな。『みんなで一つずつ食べてみるのはどうです』だと？　大たわけが。そいつはこう考えたんだろう。もし誰かが箱の上段のチョコレートに毒を入れたのなら、そしてその誰かがこの部屋にいる人物なら——ちなみに、それが正しいかどうかは証明されておらん、ちっともな——そいつはチョコレートを取るのを拒むだろう、とな。ふん、だが実際は、上段のチョコレート全部に毒が入っていれば——それはまずありそうもないがな——誰もが中毒することになり、上の段の半分くらいに毒が仕込んであれば——

こっちのほうがずっと可能性がある——言えるのはせいぜい、毒を仕込んだやつはどえらく用心して毒入りを取らないようにするだろう、くらいで、間抜けな思いつきじゃ。で、本当に一つずつ食べたのか？」

「ええ、まあ。みんな頭に血が上っていましたから。そして誰もがほかの連中の様子をうかがっていました」

「まさか」H・Mは目を見開いた。「お前もそうしたんじゃあるまいな？」

「どうしようもなかったんです。レインジャーだけは反対しました。自分には分別があると言って——」

「そうだろうな」

「でも、自分が言い出した理屈に絡め取られて、怯えているのはよくわかりました。どうして自分はチョコレートを取らないのか至極もっともな理由をいくつか挙げ、ブーンがにやにやしているのを見て逆上しかけました。エメリーは見かけよりずっと酔っていたらしく、レインジャーの態度に腹を立て、食べないと言うんなら箱ごと口の中に突っ込むぞ、とおどしたので、とうとうレインジャーも一つ取りました。エメリーとウィラードも。ウィラードは成り行きを心底楽しんでいるようでした。僕も一つ取りました。レインジャーはいつも人を鼻で笑うような無遠慮な態度ですが、余裕をなくしているのを初めて見ました。正直に言って」ベネットは思い返して身震いした。「愚かな真似をしたもんです。でも僕にとっては笑い事じゃありませんでした。チョコレートをかじったとたん変な味がしたので、てっきり——」

「ふん。みんな同じだったろうな。で、どうなった？」

「どうもなりませんでした、そのときは。立ったまま顔を見つめ合うだけで。気分はよくありませんでしたね。理由はよくわかりませんが、みんなレインジャーに腹を立てていました。当のレインジャーは、立ったまま厭らしい冷笑を浮かべてしきりに葉巻を吹かしていました。でも、仕返しはちゃんとやってのけました。小さくうなずき、猫撫で声で『この実験がきみたち全員に満足な結果をもたらすと信じているよ』と言うと、帽子とコートを身につけて部屋を出ていきました。数分後、マーシャが変てこなお忍び姿で買い物から戻ってきました。僕たちは戸棚のジャムを揃って盗み食いしているのを見つかった子供のような気分でした。ウィラードがいきなり声を上げて笑ったので、気まずくならずに済みましたが」

「テイトに話したのか？」

「いいえ。どうせ誰もそんな眉唾ものの話は信じていませんでした。けれど、理由はおわかりでしょうが、彼女の足音が聞こえると、ブーンは包装紙ごとチョコレートの箱を自分のコートの下へ隠し、部屋は昼食の場に変わりました。ブーンから僕のホテルに電話があったのは昨夕六時でした。作戦会議をしたいから、サウス・オードリー・ストリートにある小さな病院へ来てくれということでした。みんなで昼食を食べ二時間ほどして、エメリーがバーで倒れたんです。医者の診立てはストリキニーネ中毒でした」

一瞬沈黙が降りる。

「幸い、大事に至らず」ベネットは言葉にされなかった質問に答えた。「死んだり重体になったりはしていません。致死量を摂取していなかったので、もう危険な状態は脱しました。でも、昼間のあの実験を誰もが不快に思っていました。問題は、どう対処するかでした。エメリーを除けば、警察沙汰にしたいと思う者はいません。エメリーにしたって、我が身可愛さでそうしたいわけじゃありません。こういうことが絶好の宣伝材料になる時代だから新聞に載せよう、とまくし立てていました。今朝になってもその調子でしたね。昨夜エメリーを黙らせたのはレインジャーです。警察が取り調べを始めたら撮影所から与えられた期限までにマーシャ・テイトを連れて帰れない、と指摘して。自分の予感が的中したことを威張り散らすかと思ったんですが、そうはしませんでした。二人ともテイトをアメリカに連れ戻そうと懸命なんです」

「当のテイトはどんな様子だった？」

「平然としていました」ふっくらした小さい唇に浮かんだ微笑と厚いまぶたの下の霞んだような黒い目を思い出し、ベネットは落ち着かない気分になった。「どちらかというと面白がっていたようです。テイトが大げさにエメリーの身を案じる素振りを見せると、ドライを気取っているくせに感傷的なエメリーは、涙目になりました。ちなみに、一番慌てていたのはブーンです。今朝も作戦会議が招集されましたが、みんなカクテルをがぶ飲みするだけで埒が明きません。軽くあしらおうと努めたのですが、皆わかっていましたから。つまり、誰かが——その場にいる誰かが——毒を……」ベネットは意味ありげな身振りをした。

「ふむ、そうか。ちょっと待て。チョコレートは分析させたのか？」

「はい、ブーンが。上段の二個、エメリーが食べたのはその一つですが、ストリキニーネが仕込んでありました。二個分合わせても致死量に足りないくらいです。あとで気づいたんですが、残った一つは少しつぶれていました。犯人の手際がよくなかったんでしょう。毒入りの二つは離れていたので、よほど運が悪くない限り一度に両方食べることはなさそうです。言い換えると、この一件はウィラードがほのめかした通り、ある種の警告で……」

回転椅子がきしむ。H・Mは片手をかざして机の上の明かりを遮った。手の陰で眼鏡が謎めいた光を放った。そうやってしばらく黙り込んだ。

「ふむ。で、作戦会議では何が決まった？」

「今日の午後、モーリス・ブーンがロンドンへ出てきてマーシャを〈白い僧院〉へ連れていきます。脚本の手直しもするそうです。ウィラードが二人に同行――こちらは列車組です。ジョンは今夜遅くに自分の車で向かうことになりました。ロンドンで仕事の約束があって、到着は夜更けになるということです。僕は列車組から一緒に行こうと誘われましたが、お義理の招待があって夜遅くでないと抜け出せないんです」

「今晩行くつもりなのか？」

「ええ、パーティーがお開きになるのが遅すぎなければ。これから荷物をまとめて出発の用意をしておくつもりです――僕がお話しできるのはこんなところです」少しの間ベネットは、自分が馬鹿げた真似をしているのか、それとも出来事の裏にもっと恐ろしい何かが潜んでいるのか、決めあぐねていた。「とりとめもない話で貴重なお時間を使わせてしまいました。空騒ぎかもしれないのに――」

「だが、そうでないかもしれん」Ｈ・Ｍは大儀そうに身を乗り出す。「今度はわしが話す番だ」

議事堂大時計《ビッグ・ベン》が六時半を打った。

3 〈王妃の鏡《クイーンズ・ミラー》〉での死

あくる朝六時半、ベネットは寒さに震えながら、ダッシュボードの明かりを頼りに、ごちゃごちゃ描き込まれた小さな地図を調べていた。迷路のようなロンドンの市街を抜け出して十三マイルほど走ったのち、道がわからなくなってだいぶ経つ。迷いながら誤った道ばかりたどっているのだ。シャンペンがまだ頭に残っていた二時間前には、〈白い僧院〉へ車を走らせ十二月の早朝の雪景色の中に到着することが、すこぶる気の利いた考えに思われた。歓迎パーティーで飲みすぎたわけではない。しかし堅苦しい晩餐の間に、やはり屈託した気分でいるヤングイングランド（ヴィクトリア朝の社会気運に反撥して生まれた保守的な政治グループ。当時はほとんど消滅していた）と意気投合し、名前も忘れたその会場の天幕が下り明かりが消えるずっと前に、河岸《かし》を変えて自分たちだけで浮かれ騒いでいた。その後ベネットは意気揚々とシェパード・マーケットからサリー州へ向かった。が、浮かれ気分は最初の一時間で吹っ飛んだ。

今は眠気に襲われ意気もあがらず寒さに凍えている。この世のものならぬ白い雪の世界を流れるように走り去る対向車のヘッドライトを見つめていたせいで、頭はふらふらし、夢の中にいる気分だった。

もうじき夜が明ける。東の空は白み始め、星の明かりも薄らいできた。寒さがまぶたに凝って目を閉じさせようとしているのを感じ、車を降り、体を温めるために道端で足踏みを始めた。前方には何の跡もない薄い雪の層に覆われた狭い道が、葉を落とした山査子《さんざし》の生け垣の間に延びている。右手にはまだ真っ暗な空を後方《しりえ》に気味の悪い森がそびえ、左に目をやると、朝まだきの薄明かりの中、ところどころで雪をきらめかせ、開けた原野がうねりながら広がり、神秘的な丘陵地帯《ダウンズ》へと続いている。その起伏の内に、おもちゃのような塔と煙突が見えていた。まだ煙は昇っていない。ベネットはわけもなく不安になった。ギアを入れると、エンジンのうなりが死んだような世界にあまりにも耳障りに響いた。

不安を感じる理由はない。むしろ喜ばしいことのはずだ。ベネットは前日の午後——もう何年も前のことに思える——H・Mが言ったことを思い出そうとしたが、朦朧《もうろう》とした頭はうまく働かない。札入れに電話番号が二つ。一つはホワイトホール内にあるH・Mの執務室の直通電話、もう一つはかの有名なヴィクトリア局七〇〇〇番の内線四二で、いつでもハンフリー・マスターズ首席警部に通じる。マスターズは〈黒死荘〉の殺人事件を解決した功績（H・Mの働きも与《あずか》って大）を認められ、最近、犯罪捜査課長に昇進した。だが、これらの番号に用はない。何も起きていないじゃないか。

雪で滑る道を飛ばしながら、ベネットはH・Mのでっぷりして謎めいた面貌と太い声を思い出していた。心配する必要はないとH・Mは言った。マーシャ・テイト殺害未遂に終わった毒入りチョコレート事件に話が及んだときは、ベネットにはうかがい知れぬ理由で忍び笑いさえ漏らした。自分には理解できないが、ひょっとしたらH・Mはもう見抜いているのかもしれない……

マーシャ・テイトは眠っているだろう。こんな時間に着いて家内《やうち》を叩き起こすのは非常識きわまりない。ベネットは、誰か目を覚ましていてくれと願った。いまいましいチョコレートの箱を頭から追い払えるとありがたいんだが。昨夜はワイシャツの胸の勲章の綬《ひも》も、チョコレート箱のリボンと蓋の上で嬌笑を浮かべる太りすぎの人魚を思い出させた……。そのとき、灰色の景色の中に、腕木を何本も突き出した白い道標が見えてきた。慌ててブレーキを踏み、雪のしぶきを上げて車を横滑りさせ、次いでバックさせた。目指すは左だ。両側に木々が鬱蒼《うっそう》と生い茂る狭い道でギアをローに入れ直すと、エンジンが耳障りなうなりを上げた。

〈白い僧院〉が見えてきた頃には、あたりは明るくなっていた。屋敷は道路から引っ込んで建ち、まだらに雪をかぶった石塀で囲まれていた。二箇所に鉄柵の門があり、手前のほうは開いている。雪に覆われた芝生と著しい対照をなして、モミなどの常磐木《ときわぎ》が黒々とそびえ、屋敷の周りをどっちつかずの薄明に仕立てている。目を上げると、どっしりした破風《はふ》と束になった幾本もの細い煙突が、垂れ込めた灰色の曇り空に切り込んでいた。屋敷は横に広がって軒が低く、短い両翼棟が道路側に突き出た、Tの横棒の形をしていた。かつては灰色の化粧漆喰を施されていたのかもしれない。弓形の張り出し窓がもの憂げにせり出していた。動くものの姿は全くない。

ベネットは寒さで感覚のなくなった足で車から降り、鉄柵をぎこちなく手探りして押し開けた。エンジン音で安眠を破られた鳥が一羽、けたたましい抗議の声を上げて飛び立つ。門の先には砂利を敷いた車道がカーブを描いて続き、左手の近代的な屋根付き車寄せ《ポルトコシェール》と思《おぼ》しきものに達していた。車道の両側には樫や楓《かえで》が枝を重ね、隙間を縫って舞い落ちるわずかな雪が、暗いトンネル状の空間にきらきらと輝いていた。ベネットが紛れもない不安に襲われたのは――あとで思い返すと――そのときだった。トンネルを通り抜け、車寄せで停まる。すぐ近くに見覚えのあるヴォクスホールがボンネットに毛織りの敷物をかけて停まっていた。ジョン・ブーンの車だ。

そのとき犬の遠吠えが聞こえた。

不意に静寂《しじま》が破られ、恐怖にも似た衝撃に体がこわばる。しゃがれた低い吠え声は、震えながらピッチを上げ、次第にか細くなって途絶え、再び人間があえぐときのような小刻みに震える気味の悪い声になった。ベネットは車を降り、薄暗がりに目を凝らした。右手には屋根つきのポーチがあり、どっしりした木組み家屋の側面に設けられた大きなドアと、中二階のバルコニーへと続く階段が見える。車道の先に目をやると――そのあたりは芝生と同じく雪に覆われていた――ずっと向こうで道は三つに分かれていた。一本は屋敷の裏を回り、真ん中の道は、常緑樹の並木道がぼんやり見える緩斜面になっている。三本目は左へ曲がり、厩舎《きゆうしや》らしき低い屋根が見えるあたりへ続いていた。犬の遠吠えはその方角から聞こえた……

再び吠える声。今度は苦しみうめくような響きを帯びている。

「お坐り！」遠くから人の声が聞こえた。「お坐り、テンペスト！　いい子だ、お坐り！」

そのあとに続いた音を、ベネットは一瞬犬の吠え声だと思った。だが、人間の声だった。これまで聞いたこともないような叫び声が、屋敷裏に広がる芝生の緩斜面を越えてかすかに届いたのだ。

半ば麻痺状態にあったベネットは肉体的な不快感に近いものを感じていたが、車寄せの端まで駆けて覗き込んだ。厩舎が目に入る。円石を敷いた前庭に、馬丁の用いる茶色の筒状脚絆《きゃはん》とコーデュロイの上着を身につけた男の姿があった。鞍《くら》を置いた二頭の馬勒《ばろく》を握り、怯えて円石を踏み鳴らす馬をなだめている。犬に話しかけた声の主だ。馬丁の声が、馬の鼻息や轡《くつわ》を嚙む音よりも高く響いた。

「旦那さま！　旦那さま！　どこにいらっしゃるんで？　いったい何が――？」

呼びかけに応えたかすかな声は、「こっちだ！」と言ったらしい。声のした方角へ向かおうとしたとき、ベネットはあたりの景観を見て以前聞いたことを思い出していた。常緑樹の狭い並木道がカーブしながら下り、その先で広がって円形の低木林になっている。ならば、その先にあるのは〈王妃の鏡《クイーンズ・ミラー》〉と呼ばれる別館だ。今聞こえたのもジョン・ブーンの声だった気がする。ベネットは駆け出した。

どうせ靴はもうずぶずぶに濡れて凍りかけ、足許の積雪は半インチほどだ。目の前には、緩斜面を下って常緑樹の並木道に続く一筋の足跡があった。柔らかい雪の感触から判断して、ほんの少し前についた足跡だろう。ベネットは道沿いに足跡をたどり、枝を差し交わす常緑樹の下をさらに三十フィートほど進んで、ぎざぎざした姿の林へ出た。伐採されてできた半エーカーほどの空き地は雪に覆われ、その真ん中に建つくすんだ白色の別館を除けば、はっきり見分けのつくものはない。別館を中心にした一辺六十フィートくらいの正方形に、大理石の置き石が並んでいた。その正方形を貫くように、高く敷かれた石畳の通路が軒の低い大理石造りの別館へと延びている。足跡はその正面入口の開いたドアに続いていた。引き返した足跡はない。

戸口にぬっと人影が現れた。その唐突さがひどく不気味で、ベネットは覚えず立ち止まった。心臓が早鐘を打ち、喉がからからになる。人影は、灰色の背景にぼんやりと浮かぶ黒い染みに見えた。片腕を目にかざし、つらい目に遭った子供がするように、その腕を扉の柱に力なくもたせかけていた。すすり泣く声がした。

ベネットが一歩踏み出すと足許の雪が乾いた音を立て、黒い人影は顔を上げた。「誰だ、そこにいるのは?」ジョン・ブーンの声だった。その声が突然うわずる。「誰なんだ——?」

気力を振り絞ろうとしているブーンが、戸口の暗がりからわずかに進み出た。かなり距離があり、あたりはまだ薄暗いが、乗馬ズボンの丸みを帯びた輪郭を見分けることはできた。目深にかぶった帽子のせいで顔ははっきり見えないにしても、震えているようだ。問いかけと返答が空き地越しにか細く反響しながら交わされると、はるか遠くで再び犬が吠えた。

「着いたばかりなんです。その——今、何とおっしゃいました——?」

「こっちへ来たまえ」

ベネットは空き地を斜めに横切って駆け出した。石畳の道を通って玄関扉に達している足跡を、用心して避けた。別館の周囲の雪に覆われた一辺六十フィートほどの空間を、芝生だと見て取ったのだ。置き石に足が触れそうになったとき、ブーンの声が飛んできた。

「そこはだめだ！　踏み込んじゃいけない。わからないのか？　下は薄い氷だ。池なんだよ。乗ったら割れるぞ——」

ベネットはさっと身を引き進路を変えた。荒い呼吸で石畳の道をよろめくように進み、最後に石段を三つ上って玄関に達した。

「彼女は死んだよ」ブーンが言った。

静寂の中、目を覚ました雀が数羽かん高くさえずり、さんざめく。一羽が軒下からぱたぱたと飛び去った。ブーンの呼吸がゆっくりになっていた。吐く息が白い。唇はほとんど動かず、生彩を欠いた目がベネットの顔に釘付けになっている。落ちくぼんだ頬が痛々しい。

「聞こえなかったのか？」ブーンは乗馬鞭を振り上げ、戸口の柱をぴしゃりと打つ。「マーシャは死んだ！　たった今見つけた。馬鹿みたいに突っ立ってないで何か言ったらどうだ？　死んだんだよ。頭が——むごたらしく——」

ブーンはねばつく指を見つめ、肩を震わせた。

「信じないのか？　じゃあ中へ入って見てこい。ああ、この世で最も素晴らしい女性が死んでしまった。すっかり——変わり果てて——行って見てきてくれ。殺人だ、それは間違いない！　誰かが殺したんだ。彼女は戦ったよ。黙って殺されるものか。ああ——マーシャ。でも無駄だった。生き延びることはできなかった。何でもそうだ——僕のものは何一つ——とどまってくれない。今朝、誰も起きないうちに遠乗りに出る約束をしていた。ここへ来てみたら……」

ベネットは胸のむかつきをこらえていた。

「そもそも彼女はここで何をしていたんです？　この建物で、ということですが」

相手は意味が呑み込めないのかベネットを見た。「ああ、すまない」ブーンの空っぽの頭が、見逃していた事実にようやく思い至った。「君は知らないんだな？　あの場にいなかったから無理もない。彼女はここで寝ると言って聞かなかったんだ。ずっと言い張っていた。何もかもマーシャらしい。なぜこんなところに泊まる気になったんだろう。僕がいたらこんなことはさせなかったのに。でもあいにく僕は……」

「旦那さま！」低いしわがれ声が空き地の向こうから聞こえた。二人が目をやると、馬丁が首を伸ばし盛んに身振りをして注意を惹こうとしていた。「旦那さま、どうしやした？　今の叫び声は旦那さまでしたか？　旦那さまが入っていったなと思ったら、突然――」

「戻れ」とブーン。「戻れと言ったんだ！」相手がためらっているのを見てきつい調子で畳みかける。「お前に用はない。誰にも用はないんだ」

ブーンは力なく石段の最上段に腰を下ろし、頭を抱え込んだ。

ベネットはその脇を通り抜けた。己に問いかけ、中に入るのは恐ろしいと思っているのを率直に認めた。暗闇に対峙すると、自分が空っぽになったように感じられ震えが来る。でも、避けることはできない。右手が震えているのに気づき、自分に悪態をつく。とうとう左手で右手を押さえた。なんてざまだ。

「明かりはありますか？」ベネットは尋ねた。

「明かり？」少し間を置いてブーンが答えた。「中にかい？――ああ、あるよ。電灯が。どうしたことだ、明かりを点けるのを忘れていた。頭の中から抜け落ちていたよ。おかしな話だ。ははは、僕はね――」ブーンの声がうわずり始めたので、ベネットは慌てて室内に踏み込んだ。

中は暗かったが、古びた木材とかび臭い絹の匂いがする控えの間にいるらしいとわかった。新しい香水の香りも漂ってくる。その刺激で、マーシャ・テイトの顔が眼前に鮮やかに浮かんだ。もちろん死んでなんかいないさ。あの生き生きとした美しさ――彼女の手に触れ、(たった一度とはいえ)唇に口づけし、からかわれているだけだと知って、かの女性を呪った――あいったものが突如しぼんで、生気のない絵になったり棺《ひつぎ》に納められた蠟人形のように動かなくなったりするもんか。そんなことあるわけない。彼女はここにいる。彼女の存在があふれていて、肌で感じ取ることができる。あの生命の炎もそうだ。にもかかわらず、ベネットはうつろな気持ちが次第に強くなるのを感じていた。気の急《せ》くまま壁伝いに左のほうを手探りし、開いたドアを見つけた。中へ入り、電灯のスイッチを手で探し当て、わずかにためらったのちスイッチを入れた……

何もない。電灯が点いたが、変わったものはなかった。

そこは美術品陳列室のような部屋、スチュアート朝時代の客間だった。当時から何も変わっていない。サテンが擦り切れ、調度品が色あせ鮮やかさを失った以外は。三つある背の高いアーチ形の窓に四角いガラスがはめ込んであり、彫刻を施した暖炉にかぶさる石造りのフードは煤《すす》で黒ずんでいた。床には白と黒の大理石が市松模様に敷いてある。真鍮の枝つき燭台がいくつか壁に取りつけられ、ろうそくの炎を模した明かりが揺らめき明滅しながら部屋を照らしていた。その巧みな効果でベネットは一瞬自分の感覚を疑い、壁を探っても電灯のスイッチは見つからないと思いかけた。樫材の透かし彫りにスチュアート王家の紋章を組み込んだ椅子が一脚、あるべき場所からややずれて置かれ、暖炉の火が燃え尽きて残ったわずかな灰にも、隠された意味があるように思えた。部屋の奥の丈高いドアを開け、踏み込んだ闇の中で再びためったのち、ベネットは電灯のスイッチを入れた。

ともったのは枝つき燭台二つだけだったので、室内の物の影は濃い。赤い天蓋の付いた寝台の影が目につき、正方形の部屋のあちこちにはめ込んである鏡が反射する鈍い光が見えた。そしてベネットの目にマーシャ・テイトの姿が飛び込んできた。

もつれる足で駆け寄り、ぎこちない手つきで体を触って確認する。本当だった。彼女は死んでいた。石のように冷たい。死んでから何時間も経っている。その事実が、彼女の死の衝撃を何よりも強く感じさせた。

ベネットは部屋の中央へ後ずさり、気持ちを落ち着かせ、しっかり頭を働かせようと努めた。それでも、あり得ないことだとしか思えない。マーシャは暖炉と寝台の脚の間に、体を折り曲げて横たわっていた。寝台側の壁の上方に、暖炉と向かい合った四角いガラスの大きな窓があり、灰色の光が彼女の体と顔に射していた。額が砕かれ目が半ば開いているが、光のおかげで凄惨さが和《やわ》らいでいた。さっき触れたとき、額の血は既に固まり、もつれた長い髪には血糊がついていた。マーシャ・テイトの末期《まつご》の表情は苦悶よりも驚きや嘲《あざけ》りが色濃く、自分の肉体の魅力を知り抜いている自信が交じり合って、死に顔をグロテスクに歪めていた。それが何にもまして恐ろしい、ベネットはぼんやりとそう考えていた。死に装束は白、幾重にもなった白いレースのネグリジェが体を覆い、ただ右肩に沿って裂けていた。

殺人だ。頭を強打されている——凶器は何だ？　気持ちを落ち着かせ、しっかり考えようと努めながら、ベネットは細かい点に意識を集中してあたりを見た。この部屋の石造りの暖炉にも、フードの下に小さな灰の塊がある。気味が悪いほど客間の灰と同じ大きさだ。ただし、こちらの灰には、ひっくり返った炉道具入れの箱から転げ出た、重い火かき棒の先が入り込んでいた。これが凶器だろうか？　そうかもしれない。

時代物のデカンタが割れ、炉床から灰色の絨緞の端にかけて分厚い金塗りガラスの破片が散らばり、デカンタのそばに黒ずんだ染みができていた。ポートワインだ。饐《す》えたような甘ったるい匂いを放っている。炉床には、グラスの破片が一つか二つ分——きっと二つ分だ——散乱している。金蒔絵《まきえ》を施した漆塗りの小卓と、籐細工の背と緋色のクッションのある樫材の椅子が倒れていた。倒れた小卓と椅子は暖炉から離れた側にあった。暖炉に近い側には、倒れた椅子のほうを向いて同じような椅子が、こちらは倒れずにある。

ベネットは何が起きたのかを頭の中に描こうとした。難しいことではない。マーシャ・テイトと客が一人。その誰かは倒れていないほうの椅子に坐り、やがて彼女に襲いかかる。その際、椅子や小卓が倒れ、デカンタやグラスが割れて散乱。マーシャは走って逃げようとした。しかし、その人物は再び打ち据え、彼女が息絶えたあとも頭を殴っていたに違いない。

こぼれたポートワインや胸の悪くなる香水と煙で部屋は息苦しく、頭がくらくらしてきた。

換気だ！　空気を入れ替えて、こんな想像を追い払うんだ……ベネットは遺体を回り込んで大きな窓へ向かう。ふと、絨緞の上にマッチの燃えさしが暖炉のほうへ向かって散らばっているのに気づいた。目に留まったのはマッチの軸木が色つきだったからだ。ヨーロッパ大陸で売っている、軸木を奇抜な緑、赤、青に染めたマッチだ。しかし、このときは印象に残らなかった。ただ、目を上げたとき、横の炉棚に蓋の開いた金色の宝石箱が見えた。紙巻きタバコと、ありきたりの安全マッチがひと箱入っている。よろめきながら窓までたどり着き、ぐいと掛け金をひねって大きな窓を少し押し上げたとき、こういった場合室内のものに触ってはいけないということを思い出した。だが心配には及ばない。片手に運転用の手袋をはめている。冷たい外気に触れて力がよみがえるのを感じ、深呼吸してから窓を閉めた。カーテンは引かれておらず、ベネチアンブラインドも上がったままだ。当てもなく窓の外に目をやると、何の跡もない雪に青みを帯びた影が落ちている。雪に覆われた池とその周縁のまばらな木々の向こう、四十フィートばかり離れた小高いところに厩舎の裏が見える。そばに建つ緑色の鎧戸《よろいど》を落とした小さな家には使用人が住んでいるのだろう。それにしても、何の予備知識もなければ、この雪に覆われたところを池だと思うはずがない。さっきジョン・ブーンが注意してくれて助かった――薄い氷、それに踏み跡のない雪。

とっさに、信じがたい恐ろしい考えが浮かんだ。別館の外にいたとき、ジョン・ブーンが別館に入ったひと組の足跡を除けば、周囲の雪には踏み跡が一切見えなかった。そのことが稲妻のように脳裏に閃いた。だが殺人犯は、建物に入り、出ていったはずだ。たとえ別館が一辺六十フィートの、薄くはない厚い氷で囲まれていたとしても、足跡を残さずに出入りできるわけがない。建物の裏かどこかに足跡のついた出入口があるのだろう。

いや、結論を急ぎすぎた。マーシャは何時間も前に死んだのだから、殺人犯は雪が降っているうちに別館を去り、雪が足跡を消したのだ。なぜこんなことにこだわる？　ロンドンにいたときのおぼろげな記憶によれば、雪は未明のうちにやんだ気がする。まあいい、気にするのはよそう……

ベネットは、控えの間から自分の名前を呼ぶいらだった声で我に返った。慌てて戻ると、ブーンがろうそく形の電灯の不気味な明かりを受けて立っていた。壊れたのと同じ金塗りデカンタを手にしている。客間の飾り棚から出したのだろう。ブーンはデカンタに口をつけて飲んだ。

「どうだった？」ブーンの興奮は治まり、落ち着いていた。「幕が下りたんだよ、ベネット。何もかもおしまいだ。医者を呼ぶとかしたほうがいいんだろうな」

「これは殺人ですよ……」

「ああ、殺人だ」もの憂げな目が部屋の中をさまよう。ブーンは静かに言った。「やったやつを見つけたら殺してやる。僕は本気だ」

「まず、昨夜どんなことがあったのか教えてください」

「わからないんだ。だが、家中の者を叩き起こして真相を聞き出してやる。僕はロンドンで引き留められていた――予想していたことだがね。それで、今朝の三時くらいにようやくここに着いた。真っ暗で、マーシャの部屋がどこかもわからなかった。彼女は別館に泊まると言っていたが、僕は本気だと思わなかったんだ」再びあたりを見回し、ゆっくりと付け加えた。「モーリスが仕向けたんだと思う。マーシャと朝早く遠乗りに出る約束をしていたから、僕は仮眠することにした――少しだけね」落ちくぼんだ目でベネットを見つめた。「目が覚めて執事を起こしに行った。どのみちトムスンは歯痛で夜の半分くらいは起きていたらしいが、マーシャは別館にいることや、彼女が馬丁のロッカーに話をつけて七時に馬を回してもらう段取りになっていたことを教えてくれた。で、僕はここへ来た。中へ入ろうとしたらロッカーに呼び止められた――ちょうどそのとき犬が――君も一杯やらないか。それとも屋敷へ行ってコーヒーにするか？」

そのあとブーンは冷酷なほどさりげない態度を取ろうと努めながらしばらく黙っていたが、やがて限界が訪れた。目に涙を溜めている。

「マーシャは――むごいありさまだっただろう？」

「犯人は見つかりますよ。少なくとも、見つけられそうな人を僕は知っています。お悔やみ申し上げます。あなたは――あなたは彼女をとても――？」

「ああ。じゃあ行こうか」

ベネットはためらった。馬鹿みたいだとは思ったが、どうしても不安に苛《さいな》まれる。「ちょっと考えたんです。ここから出て雪の上に足跡をつけてしまう前に確かめたほうがいいんじゃないかと……あなたがここへ来た以外の足跡はなかったんですから……」

ブーンははじかれたように振り返る。「どういう意味だ？」

「冷静になってください！　落ち着いて！　そんな意味で言ったんじゃありません――」ベネットは自分が言外に匂わせた意味に気づいたが、もう遅かった。それは明らかにジョン・ブーンをうろたえさせ、ベネット自身も同じくらいうろたえていた。〈お利口さんで、真っ当で、分別臭いこと〉をしゃべるべきだった。くそっ、ここでも外交術か。ベネットは言葉を継いだ。「信じてください、本当にそんな意味で言ったんじゃないんです。犯人はまだ建物の中にいる可能性があると思っただけで……」

「何だって？」

「表玄関のほかに出入口はありますか？」

「いや、ない」

「建物の周りの氷が薄いのも確かですか？」

ブーンは質問の意味を量りかねていたが、おぼろげながらその重要性には気づいたらしい。

「そうだと思う。少なくともトムスンは、僕が屋敷を出る前に念を押したくらいだ。なんでも、昔子供が何人か――」

そこで口をつぐみ、ブーンは目を見開いた。

「こんなことを話していたって意味がない」すげなく言った。「ただでさえ手に余るのに、つまらないことをほじくり返してどんな得がある？　足跡？　探偵ごっこをやっているんじゃないんだ。これは現実の出来事だぞ。本当にあったことだと、僕はやっと自分に言い聞かせ始めたところなんだ。お次は何だ？　この僕が殺したとでも言うのか？」

「ともかく、誰かが建物の中に潜んでいないか確かめたほうがいいと思いませんか？」

しばらく黙っていたブーンは先に立って別館内を調べ始めたが、捜索中もデカンタをしっかり抱え、ぶつぶつと独りごちていた。捜索に時間はかからなかった。寝室の奥にけばけばしい金箔張りのバスタブを据えた小部屋があるのを除けば、別館には四部屋しかない。控えの間とも言える細長いホールが建物の裏まで貫いていて、その両側に二部屋ずつ。片側に客間と寝室、もう一方に音楽室と、紫檀《したん》のカードテーブルを配し十七世紀のプライベートサロンを再現した薄気味悪い部屋がある。すべてが色あせていたが、住みついている幽霊たちに供するかのように、掃除も調度も行き届いていた。ろうそくを模した電灯が放つ鈍い黄色の明かりに照らされて、誰かが設《しつら》えた神殿のようにも見える。

屋内には誰もいなかった。そして、どの方角の窓から眺めても、雪の上には何の跡もない。

「これで気が済んだろう」カード部屋の窓を開けて外を見ていたブーンがやにわに振り返って言った。「馬鹿な真似はやめて屋敷へ戻ろう。あとから降った雪が足跡を消した、それだけのことだ。そんな心配そうな顔をするなよ。僕に任せてくれ。犯人を見つけたら――」

ブーン自身が神経質になっているのは、口許が引きつり、ことさら装う皮肉な態度がたちまち崩れることからも明らかだった。彼はくるりと向き直った。外から小さな声が響き、朝の空気の中でジョン・ブーンの名前をかすかに、しかし執拗に呼ぶのを聞いたとき、ブーンは絶叫しそうになったとベネットは思った。

4　チャールズ王の階段

「おおい！」繰り返し呼ぶ声が次第に近づいてきた。二人が表に出ると、大柄な男が九十フィートほど離れた常緑樹の並木から現れた。ジャーヴィス・ウィラードだった。ステッキで低木の粉雪を面白半分に払い落としながら、ぶらぶら歩いてくる。夜が明けてだいぶ経つが、どんよりした灰色の雲が朝日を遮り、小粋にかぶった黒い帽子のつばの下からパイプが突き出た黒い影にしか見えない。

ウィラードは二人を見て立ち止まり、パイプを外した。

「そこで止まって！」ブーンが叫び、扉の内側を手探りして見つけた鍵で外側から施錠した。いつものきびきびした冷静さを取り戻しつつあるようだ。さっきまでの不安そうな表情も普段の顔つきに変わって、石畳の通路を歩き出したときには誰もが知っているジョン・ブーンになっていた。ウィラードと対峙したときには、頑《かたく》な敵意さえ覗かせていた。

「中には入れませんよ。あなただけじゃない、警察が来るまで誰も入ることはできません」

ウィラードは身じろぎもせずに立っていた。息さえしていないように見えた。冬の光の中で、顔のしわが目につく。せり出した額や灰色の髪の上に載った帽子がなかったら、表情の険しさがうかがえたかもしれない。半ば開いていた口がゆっくりと閉じ、やがてきつく結ばれた。黄色みがかった褐色という珍しい色の目は、瞬きもせずブーンの顔に据えられていた。

「マーシャは死にました」ブーンは身動きしない彫像に殴りかかるように言葉を吐き、やや前屈みになって先を続けた。「バビロンのように滅び、チャールズ王と同じく泉下の客となりました——そう、頭をぶち割られて。聞こえていますか？　誰かに殺されたんです。だから警察が来るまで誰も入れません」

「そうだったのか」ややあってウィラードが言った。

彼は地面を見つめていた。その場に鎖でつながれ自分の無力を思い知ったかのように。両腕だけが苦痛に耐えられずに震えていた。じっと動かないのが、見ている者にはかえってつらい。やがておぼつかない手つきでパイプをくわえ直し、早口で話し始めた。「馬丁というのか厩《うまや》番というのか知らないが、君のところの使用人に会ったんだ。どうも別館の様子がおかしい、君が近寄らせないようにしてると言っていた。君は遠乗りに出る予定だったそうだね……」

そこでウィラードが青ざめた顔を上げた。

「ジョン、苦しまずに済んだのならいいんだが。マーシャはいつもそのことを恐れていた。屋敷へ戻るかね？　私は判断を誤った。毒殺未遂のあとだし、あそこで休むのを許すべきじゃなかった。彼女に危害が及ぶとは思わなかったんだ。とにかく許すべきじゃなかった——」

「あなたが許す？」ブーンは静かに言った。「許すとはまた大層な物言いですね」少し歩いて急に振り返る。「僕がどうするかわかりますか？　探偵になろうと思っているんです。誰が手を下したか突き止め、そして——」

「待ってくれ、ジョン」ウィラードは向きを変えて歩き出そうとして下草につまずき、ブーンの腕につかまった。「知りたいことがある。あそこはどんな状況だった？　どんな様子に見えた？　彼女はどういう具合に死んだんだね？――うまく言えないんだが――」

「何が訊きたいか、わかった気がします。彼女は誰かをもてなしていました」

三人はしばらく黙って歩いた。ウィラードが重い口を開く。「となると、誰もが同じ質問を思いつく。私なら友人に対してもそんな質問はする気になれない。だが警察は遠慮しないだろう。何を言っているかわかるね、ジョン」

「スキャンダルでしょう！」ブーンは応えたが、意外にも声を荒らげることはなかった。何かが心に引っかかっていて、その扱いに戸惑っている感じだ。痩せた顔に冷笑に似た表情が浮かび、すぐに消えた。「あり得ます。マーシャ・テイトなら女子修道院で死んだってスキャンダルがつきまとうでしょう。それは避けられません。でもねウィラード、こう言うとおかしく聞こえるかもしれませんが、僕の頭を悩ませているのはそんなことじゃないんです。彼女は身持ちの評判など気にしませんでしたし、僕だってそうです」

ジャーヴィス・ウィラードはうなずく。自分に言い聞かせるような話し振りだった。

「うん、その理由なら私にもわかると思う。君は彼女に愛されていることを知っていた。ほかには何もわからなかったとしても、君にとってそれだけは確かなことだった」ブーンに顔を向け、そのとき初めて気づいたかのようにベネットを見て、体をまっすぐにした。「言いすぎた、ジョン、許してくれ――ベネット君もどうか気を悪くしないでほしい。今朝は二人ともちょっとどうかしているんだ」

あとは屋敷に着くまで三人とも黙っていた。ブーンは先に立って屋敷横の入口に続く階段を上がった。車寄せにベネットの車が停まっている。階段を上った戸口にトムスンがいて、開いたドアからこちらを覗いてちょうど身を引くところだった。押し出しのいい執事とは言えないが、ランプの精のように有能だ。禿げ上がったしわだらけの小柄な老人で、一家の内情に通じていて少々のことには動じない、そんな寛大そうな目をしている。行儀よく控えているので、目の縁が赤いことや顎が腫れていることは目立たなかった。

ブーンは「図書室へどうぞ」と促してからトムスンと立ち話を始めたので、ウィラードが先に立ち、暗くて狭い迷路のような廊下を歩いていった。古い木材の匂い、床にはココ椰子《やし》の敷物。思いも寄らないところに階段があるかと思えば、鉛枠に菱形のガラスをはめた深い朝顔口の窓があったりした。体が冷え切っているとベネットが気づいたのは、一方の壁に朝顔口の窓がチューダー朝風に並び、三方の壁を本が埋め尽くしている大きな部屋に入ったときだった。石の床、壁にめぐらした鉄製の書棚と質素な造りだが、天井から下がった鉄製のシャンデリアにろうそく形の電灯がいくつもともり、暖炉の前にはつづれ織りの布張り椅子。暖炉の上まで本が隙間なく並んでいる。暖炉で薪《たきぎ》がごうごうと音を立てて燃え、火勢に目がくらんだ。寒さが体から抜けた拍子にぶるっと身震いし、自分がひどく疲れているのを知った。厚い詰め物をした椅子に背を預け、十字交叉形のアーチ天井に赤い火影がちらちら映るのを見つめていると、暖かさが体に沁み入っていくのを感じ、目を閉じたくなる。頭を少し動かすと、動きのない灰色の雲や、ところどころ雪の筋のついた丘陵地帯《ダウンズ》の茶色い斜面が窓越しに見えた。屋敷は静まり返っている。

「君は彼女を見たのかね？」ジャーヴィス・ウィラードの声が聞こえてきた。

「はい」

ウィラードは両手を後ろで組み、暖炉に背を向けて立っていた。暖炉の火を受けて髪は灰色にきらめいている。

「それなら話が早い」いくらか早口になった。「君があそこに居合わせたわけを尋ねてもいいかね？」

「成り行きなんです。ロンドンから車で着いたところでした。ブーンの叫び声――か、人を呼ぶような声が聞こえました。犬が吠え出したときで……」

「ああ、あれか」ウィラードはつらそうに片手を目にかざした。低く響く声が再び穏やかで含みの多い早口になった。「きっと君のほうがジョンより冷静だったろう。何か気づいたことはないかね？　我々が考える材料になるような」

「大してありませんでした。マーシャは――」

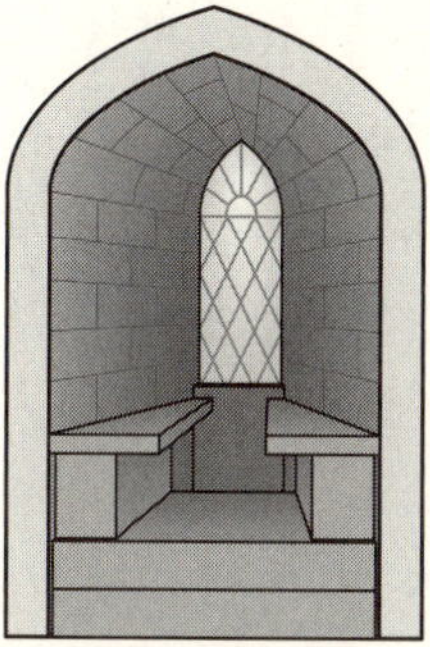

朝顔口の窓（模式図）

厚い壁を屋内は広く屋外に向かって狭く彫り込みガラスをはめた構造と考えられ、形状が原語 embrasure の語義「銃眼」に通ずる。本書では、壁の厚みを利して壁をくり抜くように急勾配の階段が設けられ、外部と往来できることが語られる。

ベネットは自分が見た光景を手短に説明した。その間ウィラードは片腕をマントルピースに置いて暖炉の火を見つめていた。ややたるんではいるものの端整なその横顔を目に留め、ベネットは考えた。戦前の舞台華やかなりし頃の二枚目俳優だが、時流に合わせるそつのなさもある。物腰は堂々として、シェイクスピアが好みそうな雰囲気の持ち主だ。分別があり思慮深く、ユーモアの持ち合わせもある、一家のよき友人といったところか。ブーンに姪がいたら（そういえばブーンはそんな話をしていた）、きっとウィラードのことを〝おじさま〟と呼ぶだろう。

「おそらくマーシャは」ベネットの耳に、うわの空で話を続ける自分の声が響く。「誰かとポートワインを飲んでいました。それから争いがあって――」

「そこまで言うのはどうだろうか」ウィラードは微笑みながら横目で見た。「推論に頼りすぎるのは危険だよ。かくいう私も彼女の健康を祈ってグラスを傾けた」背筋を伸ばし、足早に部屋の中を行ったり来たりし始めた。「冗談はさておき、よくない展開だな……マッチの燃えさしの話は確かなんだね？」

ドアがうつろな音を立てて閉じると、ウィラードは口をつぐんだ。図書室に入ってきたジョン・ブーンが暖炉まで行って、火に向かって両腕を広げた。手首に重い乗馬鞭が革紐でぶら下がっている。それをぞんざいに放り、ウールのマフラーを緩め、ツイードの上着の前を開く。火から目を逸らさずに話し出した。「すぐにトムスンがコーヒーをお持ちします。ジェームズ、君の荷物は二階に運んである。車は車庫だ。熱い風呂に入って、その白いネクタイを替えたらいい」それからようやく向き直る。「ところで、マッチの燃えさしというのは何です？」

ウィラードが静かに答える。「押し込みの仕業にできないかと頭を悩ませていたんだよ」

「というと？」尋ねたブーンはためらっているように見えた。

「君がその――マーシャを見たとき、あたりに散らばっているマッチの燃えさしに気がつかなかったかね？」

「マッチの燃えさしなんか目に入るわけがない。見ませんでした。明かりは点けなかったんです。それがどうしました？　はっきり言ってください！」

ウィラードは暖炉の反対側へ歩いて腰を下ろした。「軸が派手な色のマッチらしい。モーリスがどこかで見つけて気に入って以来、屋敷中の寝室に置いてあるやつだと思う――いいから聞きたまえ！」片手を挙げて制する。「警察はこういった質問をするものなんだよ、ジョン。だからあらかじめ考えておくのが賢明だ。別館にそんなマッチはなかった。あいにくなことに私が証人だ。犯人を除けば、生きているマーシャを見た最後の人間は私に違いない。昨夜、使用人が別館の暖炉に火を入れたとき、マッチは置いていかなかった……」

「そうだ！」ブーンが言った。「メイドだ！　彼女のメイドのカーロッタだ！　そういえば、カーロッタはどこにいたんだろう？」

ウィラードはとがめるようにブーンを見た。「君は知っているものとばかり思っていた。マーシャはカーロッタをロンドンに残してきたんだ。たぶん休暇をやってね。まあ、それはどうでもいい。軸に色がついたマッチなんか別館には一本もなかった。私はあそこを出る前に、ごく普通のマッチをひと箱彼女に渡したよ。

まずそのことから考えてみよう。たまたま侵入した賊が派手な色つきマッチを床に撒き散らすとは考えられない。ここでヒントを出してもいいが、あけすけなヒントは必要ないだろう。この屋敷に奇妙な出来事がいくつかあったんだ。昨日の夜、ルイーズ・カルーが何かに怯えて錯乱した。悲鳴を聞いて駆けつけると、ルイーズは浴室近くの床に倒れていた。筋の通った話は聞き出せなかったが、何かまたは何者かが廊下を行ったり来たりしていた、そいつに手首をつかまれた、ということだけはわかった。そのあと彼女はキャサリンの部屋でキャサリンに面倒を見てもらっている」

暖炉の火がはぜた。ジョン・ブーンが銀のシガレットケースをパチンと閉めて振り向く。

「ルイーズ・カルーが来ているんですか？」

「不思議はないだろう？　キャサリンの友達だし、ここ数か月はアメリカにいてキャサリンに会えなかったからね。驚くようなことじゃない——いちいち神経質にならないでほしいな」ウィラードはいらだたしげに付け加えた。「君が役者にならなくて本当によかったよ。君の演技は五分で観客を不愉快にする」

「さあ、それはどうでしょう」ブーンは丸めた長い指でマッチの炎を囲い、くわえたタバコに近づける。炎が、ひそかに揺らめく瞳の熱っぽい高ぶりを照らし出した。「案外いい役者になっていたかもしれませんよ。僕が驚いたのはそういう理由じゃありません。僕は昨夜早い時間にカニフェスト卿と話をしたんです。御大《おんたい》の事務所で。そのときルイーズの話は出ませんでした。さてさて、彼女は我が家の幽霊の気に障ることをしたのかもしれないな。ほかに客は来ていませんか？」

「君のよき友レインジャーが来ているよ」

ベネットは椅子の上で身を起こした。

「まあ、落ち着きたまえ」ブーンがタバコを口から離すのを見て、ウィラードが畳みかける。

「肩の力を抜いて聞くんだ。君にはどうすることもできない。レインジャーはもう来ているし、しかもモーリスの覚えがめでたい。こんなことは言いたくないが、レインジャーの首を絞めてやると息巻く前に、自分がモーリスの弟だということを思い出してほしい。モーリスは摑みどころがないけれど、怒らせると手に負えない……それに敵を侮ってはいけない。連中の目的はマーシャから離れないことで、それを見事にやり遂げている」

「なるほど。で、あの豚野郎はどんな手を使ったんです？」

ウィラードの目許の面白がるようなしわが深くなる。かすかな笑みを浮かべた彼は混乱やシヨックから次第に立ち直りつつあった。ポケットに手を入れてパイプを探る。「たわいないもんだよ。レインジャーって男は抜け目がなくて頭もよく、教養だって――鼻を鳴らすことはない、教養もあるんだ。私たちが屋敷に着いたとき、上機嫌のモーリスが父親みたいにレインジャーの肩を叩きながら出てきた……」

「じゃあ、モーリスはロンドンへ行かなかったんですね？」

「うん。レインジャーが前もって、含みを持たせた興味深い電報を打って寄越したんだ。どうやら、然るべき筋の許可さえあればモーリスの学術的研究を元に豪華絢爛たる特別映画を作ろうと思いついたらしい。モーリスを技術顧問に迎えてだ。どうせ出任せだろうが、モーリスも人の子だからね」

「事情が呑み込めてきました。大勢の踊り子、それにたくさんの主題曲が盛り込まれ、タイトルは『王の饗宴が始まる』とかいうんでしょう」ブーンの声が高くなる。「ウィラード、僕の兄はそこまでねじが緩んでしまったんですか？」

「そこは見当違いだ。いいかい、ジョン。レインジャーにも取り柄があることは認めないといけない。あの男が撮った『ルクレツィア・ボルジア』と『王妃キャサリン』は素晴らしい出来だった。真実を述べずに歴史的正確さに肉薄するという離れ業をやってのけている」

ブーンは一歩進み出る。

「わざわざありがとうございます。僕にはあの男に対する心からの賛辞にしか聞こえませんね。あの豚野郎が今度はどんな悪知恵を働かせたか知っても、あなたは褒め称えるんでしょう」ブーンが、認めてはならないこと、言えば後悔する羽目になることを言おうとしているとベネットは直感した。自分でもわかっていながら抑えられないのだ。「あの男がどうやって僕たちの邪魔をしたか教えましょうか。マーシャが生きていたとしても、どのみち芝居は上演できませんでした……カニフェストが後援を断ったんです」

ウィラードの手がびくっと動き、再びパイプをつかむと椅子から腰を浮かした。

「だがカニフェストの話では――」

「昨夜、直接聞きました。一ペニーも出す気はないと。グローブ＝ジャーナル紙のオフィスで会ったんです。部屋の隅にある自分の像みたいに偉そうにふんぞり返っていました。慎重に考慮した結果、社の方針と良識に照らして、芝居の興行にカニフェストの名前を貸すのは賢明ではないと判断したそうです。ふん、名声をおもんぱかって！　彼の名前は表には出ないことになっていたのに白々しい……ウィラード、あなたもおちおちしていられないんじゃないですか。興行主たちも昔ほどにはあなたの演技にご執心ではないんでしょう？　マーシャほどには、と言い直しましょうか。もしこの契約がご破算になったら……」

そこでブーンは口をつぐんだ。

「私は名優だとうぬぼれたことは一度もないよ、ジョン」ウィラードは静かに言った。「だが、そんな言葉を浴びせられるほどでもないと思う」

ブーンはしばらく黙っていたが、片手で目を覆い、同じく静かな声で言った。「許してください。言うべきじゃなかった……もうおわかりでしょうが、僕は自分勝手な人間に成り下がっていて、人と話をするのも怖いんです。口を開けば物事をめちゃくちゃにしてしまう。今も本気で言ったんじゃないんです。いろんなことが立て続けに起こったショックで——今さら遅いですね。レインジャーがカニフェストに何か吹き込んだんでしょう。僕はレインジャーが知っているとは思わなかった。マーシャさえあんな馬鹿じゃなかったら……」

口をつぐんだのは、さっきと違う理由だった。先ほどのウィラードに対する誹謗《ひぼう》を二人は暗黙の諒解で水に流したが、今度の件にウィラードは厳しい口調で食い下がった。

「知っている？　何のことだね？」

「何でもないんです」

「例えば、かの高名な新聞社主がマーシャをカニフェスト卿夫人にしようと考えていた、というのはどうだね？」

ブーンは高笑いをした。「自分でも馬鹿らしいとおわかりでしょう？　マーシャがやつを受け入れると思いますか？——そんな話、どこから思いついたんです？」

ウィラードはブーンを見つめ、当てつけがましく軽くお辞儀をした。「耄碌《もうろく》したせいか私にお鉢《はち》が回ってくるんだ。そんなつもりはないのに、若いご婦人方は告解《こっかい》を受ける聴聞僧の役回りを私に期待するらしい。特に秘密というわけではないよ。カニフェストの娘が君の姪のキャサリンに話し、キャサリンが（承諾を得てのことだと思うが）私に打ち明けた。カニフェストの娘はひどく気に病んでいる。でも私に何ができる？　とがめるように軽く舌打ちし、黙っているしかなかった。確かに、カニフェストがマーシャと結婚すれば文字通り火に油を注ぐ事態になるだろう」ウィラードは不意に口をつぐんだ。「マーシャは死んだ、死んだんだ——忘れていたよ。慣れることはできないな、ジョン」やや乱暴に言い添える。「今にもドアを開けて入ってきそうな気がする」

その言葉で、部屋のわびしさがいっそう募った。ブランデーのデカンタが載ったサイドテーブルのほうへ行きかけたブーンが、足を止めて背中をこわばらせ、こちらに向き直る。

「昨夜どんなことがあったか、すっかり聞かせてもらえませんか？」

ウィラードは、おぼろげな記憶をたぐり寄せるように考え込んだ。「事実を話すのは難しいな。マーシャは内面の力だけで演技をしていた。すさまじい精神力、催眠暗示というか、どう呼べばいいのかわからないが、あの力には誰もあらがえない。ただ彼女の演技が――劇場以外で――あんなに大げさになったのは初めて見た。マーシャは自分自身を『この屋敷の雰囲気に同調させている』とか、馬鹿げたことを言っていた」

「それが馬鹿げたことでしょうか」

　ウィラードはブーンの表情に気づいた。「君たち兄弟がこの屋敷の影響力をどう感じているかは知っているし、マーシャもそれを信じていたかもしれない。だが、彼女にふさわしい台詞を誰かが教えてやるべきだった。今になってレインジャーの才能がわかった気がする。あの男は調教師なんだ。昨日レインジャーが演出していたら、マーシャの演技力を然るべき方向に向かわせただろうな」ウィラードは少し目を上げパイプにタバコを詰め始めた。

「どうか先を」

「晩餐の席でマーシャが光り輝いていたことを認めるのにやぶさかではない。君たちの屋敷も一役買ってはいたがね。ぴかぴかに磨き上げた樫材、ろうそくを模した照明、月影の浮かぶ大きな窓といったものが。銀のドレスに身を包み、暖炉の上のクリーヴランド公爵夫人（チャールズ二世の寵姫バーバラ・パーマー。一六七一年にクリーヴランド公爵夫人の称号を得た）の肖像と同じように髪を結っていた。視覚効果を狙ったのだろうが、素晴らしい演出だった。立ち居振る舞いもね。レインジャーは木彫りのお面のように無表情だったが、晩餐の席に敬意を表して一番厚いレンズの眼鏡をかけていたモーリスは、ひれ伏さんばかりに感激していた。キャサリンとルイーズに、感銘を受けた様子はなかった。ルイーズはマーシャを嫌っていたんだと思う。キャサリンは、公爵夫人然としたマーシャが馬鹿げたことを口にしたとき、きつい言葉でやり合った……」

「ケイト嬢ちゃんか――」ブーンが言った。「すっかり忘れていた！　ロンドン暮らしになじんでしまって、何か月も海外にいたあとでもここには来なかった。そういえばケイト嬢ちゃんの顔さえ見ていない――」

ウィラードが鼻を鳴らす。

「もう〝嬢ちゃん〟でもないぞ。ジョン、君はキャサリンについて何を知っている？　自分の夢のことしか頭にないんじゃないのか？　彼女は二十一になり、君たちに代わってこの屋敷を切り盛りしている。なかなかの美人なのに、生まれてこの方ロンドンより遠くへ行ったことがない。君とモーリスは、この屋敷を夢と影の支配に委ねているんだ。もちろん君は彼女を理解したことがない。ちゃんと見たこともないんだからな」

「さっきの話はどうなりました？」ブーンが丁重に話を戻す。

ウィラードは考えをめぐらせている様子だ。

「君はマーシャがどんな女性だったか、なぜ彼女を殺したいと思う人間がいるのか、それがわかっていない。この屋敷の悪魔的な雰囲気にも気づいていない。マーシャはどこへ行っても悪魔的なものを呼び覚ました。もし君が彼女を愛さなかったら、マーシャは嬉々として君から憎まれるように仕向けただろう――それは誰に対しても同じだが」ウィラードは椅子の腕木を叩いた。一瞬、黄色みがかった褐色の奇妙な目が鈍い光を帯びる。「うん、私にはわかる。彼女は仕向けるんだ。触れ、小突き、鞭を鳴らす。我々は、哀れな縞模様の野獣よろしく紙の輪をくぐったり止まり木に登ったりする。我々が言うことを聞かないとき、彼女は宙に向けて空砲を撃つだけでよかった。ほとんどの場合はね……

　では、夕食後に何があったか、マーシャが殺されたと聞いても私が驚かなかったわけを話そう。

　マーシャは月明かりで屋敷を見て回ろうと言い張った。モーリスだけがろうそくを持ち、彼に〈白い僧院〉の艶っぽい因縁話を披露してもらおうという趣向だ。もちろんモーリスは大乗り気だった。レインジャーはやけにおどけていて、やんごとなきルイーズ嬢にこれまたやけにご執心だった。キャサリンは私と組んだ。マーシャはそれぞれに声をかけていた。ああ、彼女は生き生きしていた。時々モーリスの手からろうそくを取って、自分の目や微笑む表情を照らし出しモーリスを魅了していた。鈍いレインジャーでさえ活気づかせ、彼女の銀色のマントが床に触れそうになると、彼がさっとすくい上げたくらいだ。二人の若い女性には、母親のような態度でからかい気味に接していた。私は鬱《ふさ》ぎの虫に取り憑かれていたように思う――なぜかはわからないが。マーシャは、ずいぶん惨めったらしいチャールズ二世ね、と私をからかった。そのとき天啓が訪れ、私はどう演じればいいか不意にわかったんだよ。真っ暗な部屋から部屋へ歩きながら、誰も部屋からいなくなってしまったという不気味な感じを受けたとき、あの感覚を得たんだ。ピーター・イベットソン（ジョージ・デュ・モーリアによる同名小説の主人公）を演じて以来感じたことのなかった、役柄との一体感を！　観客に拍手喝采で迎えられる場面まで思い浮かべていた――

それから私たちは〈チャールズ王の部屋〉へ行った」

ウィラードはこんなときでも観客の存在を意識するらしい。ベネットのほうを向いて言った。

「君には戯言《たわごと》に聞こえるだろうね。〈チャールズ王の部屋〉は、我らが友人ブーン君が使っている。部屋はおおむね昔のままだ。特筆すべきは壁の中にある階段で、内壁と外壁の間に設けられている。下っていくとドアがあり、今は現代風のサイドポーチとなっている場所に出る――さっき屋敷に入るのに通ったポーチだよ。ドアは（もちろん秘密の出入口とかではない）ポーチの、屋敷裏に近いほうの外れにある。チャールズ王はこの階段を下り芝生を通って別館へ行く。そうすれば主玄関を使うより人目を避けることができた」

「ええ、そうです」ブーンがじれったそうに口を挟む。「それで？」

「モーリスはその階段をみんなに見せた」ウィラードは続けた。「私は前に見たことがある。マーシャはみんながひしめき合っている石の床の踊り場に私を引きずり出した。隙間風が吹き上がり、明かりはモーリスが手にするろうそくだけだった。狭く急な階段が、まっすぐに延びていた。切り立った崖みたいで危ないと思ったのを覚えている。そのとき――ろうそくが消えた。風のせいか、誰かがモーリスの腕を揺らしたのか、そもそも何が起こったのかわからない。おそらく誰にもわからないだろう。とにかくろうそくが消えた。すると誰かが暗闇で忍び笑いを漏らした。声を出して笑ったのではなく、押し殺した笑い声だったのがなおさら不気味だった。私は誰かがぶつかったのを感じてとっさに手を伸ばし、マーシャが階段を転げ落ちるのを、すんでのところでつかまえたんだ」

「彼女は」いくらかしわがれた声でブーンが尋ねた。「彼女は——？」

「押されたのか、と訊きたいのかね？　そうだ。むしろ、投げ飛ばされたと言うべきかな」

ウィラードは立ち上がった。パイプに火を点け深々と吸い込んでから、パイプの柄で指し示す仕草をした。「さらに言うと、マーシャはそのことを知っていた。再び明かりが点くと、振り返り、例の輝かんばかりの微笑をおもむろに浮かべてこう言ったんだ——彼女の口調を真似るのは難しいが、一言一句正確に覚えている——『本当に危なかった！　もう少しで死ぬところだったわ』そう、マーシャは危うく死ぬところだったんだよ、ジョン。それなのに彼女は楽しんでいた。その暴力は、殺《あや》めずにはいられないほど彼女に魅力を感じている証拠だとわかったから、それを楽しんだんだ」

ブーンは暖炉の前の敷物を行ったり来たりしだした。吸い口までいぶり始めたタバコを火に投げ込むとき、指を焦がした。「あなたは誰の仕業かわからないんですか？」

「見当がつかない。そこで屋敷の見学はお開きになった。それが十一時十五分頃だ」

「で、そのあとは？」

ウィラードはためらう。「それを機にマーシャは落ち着かなくなった。いや、さっきの出来事で不安になったというのではないんだ。何かを待って、心ここにあらずという感じだった。奇妙な膜がかかったような目になっていた」優しく付け加える。「君のことを待っていたんじゃないかな」

「そうかもしれません。僕はその頃——ここへ戻る気にはなれずにいました。カニフェストからどんな話を聞かされたかわかりますか？　計画はご破算です。どうしていたか知りたければ言いますが、酒を飲んでいたんです。運転中も、屋敷へ戻ったら何と言おうかと考えあぐねていました」ブーンは両手を軽く打ち鳴らした。「それで？　それからどうなりました？」

「今思うと」ウィラードは思案の態《てい》でつぶやく。「あのとき彼女の態度は……いや、やめておこう。真夜中になるとマーシャは寝ると言い出した。彼女にしてはやや早い。私は彼女を行かせたくなかった——モーリスは、屋敷のメイドを一人別館に移して世話をさせようと申し出た——だが、マーシャは承知しなかった。私たちは彼女を別館まで送った。夜空に雲が立ち、ちょうど雪が降り出した。身を切るような風も吹き始めた。そしてみんなで戻ってきた」ウィラードは次の言葉を吐き出すように発した。「彼女を置いてね。モーリスはレインジャーを図書室に引っ張り込んで映画の相談を始めた。モーリスの頭から芝居の話はすっかり消えていた。私が部屋に退《さ》がると言うと、レインジャーは横目で嘲るように怪しげなおやすみの挨拶を返した」パイプのボウルについた薄い灰の膜を吹き払った。「実は、私はそのあと別館へ行ったんだよ」

「え？」

「別館にいたのは」ウィラードは少しも動じずに言った。「きっかり十分だったよ。マーシャは長居させてくれなかった。ノックに応えて出てきた彼女は驚いたようだった。驚いただけではなく戸惑っていたな。別の人間を期待していたみたいにね。二人で話している間——場所は寝室だ——彼女は二度ほど客間へ行って正面の窓から外を覗いた。彼女は次第にいらだちを募らせ機嫌が悪くなっていった。二人ともポートワインを飲み、タバコを吸っていた。誰かが冷静な頭で貴女《あなた》を二度も殺そうとした、と私が指摘しても、マーシャは面白がるだけでこう言った。チョコレートのことは、あなたにはわからない事情があるの。もう一つのほうは、ちっとも恐れてなんかいないわ――」

「誰のことを？」

「わからない。両腕を伸ばして頭の上にやっただけだった（彼女がよくやる身振りだ、知っているだろう）。あたかも命の息吹を、しかも心ゆくまで吸い込んでいるみたいにね。十分後に彼女は私を表のドアまで送り出した。まだ銀色のドレス姿だった。外は雪が次第に激しくなっていたというのに。それがマーシャを見た最後だった」

雪か。ベネットは暖炉の火明かりに身を乗り出した。混乱した頭は、絶えず雪の問題へと戻っていく。

「ウィラードさん」ベネットは尋ねた。「雪がいつ降り始めたか覚えておいでですか？」

「もちろん――覚えているよ。それが大切な問題だと言うんならね。あれはみんなで別館へ行ったときだから、だいたい十二時十分だ」

「雪がやんだ時間はわかりませんよね？」

舞台役者はくるりと振り向く。いらだたしげに答えかけたとき、ベネットの真剣な表情を目にし、次いでブーンに探りを入れるような一瞥《いちべつ》を投げた。

「たまたま知っているよ。昨夜はほとんど眠れなかったんだ。犬の吠える声がひどくて、何度も起きては窓際へ行った。でもね、私の部屋は屋敷の裏手ではないから別館は見えない。ただ、短い時間にずいぶん降ったなと思った。雪が降っていたのは二時間ほどで、大ざっぱに言って十二時過ぎから二時過ぎまで。昨夜はしょっちゅう時計を見ていたから――」ややためらって、「質問の理由を訊いてもいいかな?」

そのとき、ドアをノックする音が部屋の向こうからうつろに響いた。丘陵地帯《ダウンズ》で起こった風が煙突の中でうなりを上げている。執事のトムスンが入ってくるのをベネットは視野の隅に捉えていた。

「失礼いたします、旦那さま。お医者さまのウィン先生がお見えになりました。それから、お呼びになった警察の警部さんも。それから、あの――」いかがわしいと思っているのが明らかな口調で、「どなたかもう一人いらしてます」

雪の降った時間から考えると、マーシャ・テイトは二時前に殺されたことになる。犯人の足跡はすっかり消えていたのだから、二時よりかなり前だ。だが、なぜこんなことに頭を悩ませる? 思案投げ首のベネットは、トムスンの言葉に危うく飛び上がりかけた。

「もう一人の人――いえ、もう一人の紳士は、名刺をベネット様に渡すようにとおっしゃいました。こちらがベネット様ですね? これをどうぞ」

ベネットが受け取った厚紙の名刺には、「ヘンリ・メリヴェール卿の知り合いです。内々にお話を」と走り書きがあった。そして、かっちりした活字で次のように印刷されていた。

ロンドン警視庁　犯罪捜査課

首席警部　ハンフリー・マスターズ

5　廊下の影

「ウィン先生と警部さんには、僕がすぐに別館へご案内しますと伝えてくれ」再び活潑で機敏なブーンに戻っていた。「ウィラード、あなたも来ますか？」続いて、受け取った名刺をまだ見ているベネットに目を向ける。「若いのになかなか名前が売れているじゃないか、ジミー」意味ありげに付け加えた。「君は明け方ここに着いた。それが（今、何時かな？）まだ八時十五分なのに、君を訪ねてきた人がいる――誰なのか訊いてもいいかい？」

歯車を動かすスイッチを入れたのは自分らしいと気づき、いささか不安を覚えたが、ベネットは包み隠さず話すことにした。ブーンに名刺を渡す。

「僕はこの人のことは知らないし、どうして朝の八時にここにいるのかも知りません。ただ僕の伯父というのが――」

「どんな人かは知っているよ」ブーンの声は静かだったが、まぶたの横がぴくりと動いた。

「すみません。差し出がましいことですが、伯父に毒入りチョコレートの一件を話したんです。もちろん内密に。でも、起きてしまったことを考えると、あながち悪い考えではなかったと思いませんか……？」

「ああ、そうだな」ブーンは素早く答えたが、やや早口すぎるきらいがあった。「事件もじきに片づくさ。それにしても、もうお出ましとは行動が早いね。えーと、『内々に』か。ふふん、そうだろうな。トムスン、マスターズ首席警部をここにお通ししてくれ。ウィラードさんと僕は、ウィン先生を案内して別館へ行く。首席警部にお会いするのは遠慮しておこう。『内々に』やりたいことがあるだろうからね」

ブーンとウィラードが出ていくと、ベネットは胸を撫で下ろした。神経が過敏になっていて相手の姿をまともに見ることができないほどの濃密な雰囲気、それに、マーシャ・テイト唯一の遺産とも言える敵意や憎しみ、そういったものが二人の退場と共に図書室から霧が晴れるようになくなったからだ。加えてマスターズ首席警部の素朴で穏和そうな風采に接し、さらに元気が出た。

恰幅がよく、柔和だが抜け目のない顔つきのマスターズは、地味な黒いコートを着、旗行列が通るのを眺めているように山高帽を胸に当てていた。若々しい目にいかつい顎、白髪交じりの髪が丁寧に撫でつけられ薄い部分を隠している。図書室に入ってくると、あまり大げさにではなく立派さに感服してみせた。

「ああ、これは！」マスターズは挨拶代わりに言って差し出された手を取り、にこりと笑うべネットに同じ笑みを返す。深い声は、いらだった神経をなだめるように心地よい。「朝早く伺ったことをお許しください。あなたから目を離さないと伯父さんに約束したものですから」

「僕からですか？」

「まあまあ」マスターズは打ち消すように手を振った。「言葉の綾ですよ。言葉の綾、それだけです。実はね、昨晩あなたの伯父さんから電話があったんですが、私は（正確に言えば）非番だったんです。ええ。こちらの署の警部の奥さんが私の従妹で、たまたまこっちに滞在中だったというわけです。ここだけの話――」声をひそめ、あたりを見る。「――メソジスト少年連盟のクリスマス祭でサンタクロース役を務めることになっているんです。今朝ブーンさんの通報がポッター警部に届いたとき、私は無理を言って同行させてもらいました。あなたとお話ししたいと思って」

そのとき、湯気の立つ香り高いコーヒーを入れたサーバー、熱いミルク、二人分のカップをトムスンがティーワゴンで運んできた。そういえばお腹が鳴っている。

「どうぞお掛けください」ベネットは勧めた。

「ああ！」マスターズは歓迎の声を上げた。

「えーと――葉巻は？」

「ああ！」今度は感極まったような声だ。首席警部はソファの隅に注意深く腰を下ろし、カップを受け取った。瘴気《しょうき》の中をさわやかな風が吹き渡るように感じられた。「さて、事情をご説明しましょうか」マスターズは打ち明け話をする調子で続ける。「そんなにお時間は取らせません、私も別館へ参らねばなりませんから。ですが、まずあなたとの関係を築いておくのが賢明だと思ったので。ま、言葉の綾ですが。ね？　あなたには腹蔵なくお話しするつもりです」

再び密談調で、「この事件は騒動を巻き起こすでしょう。大騒動をね。本庁が乗り出すよう要請されるでしょうな。で、ヘンリ卿が太鼓判を押された方と話をつけておくのが賢明だと思ったわけです。捜査に大いに役立ちますから。私は疑り深い性質《たち》でしてね、ベネットさん」笑いながら首を振ったが、油断のない視線がこちらを値踏みするように観察し、細部まで見透かすのをベネットは感じた。

「首席警部さんはヘンリ卿と一緒に仕事をされたことがあるんですね？」

「ああ！」マスターズはカップを見つめた。「ええ、あります。有り体《てい》に言って、仕事をするのはもっぱら私で、卿は考えるのが専門でしたが」片目をウィンクした気配があった。「ヘンリ卿のことは放っておくに限りますよ、ベネットさん。卿はのべつ幕なしに愚痴を言っていますが、しまいに自分は愚痴を言わねばならないという信念まで忘れてしまうんですな。それからやっと、子供がカードで家を組み立てるみたいに事件に取り組みます。で、いつの間にか事件は解決して、卿はまた愚痴を並べ始めるというわけです。卿には大いに助けていただいていて、それは紛れもない事実ですが、卿が巻き込まれるごたごたは、私にはちょっと荷が勝ちすぎましてね。起こるはずがなかったのに起こってしまった、そんな事件は私の性に合いません。石造りの家で起こったダーワースの殺人*がそうでした……」

ベネットが何を考えているのかマスターズにわかる道理はなかったが、輝く小さな目が自分に注がれているのに気づくと、ベネットはさっきからの疑問を思い出した。

「あなたがまたそんな事件を抱える羽目にならないといいんですが。いや、そんなことはあり得ませんね！　ただし、女性が亡くなった時間次第です」

＊原註　『黒死荘の殺人』参照

マスターズが身を乗り出す。

「そう、ある程度まではポッター警部にも電話で状況が伝えられました。それによると、あなたはロンドンから車で到着したところだったとか」しわになったベネットのカラーやネクタイにちらりと視線を投げる。「そして、あなたとジョン・ブーンさんが遺体を発見された。そうですな？」

「その通りです――だいたいのところは。彼は僕より二、三分早く現場に行っていましたが」

「だいたいのところは、ですか。では、実際はどうだったのか話していただきましょうか。あなた自身の言葉で」マスターズは言わずもがなの助言をした。「細大漏らさず、ですよ」慎重な手つきで葉巻に火を点け、ベネットが話をするあいだ無表情で通した。混乱した様子を見せたのは話が終わりに近づいた頃だ。「ちょっと！」鋭い口調で話を遮る。「ちょっと待ってください！　その点をはっきりさせておきましょう。足跡は、入っていくのが一筋だけ（ジョン・ブーンさんのもの）で、出てきた足跡はなかったのですな？」

「ええ」

「ついて間もない足跡でしたか？」

「その点は誓って確実です。羽のようにふわふわの雪だったのでわかりました。僕の足跡よりほんの少し前についたものです」

マスターズは探るようにベネットを見た。「真新しい足跡、そして遺体は冷たくなっていたんですな。うーん。となると、その足跡はあなたが見たときの何時間も前についたはずはない……ッッ、あなた、そんなわけが！　ッッ、ッッ、ッッ！　いや、私は誰かを疑っているわけではないですぞ。もちろんブーンさんのこともね」にこりとしたのは嘘偽りのない笑みに見えた。「あの人がご自分で言っている時刻に別館へ入るのを実際に見た人はいるんですかな？」

「います。馬丁が見ていますよ。名前は忘れましたが」

「ああ、なるほど」マスターズはうなずく。コーヒーカップを置き、おもむろに立ち上がった。

「さて、この家の人たちについて知る必要がありそうですな。どんなことが起きていたかもね。そうでしょう？――マーシャ・テイトの死！　まさか、あんな有名人が！　目と鼻の先でこんなことがあったのは、確か――あれ以来だな。あ、これは失礼しました。私情を交えたように聞こえましたら、お許しを。私は家内とよく映画を観に行くんですよ、ベネットさん」幸運か不運かはさておき、自分がこれほどマーシャ・テイトの近くにいることに本当に驚いているようだ。「ところで、私があなたにお目にかかりたいと思ったのは、あなたは彼女の取り巻きを全員ご存じだとヘンリ卿がおっしゃったからなんです。あなたはその人たちと一緒に船でこちらにいらして、彼らの人となりをご存じだと……いかがです、違いますか？」

「一緒に船旅をしたのは事実です。でも人となりとなると、てんで自信はありません」

マスターズはむしろそのほうが好ましいと言って、心のこもった握手を交わしたのち、ポッター警部の手腕を拝見しましょうかな、と出ていった。ひとり残ったベネットは、マスターズがジョン・ブーンについてほのめかしたことをつらつら考え、馬鹿馬鹿しいと打ち捨てた。だが、その考えは心をむしばみ暗い気分にさせた。暖炉のそばに呼び鈴の紐を見つけ、うろたえ気味のトムスンを呼んで部屋への案内を頼んだ。

曲がりくねった廊下をたどり、立派な造りの低い階段を上ったのち、二階の大きな廊下に面した、だだっ広く冷え切った部屋のベッドに腰を下ろした。屋敷全体が早朝のわびしげな佇《たたず》まいを見せている。気味の悪いことに、トムスンに案内されて薄暗い廊下を歩いていたとき、どこからかむせび泣く声が確かに聞こえた。トムスンにも聞こえたはずだが、知らぬ顔を決め込んでいる。三十分で朝食をご用意いたしますと言った執事は顎の腫れに苦しんでいて（歯痛がどうとかブーンが言っていたな）、そこへ殺人の知らせが舞い込み、かろうじて保っていた普段の自若とした態度をすっかりなくしてしまったに違いない。力ないむせび泣きが聞こえたとき、トムスンはそれをかき消すように声を張り上げ、廊下の外れにあるドアをさっと指さして、ヒステリーの発作に襲われた観光案内人を思わせる勢いで「あれが〈チャールズ王の部屋〉でございます。現在はジョン様がお使いです！」と宣言した。廊下は屋敷の端から端まで貫き、〈チャールズ王の部屋〉はベネットの部屋の真向かいだった。

ベッドに坐って頭上の危なっかしい天蓋を見ていたベネットは、洗面台にお湯の入った水差しがあるのを見て顔をしかめた。水差しのお湯にも、喘息の発作のような音を立てて燃える暖炉の火にも、開きっぱなしの窓にもうんざりだ。贅沢に慣れたアメリカ人、というわけだが、それのどこがいけない？　荷物はほどかれ、中身が出してあった。ひげ剃り道具を見つけ、洗面台の上方に見上げると首の折れそうな角度で掛けてある鏡を発見した。表面が波打った鏡から、コニーアイランド遊園地のアトラクションの一つ、お化け鏡に映るような恐ろしい顔が笑いかけてくる。二日酔いの朝よりひどい。いつものユーモアはどこに消えた？　空腹、睡眠不足、そして恐怖のせいだ。廊下の向かいの部屋では、誰かが実際にマーシャ・テイトを石の階段から突き落とそうとした――

そのとき、何かが聞こえた。物音、叫び、その正体が何であれ、震える音は廊下から聞こえてきた。剃刀《かみそり》が指の間から滑り落ちる。ベネットはいわれのない恐怖に襲われた。

気ぜわしく動く音が聞こえ、それからまた静かになった。

怒り、恐怖、あるいはその両方の捌《は》け口として、行動せずにはいられなかった。手探りでガウンを見つけ、ねじ込むように身にまとう。だが袖に腕を通そうとするとガウンは畳んだ傘のように閉じ、腰紐を踏んだはずみで脱げ落ちた。それでも何とかガウンを羽織り、ドアを開けて廊下を覗く。

何もない。少なくとも、恐怖や危険を感じさせるものは何もなかった。彼がいるのは長い廊下の端で、大きな格子窓から車寄せの屋根が見えた。窓越しの鈍い光で、色あせた赤い絨緞が五十フィートほど離れた階段の降り口まで続き、樫材を張った低い壁にはドアが一列に並び、ところどころ金塗りの額縁や鉤《かぎ》爪足の椅子が置かれているのがわかる。ベネットは廊下の向かいにあるドアに目をやった。さっきの物音が〈チャールズ王の部屋〉から聞こえたと考える理由はないものの、この屋敷で生じる密《ひそ》やかな動きはすべてその部屋に関係があるように思えた。あれはブーンの部屋だが、今は別館にいるはずだ。廊下を横切りドアをノックすると、大きなドアがきしみながら勝手に開いた。

深い朝顔口の窓にはカーテンが引かれて薄暗いが、部屋の広さはわかった。銀の花瓶のかすかなきらめき、棺の蓋のようなベッドの天蓋、鏡に映った自分の顔も見える。ベッドは整えてあるが、ブーンの衣服が椅子の上に脱ぎ散らかされ、ドレッサーの引き出しは酔って開けたようにでたらめだ。ベネットは本能的に階段へ通じる隠し扉を目で探した。この部屋は敷地内の車道と裏手の芝生を見下ろす一角を占めている。となると、階段は左側の壁の内部、きっとあの二つの窓の間にある。あのあたりに――

またあの音が聞こえた。今度は背後からだ。〈白い僧院〉の秘密を閉じ込めた、いずれかのドアの向こう側だ。部屋を出て廊下を少し進むと、ドアが開いて危うくぶつかりかけた。ドアは音もなく開き、同じように静かに若い娘が出てきた。あえぐような息遣いで、両手は喉をまさぐっている。

娘はベネットに気づかなかった。ドアが閉じられる前に、部屋の中から病人がつぶやき身動きするような音がした。娘はうなだれ、静かに壁にもたれかかり、やがて頭を上げた。喉から両手を離したとき、絞められたような痣《あざ》があるのがわかった。二人は朝の薄明かりの中で互いを見た。

ベネットが見たのはマーシャ・テイトの顔だった。

6 「――足跡を残さずに歩き回る者」

見下ろす恰好になったベネットは、少し移動して朝の灰色の光が相手の顔に落ちるようにした。不思議なことに、最初は驚きのあまり呆然としたものの、目の前にいるのが幽霊だとも、幻覚のせいでマーシャの顔が至るところに見えるのだとも思わなかった。ほかに何も感じられなくなるほどほっとして、道化芝居じみた殺人は結局すこぶる性質《たち》の悪い冗談、自分をかつごうとして計画された悪夢体験なのだと思った。笑い出したくなった。

途端に目の前の女性がマーシャでないことに気づき、驚きが募った。次の瞬間には、廊下の格子窓の影がよぎるこの白い顔になぜマーシャの面影を見たのだろうと不思議に思った。この娘はずっと小柄でほっそりしている。黒い髪を耳の後ろに無造作にかき上げ、地味なグレーのセーターに黒いスカートという野暮ったい服装《なり》だ。けれども、ほんの一瞬とはいえ――頬の形、何気ない仕草、暗い色の瞳を半ば覆う二重まぶたに――マーシャの似姿を認めたのだ。

娘が怪我をしているとわかって、そうした思いは霧散した。耳に届いた声は、マーシャ・テイトとは似ても似つかない。

「ジョ――」言葉を呑み込み喉をごくりとさせて、生真面目そうな目で見上げる。「ジョン叔父さん？　叔父さんはいなかったから、わからないでしょうけど――あら、これじゃ何のことかわからないわね。ルイーズのことなの。でも、大丈夫。ただのショックで、もう落ち着いたから。最初はわたしのこともわからなかったの。昨夜あんなことがあったからヒステリーを起こしたのよ。ルイーズは――」話をすると痛むらしく、再び喉に手をやる。むかつきを抑え、微笑もうとしていた。「ウィン先生を呼んできてくださったら――」

はっとして口をつぐんだ。

「あなたは叔父さんじゃありませんね！　どなたです？」

「どうか落ち着いてください」ベネットは説き伏せるように言いながらも、後ろめたさを感じていた。「誓って怪しい者じゃありません。あなたの叔父さんの友人で、ベネットといいます。ねえ、あなたは怪我されています。僕に見せていただけ――」

「いえ、わたしは何ともありません。治療が必要なのはルイーズなんです！……あら、ベネットさんでしたら存じ上げています。ルイーズがあなたのことを話していました。ルイーズのお父さんを連れてニューヨークを案内した方でしょう？　ここで何をなさっていますの？」素早くドアの前へ移動する。「部屋へ入っていただくわけにはいきません。ごめんなさい。彼女はナイトガウン姿ですから」

「それがどうだって言うんです？」ベネットは部屋に向かっていた足を止めた。「急に乱暴になってあなたの首を絞めようとした……ルイーズがそうしたんでしょう、違いますか？」

およそ想像できないことではあるが。ベネットは、そばかすだらけで野暮ったい、常にカニフェスト卿の後ろに控えて機械的な微笑を浮かべていたルイーズの姿を思い浮かべた。物静かで有能、父親の手紙の処理を慣れた態度で引き受け、二杯以上のカクテルは許されていないルイーズ。

「乱暴に？」喉の痛みをこらえてキャサリン・ブーンが繰り返した。笑おうとするが、弱々しい笑みにしかならない。「ルイーズが？　彼女のせいじゃないの。ヒステリーを起こすと自分ではどうにもならなくて。昨夜のようなことがあったら無理も――お願いですから馬鹿な真似はやめて！　わたしだってあまり気分がよくないので……」

「それはわかっています」ベネットは厳しい口調で言うと、壁にもたれて体を支えようとする彼女のほうへ身を屈めた。

「何をするの？　下ろしてください！　下ろして！　わたしの言うことがわからないの？」

大いに困惑し少し怯えながら、きっと気がふれたのね、と話す娘を抱えてベネットは自分の部屋へ向かい、足でドアを押し開けた。居心地がいいだろうし、明るい光のもとで彼女を見たいという理由もあって、朝顔口の窓の下にあるベンチのクッションの上に坐らせた。彼女を置いて、スーツケースをかき回しブランデーの壜を探した。イギリスのバーは理不尽なほど店じまいが早いので、用心に携行したのだ。壜を手に戻ると、娘は窓の隅にもたれていた。怒りにせよ安堵にせよ、疲労が元の表情を消している。

「せっかくですが」いくぶん早口で言った。「ブランデーは飲みません。でもありがとう」

「飲んだほうがいい！　なぜ飲まないんです？」

このときキャサリンが本当のことを話したのは、きっと疲れ切っていたせいだ。心ならずも言葉が口を衝いて出たのだろう。

「だって、モーリス伯父さんは、わたしがお酒を飲んでいたって言うに決まっていますから」

「モーリス伯父さんのことは忘れなさい！　さあ……」

彼女は痛みをこらえ苦労しながら飲み込んだ。その間にベネットはタオルを水に浸して絞り、首の紫色の痣にうまく当てようとした。

「そう。それでいい。お好きですか？」

「好きです」

「もう一杯どうです？　いらない？　じゃあ僕がこいつを首に巻くまでじっとしていてください。そしたら、あなたのお友達――やんごとなきルイーズ・カルー嬢が」口にしてみると、あの控えめな娘にその呼び方は不似合いだと感じた。ルイーズのことは、決まってほかの誰よりも低い椅子に掛けている姿でしか思い描けない。もう一度言ってみた。「あなたのお友達、やんごとなきルイーズ・カルー嬢が、なぜヒステリーを起こしてあなたを殺そうとしたのか教えてもらいますよ。こら、じっとしてなさい！」

「あら、そんなんじゃ、二目と見られなくなるわ。タオルを貸して」キャサリンは身を振りほどき、微笑んで、元気のよさを装った。ベネットは朝顔口の窓にもたれる彼女の姿をつぶさに眺めた。マーシャ・テイトの面影？　何かの暗合や光の加減で自分がそういうものを期待する精神状態でなかったら、頭をよぎることさえなかったんじゃないか？

物静かで気取りがなく、やや神経質そうだが、それなりに美しい。色白で化粧はしていない。

眉は細く眉尻がわずかに上向きの弧を描いている。黒褐色の目には不思議な輝きが宿り、マーシャとは対照的に、対象をまっすぐ、どぎまぎさせるくらいしっかりと見つめる。だが、目にかぶさるような二重まぶた、ふっくらした小さな唇や細い首はマーシャと同じだ。

だからどうした？　キャサリンも、この屋敷を雲のように呑み込む夢幻《まぼろし》の犠牲者だろう？　無口なルイーズがカニフェスト卿の陰に隠れているように、キャサリンもブーン兄弟の華やかで気まぐれな夢の背景にすぎないじゃないか。ジョン・ブーンが薄ぼんやりとした調子で〈ケイト嬢ちゃん〉の話をしたときに、わかって然るべきだった。ベネットはウィラードが話していたことを思い出していた。

「あの、許していただかないと」キャサリンが不安げに言った。「わたし、取り乱して――馬鹿なことを口走ったかもしれません――いつもそうなの。でも、ルイーズのことは大好き。彼女はこれまで人から認められるチャンスがなくて。お父さまのこと……ご存じでしょう？」

「あの人の〈影響力〉でしたらね」

「そう、それなんです、わたしが言いたかったのは。あなたはわかっておいでだわ。ルイーズはあなたのことが好きだと言ってました。ルイーズったらね、友達と一緒にいると、まるで別人なのよ。きっとわたしたち、いい……」しばらく窓の外を見やり、振り返った。「お訊きしていい？　ステラが言っていたんですが――今朝わたしにお茶を持ってきてくれたメイドです――階下《した》ではその話で持ちきりで、それは本当のことだって。マーシャのことですけど。本当なの？　どうなんです？」

キャサリンは息継ぐ間もなく話し、ベネットは答える代わりにうなずいた。

「マーシャは別館で襲われて殺されたとステラは言っていました。頭がすっかり――叩きつぶされていた、ジョン叔父さんが発見したんだって。それも本当?」

「ええ」

彼女は再び窓のほうへ向き、背中をこわばらせて目を閉じた。少し間を置いてからベネットは静かに尋ねた。「マーシャが好きだったんですね?」

「あの人が好き? いいえ、大嫌いでした。いえ、それも本当じゃないわ。ああ、あの人がどんなに羨ましかったか」

ベネットはどう返せばいいかわからず、居心地が悪かった。立ち上がって荷物の中からタバコを見つけようとした。これまで誰にも注目されなかったこの女性に、これほど心を乱されるとは……キャサリンは再び話し始めた。

「警察は誰の仕業かわかっていますの?」

「いいえ。でも屋敷の中に犯人がいると考えているようです」

「もちろん屋敷の中の誰かに決まっています。昨夜廊下を歩き回っていたのと同じ人です」

ベネットは窓下へ行ってベンチに坐った。無理に打ち明けさせようとしたのでも、口先だけの助力を申し出ようとしたのでもない――そもそもどんな助けが必要なのか? 説明不可能なほど激しく心を揺さぶる複雑な感情に戸惑っていた。キャサリンはそれを感じ取ったらしく、意外な言葉を口にした。

「ありがとう。どんなに心強いか、あなたにはきっとわからないわ」落ち着いた笑顔になった。「たいていの人は、わたしが自分で自分の面倒は見られるって言うんです。もちろん、それはそう。でも昨夜のようなことがあるとルイーズと同じくらい怖いんです……昨夜廊下に誰かいて、物音を立てたり、何か探したり、歩き回ったりしていたの。何だったのかわからない。あれのせいでルイーズは半狂乱になりました。たぶんお医者様に診てもらわなければならないでしょう。かわいそうに。誰だかわからないけど、その人が暗がりでルイーズの手首をつかんで突き飛ばしたんです」

「幻覚を見たということは――？」

「ルイーズの体に血がついていました」

「それは何時頃のことです？」

キャサリンはぼんやりとした表情で首を振る。「時間は覚えていません。でも四時近くでしょう。そのあとで時計を見たから――さっき出てきたのがわたしの部屋ですが、昨夜、気配で目が覚めたの。何の気配かはわからなかった。ドアを手探りしてノブを回そうとする音が聞こえて。まるで――大きな犬みたいでした。昨夜の宵の口にテンペストがひどく吠えて、犬のことばかり考えていたからでしょうね。そういえば今朝も吠えていたわ。

わたしの部屋のドアから音がしたんです。それから何かが倒れる音と、誰かが走る音。わたしは動く気になれず、廊下でウィラードさんの声がしてからやっと動きました。あの人は物音を聞いて何事かと廊下に出て明かりを点けたそうです。ドアを開けて覗くと、気を失ったルイーズを抱え上げるところでした」

ベネットはいらだたしげに言った。「なぜルイーズは朝の四時に暗い廊下をうろうろしていたんです?」

「はっきりとはわかりません。ルイーズから筋の通った話は聞けていないんです。でも、わたしの部屋へ来ようとしていたんだと思います。眠れなくてヒステリー気味だったんでしょう。明かりのスイッチが見つからずに迷ってしまい、自分の部屋に戻ることもわたしの部屋に来ることもできず、いっそう怯えたんじゃないかしら。ルイーズは今も『明かり、明かり!』と言っています」キャサリン・ブーンは膝に置いた手をぎゅっと握り、まっすぐ前を見た。「真っ暗な迷路で迷って、行こうとしていたところへはどうしてもたどり着けないんだと思って、とっても怖くなった経験はありませんか? わたしはあります。時々、夢の中で」

ベネットは思わず身を乗り出し、キャサリンの肩をつかむ。

「幽霊話は僕も大好きだ、うんと気味の悪いやつがね。それは自分の人生で本当に気味の悪いものにぶち当たった例《ためし》がないからだ。でも君は、ただの影法師やつまらないものを怖がっちゃいけない。わかったかい? そんなものに十分すぎるほどかかずらってきたんだから」

「でも、いったいどうすれば――」

「君に必要なのはね、冷めたお湯しか入っていない水差しとか、でこぼこの鏡とか、時代遅れの幽霊とかに憑かれている寂しい屋敷と縁を切ることだよ。ロンドンかパリへ行って、パリのほうがいいかな、羽目を外して大騒ぎをやらかし、頭の中でこしらえたお化けからくりのゼンマイを叩き出すんだ。それから、きれいな洋服の並んだ店や赤いふかふかの絨緞を敷いたホテルに入り浸る。バンドの演奏を聴いて、ウキウキする恋をし、クリシー広場の酒場を片っ端からはしごして酔っ払い、ブローニュの森の湖で提灯《ちょうちん》の明かりを眺め、マドリッド城（ブローニュの森の外れに建てられた、仏伊折衷様式の絢爛豪華な城）で郵便切手みたいに派手なドレスを着て踊り、この二百年のあいだ世界最高の料理を提供してきた信じられないほど小さな部屋にぎゅうぎゅう詰めにされながら、熱々の鍋料理が立てる湯気やブルゴーニュワインの深みのある色を目で楽しむ。シャンゼリゼ通りのマロニエ並木が春に芽吹くのを眺め、河岸の市場でセーヌ川が日の光を浴びて輝くのを見ながらオニオンスープを味わう、それから――」

ベネットは外交術を窓から投げ捨てていた。立ち上がり熱に浮かされたように描写する間も、片手は宙で踊っていた。やがて馬鹿げた振る舞いをしていると気づき、風船がしぼむようにしゅんとなる。再び、うら寂しい部屋と窓外の雪が目に入った。ところが、驚いたことにキャサリン・ブーンが顔を生き生きと輝かせてこちらを見ていた。

「あなたって――どうしようもないヤンキーね！」一気に押し寄せた安堵で声が震えていた。それから笑い出したが、馬鹿にした笑いではなかった。笑いはなかなか止まらない。

「いや――そう、その通りだな」

「あなたみたいにいかれた人、初めてよ」

「どういたしまして、君こそどうしようもないイギリス娘だよ。こう見えても、僕は人からは――」

「そんな口の利き方をしちゃだめよ。少なくとも――つまり、その――ほかの人がいるところではね」

「ほう？」

キャサリンは居住まいを正した。不安そうだ。「その話はもうおしまい。真面目に考えましょう。そうしなくちゃ。マーシャのことよ。ほかのことは考えられないもの。マーシャなら、今あなたが言ったことは全部できたでしょうね。自分というものをしっかり持って、独りで生きていたわ。とても見事に……あの人なりに、だけど」再び両手を握りしめた。「たぶん――わたし、ずっとこう考えていたの――あの人は満足していたでしょうって。マーシャは死んであそこに横たわっている。でも、望むものを全部手に入れてから死んだのよ。女が望むものすべてをね。誰にも頼らず華やかに生きて、永遠に年をとらない。それと引き換えなら死んでも構わないって、女は思うものよ。鉛を詰めた乗馬鞭のグリップで頭を叩き割られるとしても、それは代償だと諦めたと思うの」

堰《せき》を切ったように話していたが、不意に口をつぐむ。口にされなかった言葉が、ドアを閉じるように閉じ込められる感じがした。その言葉の重みは、底冷えのする部屋で、ドアがバタンと閉まる現実の音と同じくらいはっきり感じ取れた。

ベネットはキャサリンをじっと見た。「乗馬鞭で？」

言うべきではなかった。言葉が口を衝いた瞬間にそう思った。閉じたドアは、ベネットを彼女から閉め出した。

キャサリンは窓下のベンチから立ち上がる。

「違うの？　きっとステラの話からそう思ったのよ」早口で、ことさら声高に言い捨てる。その瞬間、物静かで神経質なキャサリン・ブーンが危険な女に思われた。息遣いも激しい。「もうルイーズのところに戻らないと。いろいろありがとうございました。朝食に行かれたほうがいいんじゃありません？」

ベネットに身動きしたり声をかけたりする暇《いとま》も与えず、それこそ幻影のような素早さで部屋を出ていった。取り残されたベネットは、剃りかけてやめた顎を撫でながら、閉じたドアをぽかんと見ていた。空っぽのスーツケースを部屋の反対側へ思い切り蹴飛ばす。蹴り戻そうとしたが気が変わってベッドに腰を下ろし、タバコに火を点けて荒っぽく煙を吐き出した。

ますます面倒な状況になった。タバコを持つ手は震え、部屋にはマーシャ・テイトのからかうような顔が大写しになって浮かんでいる。ウィラードの遠慮会釈のない、火のように烈しい性格描写が本当なら、マーシャは死んだ今こそ生前以上に高らかに笑っているだろう。乗馬鞭か！　犯行現場にはなかった。周辺でも見かけなかった。ジョン・ブーンが手首に下げていたのを別にすれば。でも、あれを使ったということはあり得ない。

警察が別館から戻った頃だろう。そろそろ階下《した》へ行かなければ。キャサリン・ブーンのことを頭から追い払い、水を使ってひげを剃った。気分はましになったが、頭が少しふらつく。着替えて階段を下りた。

食堂へ行く途中、図書室から大きな話し声が聞こえた。ドアが開いている。天井の明かりが薄暗い部屋を照らし、暖炉の前にある現代風の家具の周りに人が集まっているのが見える。黄色いシェードの付いた青銅ランプの光を横から受ける形で、警部の制服を着た背の高い男が、戸口に背を向けて長椅子の後ろのテーブルについていた。男は鉛筆で頭の横をせわしなく叩いている。その向こうにトムスンがたいそう不安げな面持ちで立ち、さらに向こうには穏やかな表情のマスターズ首席警部が、本棚から本を取って眺めていた。熱弁を振るっているのは——耳障りな声を張り上げ、手旗信号のような大げさな身振り——厳しい顔つきの小柄な男で、くたびれた黒いコートを着込み、山高帽を頭の後ろにちょこんと載せていた。暖炉を背にして立ち、黒いリボンの付いた眼鏡を鼻の上に斜めに載せ、再び指をさして、

「ポッター、このわしの仕事に口出しはせんでもらいたい。あからさまな侮辱と見なすぞ、いいな。検死審問では覚悟しろよ。今から警告するが、あんたをけちょんけちょんにやっつけてやる!」眼鏡越しに毒気をはらんだ目で睨《ね》めつける。「わしが話したのは厳然たる医学的事実だ。お望みとあらば、あんたのところの警察医にも調べさせたらいい。何ならハーリー街の気取った連中を呼び寄せるか? ええ? そうすりゃあんたにもわかるだろう——」その鋭い視線が戸口にいるベネットを捉えるや、口をつぐんだ。

室内の緊張した雰囲気がいっとき凪いだ。マスターズがテーブルに近づき、早口で言う。

「どうぞこちらへ、ベネットさん。お迎えに人をやろうとしていたところです。こちらは——ウィン先生。こちらがポッター警部。この半時間というもの、我々はすこぶる奇妙な事実を聞かされていまして……」

ウィン医師がふん、と鼻を鳴らした。マスターズからは先刻の穏やかな態度がいくらか失われていた。口許にしわが寄り、頭を悩ませる問題が持ち上がっているようだ。

「話を整理する必要があるんです。ええ。さっきベネットさんから伺ったことはこの方々に伝えました。単に形式上のことなんですが、もう一度あなたご自身で警部にお話しいただけたらと思いまして——」

ポッター警部は手帳から顔を上げた。赤ら顔にちょびひげを生やした禿頭の大男で、草を反芻《はんすう》する牛のような目をしている。戸惑っているかもしれないが、へこたれるタイプではなさそうだ。胡散臭げにベネットを見て、「名前と住所」と大きな声で言う。さらに胡散臭そうに、「外国人なら身許照会先を。宣誓した供述にはならないが、包み隠さず述べるのが貴君のためだ。さあ！」

「ちょっと待った、ポッター」マスターズが容赦なく言葉を挟む。「君は私の協力を求めているんだろう？　違うのか？」

「はあ、その通りですが」

「よろしい、では——」マスターズは説得調で言い、片手を振った。「私がちょっとばかり出しゃばっても構わんだろうね。さてベネットさん、私はこの問題の重要性はいくら強調してもしすぎることはないと思っています。この件について一点の曇りもなく明らかにするお手伝いをしていただきたいんです。トムスン！」

執事が進み出る。腫れて縁の赤い目にはあからさまな敵意が浮かんでいるが、声はうやうやしい。この部屋の中で最も品位を感じさせる人物に思えた。

「君がポッター警部に述べたところによると」マスターズは厳しい口調で続けた。「昨夜雪がやんだのは二時を回った頃――それより早くも遅くもない――ということだが、誓って確かかね？」

「はい、確かでございます。残念ながら」

「残念ながら？　それはどういう意味かね」

「その、迷惑をおかけするのは本意ではないということでございます」トムスンは抑揚のない声で答えた。「警察の方にですが。時間のことは確かです。昨夜はまんじりともできませんでしたので」

マスターズは振り返った。

「そしてウィン先生がおっしゃるには――」

「わしはこうおっしゃるぞ」医師は撥ねつけるように言ってマスターズの肩を叩いた。「気温も含めてあらゆる事実を勘案すると、被害者の死亡時刻は午前三時から三時半だと断言できる。これは動かせん。雪が二時にやんだことはそっちの問題で、わしには関係ない。わしは、雪が二時にやんだのならあの女性はそれから少なくとも一時間は生きていた、と言うだけだ」一同を意地の悪い目つきで見回す。「諸君の商売をそう羨ましいとは思わんな」

にわかに活気づいたポッター警部が声を張り上げる。「それはあり得ません！　筋が通らない！　いいですか、あの建物に入っていく足跡が二組あります」注目を求めるように指を二本立てる。「ブーン氏の話では、氏自身とこちらの紳士がつけたものです。結構ですな。出てくる足跡も二組で、同じ二人がつけたもの。それで全部です。私どもが判断するに、四組の足跡はどれも同程度に新しい……私は密猟――おほん――罠をかけて猟をしたことがあります、若い時分に。あれは今朝ついた足跡です。ブーン氏が話しておられたくらいの時刻に！　それで全部なんです」警部はちっぽけな鉛筆を握った腕をさっと振り、巨大な手をテーブルに下ろす。「建物の四方にはまっさらな雪が百フィートにわたって広がっています。木の一本、茂み一つありゃせんのです。あり得ない。筋が通らんのです。そんなことがありうるんだったら、私はもう教会になんか行かんです！」

ポッター警部は鼻息も荒く話していた。鼻息が荒いのは、しゃべる蒸気ローラー車のようなこの男をさっきから止めようとして成功していないマスターズも同様だった。もう睨むだけでは足りず、親戚でもあるポッター警部が相手となると普段の威厳は嘆かわしいほど消し飛んでいた。

「おいおい！　よく聞け、チャーリー・ポッター。こっちがいいと言うまで、そのでかい頭を引っ込めておくんだ。さもないと州の警察本部長に君の態度を報告するぞ。供述を強要するつもりか？　我々が供述内容を真実だと思うかどうかは関係ないんだ。そうだろう？　ああ、まったく！　君は犯罪捜査課の一員だろう、私にはとても信じられんがな」

ポッター警部は、はなはだ険悪な様子で片目を閉じる。

「おほん」彼は威厳を繕って言い返した。「誰がこの事件の担当者か、教えてほしいもんですな――あなたはサンタクロースの役をしに来たんでしょうが！　おほん！　よろしい、好きなだけサンタクロースをおやりなさい。ここで。今すぐ。私は、誰もが知っている事実を述べたいだけです。いいですか、こっちにはビル・ロッカーという証人がいるんです。私は生まれてからずっとあの馬丁を知っていますが、正直で信用できますし、ダービーの勝ち馬を三年続けて当てているんですぞ。あなたにそんなことはできっこない。そのビル・ロッカーが、建物に入っていくブーン氏を見ているんです。どうです？　あそこに誰も隠れていなかったことは我々が確かめました。さあ、それでは！」警部は決闘を挑むように手袋ならぬ鉛筆をテーブルに放った。「あなたがサンタクロース役を立派に務め、この不思議な出来事をちゃんと説明できるまでは、お願いですから――」

「さあ行け、ご両人」小柄な医師は、にわかに興味をそそられた様子で口を挟む。「もう少し見物させてもらおう。捜査の手始めに警官同士がノーガードでやり合うくらい事件に興を添えるものはないからな。ところで、わしに訊きたいことはもうないのか？」

マスターズはどうにか冷静さを取り戻して言った。

「ああ、我を忘れていたようだ。警部、君の言う通り、この一件は君の担当だ。少なくとも当座はな。君の言うことはもっともだし、やたら職権を振りかざしているわけでもない。だが」

腕を組んで、「先生が帰られる前に、凶器について伺っておくことを勧めるよ」

ウィン医師は顔をしかめた。「凶器か、ふむ。わからんな。それはあんた方の仕事だろう。わしに言えるのは、お決まりの〈鈍器〉ということだけだな。強い力で殴っている。傷の位置からすると、まず正面から襲われ、横倒しかうつぶせになったところを五、六回殴られた。かなり強くな。うん。はっきりしたことは、あんたのところの警察医が検死解剖で教えてくれるだろう」

「まさか、先生」ポッターが、驚くべき可能性に思い至ったと言いたげに尋ねる。「女性の犯行ということはないでしょうな?」

「ないとは言えん。そうだろう? 重い凶器を使えばできない理由はない」

「灰の中に火かき棒の端が入り込んでいましたが、あれはどうです?」

「おそらく、もっと太くて角張ったものだな。それもあんた方の仕事だよ」

質問と返答の間、マスターズは出来の悪い生徒を受け持った教師のように諦め切ったうつろな表情を浮かべていたが、今や皮肉めいた厳しさも加わっていることにベネットは気づいた。ポッター警部が次の質問をしたときには、荒い鼻息さえ立てた。

「ほう! それならデカンタだったかもしれませんな。あの砕けていた重いやつ」

「おい、勘弁してくれ。どんなものでも凶器になっただろうさ。あんたらお得意の指紋探しやら血痕探しやら、好きにやればいい」ウィン医師は帽子を小粋にかぶり直し、黒い鞄を取り上げた。最後にポッター警部を横目で見る。「デカンタ説はいただけんな。それだったら被害者はポートワインまみれになっている。そもそもデカンタの破片は遺体のそばに一つもなかったじゃないか。あれはテーブルかどこかから転げ落ちて砕けたように見えるな……まあ、はっきりとはわからん。わしだって、できることなら力を貸してやりたいさ。文句のつけようのない、明々白々で完璧な不可能状況があんたの鼻先に叩きつけられたとあっちゃ、助けはいくらあっても足りんからな」

「その通り」部屋の向こう側の暗がりから別の声がした。不意を衝かれた一同は飛び上がるほど驚いた。「俺に、あの殺人がどうやってなされたか説明させるってのはどうかね？」

7　絞首刑へのプロット

　ポッター警部は「神様！」と叫び、慌てて立ち上がったはずみに重いテーブルをひっくり返しかけた。マスターズも驚きを隠せずにいる。彼らは暖炉の火と黄色いシェードが付いた二つのランプが投げかける、小さな光の輪の中に立っていた。アーチ天井にはシャンデリアが王冠さながらに輝いていたが、広い図書室はそれでも薄暗く、並んだ本そのものが影を投げかけているかのようだった。

　ベネットは部屋の一辺、朝顔口に菱形ガラスをはめ込んだ窓が並んでいるあたりを見た。ガラス窓の連なる壁の手前に、つづれ織りを張った背の高い肘掛け椅子が、こちらに背を向けて置かれている。椅子の背の上にぬっと頭が現れ、次いで人影が椅子から離れて、ガラス窓と灰色の空を背景にずんぐりした黒い影の立ち姿となった。グラスの氷がカチンと鳴り、葉巻の香りが漂う。その人物はおぼつかない足取りで石の床をこするように近づいてきた。葉巻をくわえ、しかめ面で前屈みに歩く寸詰まりの姿は、せせら笑いを浮かべた小鬼《ゴブリン》を思わせる。短く刈ったごわごわの黒い髪、険しい顔に浮かぶぎこちない薄笑いや血走った小さな据わった目が見えるところまで近づくと、その感じは強くなった。

　カール・レインジャーだとベネットは気づいた。ぶかぶかの花柄のガウンをまとい、ひどく酔っている。

レインジャーは喉の奥から出てくるようなしっかりした声で話し出した。「どうかお許し願いたい。いや、これから俺が協力しようとしていることを考えれば、むしろ諸君には許す義務があるな。俺は聞いていたんだよ。あそこで堂々とね。君らが入ってきて不意打ちを食らわせたとき、俺はあの椅子でベッツィとお楽しみの最中だった」ガウンのポケットから突き出した壜の首を軽く叩く。「二本目のベッツィをやりながら自然界と魂の交流をしていたんだ。『わが眼《まなこ》は新たなる歓びを判然と捉えぬ。あたりの景色がうつろう間にも』（ミルトン『快活の人』から）ってね。お国の景色は素晴らしいね。ははは」

ずんぐりした姿がどたどたと光の輪の中に入ってきた。貼りつけたようなこわばった薄笑いと、閉じた歯の奥から漏れてくる陽気さには、人ならざるものが感じられる。うなずいて両目を閉じるウィンクをし、葉巻を手に舞台の上でするような挨拶をした。血走った小さな目は、据えられたまま油断ならない光を帯びている。

「小生はレインジャーと申す者。お聞き及びの方も多かろう。その椅子を貸してもらえるかな、えーと――マスターズさん。そう、あんたが前に立ってふさいでいるやつ。申し訳ない。ありがとう。さて！　おはようございます、皆さん」

「おはようございます」少し間を置いて、マスターズが落ち着いた声で言った。背中に回した手をさっと動かし、目をむいているポッターに合図する。「供述をなさりたいのですかな？」

レインジャーは思案顔で暖炉の火を見ながら、子供がやるように、短く刈り込んだ頭を前後に揺すっていた。

「ああ、そういうことになるかな。ある意味ではね。諸君が頭を痛めているあり得ない出来事を、俺は説明できるんだよ。はは」

マスターズは相手を観察した。「当然のことながら、私どもは有益な情報はいつでも歓迎です。大いにね。しかし私からも一つご注意したい。もしよろしければ、ですが。ご自分が重要な話を伝えるのに適した状態にあると確信されていますかな?」

「適した状態?」

「さよう。限界を一滴も超えていないか、と申し上げてもいいでしょうかな。ええ?」

レインジャーは派手なガウンを引っ張り上げながら、ゆっくりと向き直る。顔には壁の隅から盗み見するような表情が浮かび、やがてぞっとする笑みに崩れた。

「汝の清らかなる心に神の恵みを、警部さん」レインジャーは穏やかに言った。「『限界を一滴も超えていない』?」突然むせるように笑い出し、しまいには涙目になった。「まあまあ、落ち着くとしよう。もちろん俺は限界を超えて聞こし召していらっしゃるよ。お上品に言えばね。有り体《てい》に言えば、へべれけだ。でもそんなことは諒解済み。それがどうだっていうんだ? もっと楽しかった時代、つまり、もっと立派な人間になれ、酒を過ごすのはやめろ、と説き伏せられる前ってことだがね、酔っ払っていない俺を見ることなんてできなかったさ。でも昔の俺は、生きて、動いて、本当の自分てものを持っていた。俺のおつむだってね——こいつのことさ」こぶしで頭を叩く。「酔っていたときのほうが冴えていたよ。俺が酒をやめたのはね、こいつが冴えすぎて気味が悪いと周りの連中が言ったからさ。はは！　証明してご覧に入れようか、警部殿」やにわに葉巻をマスターズに突き出す。「あんたがどんなことを考えているか当ててみよう。大方こんなところだ。『こいつは自供するかもしれん。このむかつくチビをおだてて、あることないこと認めさせるのが手っ取り早い』どうだい？　それがまたまたあんたのおめでたいところでね。確かに俺はいつもよりずっと口が軽くなってる。だが、俺が殺したんじゃあない。妙な案配で、俺にはアリバイがあってね」

レインジャーの高笑いにマスターズは無表情にうなずく。「なるほど、確かに私はそんなことを考えていたかもしれませんな」

「そしてあんたは――」レインジャーはベネットに葉巻を向けた。「こう考えている。『また厭なやつが出てきた』そうだろう？　ええ？」ベネットをまじまじと見た薄気味悪い目つきは、にたにた笑いと同じくらいおぞましかった。だが、次第にその視線から鋭さが失われ、戸惑いがうかがえるようになり、やがて敗北感が表れる。「どうして俺のことをそんな風に考えるんだ？」不思議そうに尋ねた。「どうして誰もがそうなんだ？　俺はずっとそれが知りたかった。俺はカール・レインジャー。出だしは鉄道建設労働者だった。この手を見たいか？　今だってこんなだ。それが今や、一緒に仕事をしてきた映画スターにも引けを取らない報酬を要求できる。なぜか？　俺が完成させた映画に出たやつは誰でもスターになれるからだ。それが俺、俺にはできるんだ。それなのにどうして……」額に手をやり、抑揚のない声で言った。「ふん、みんなくたばっちまうがいいさ。俺が言いたいのはそれだけだ」驚いたような顔になり、「あいつらは汚いげす野郎だ、一人残らずな。それだけは確かだ。そうとも。ところで――あんたの話は何だったっけ、警部さん。ああ、そうか！　俺はあんたが見逃していたことをはっきりさせて、証拠を提供するつもりだ」

「とおっしゃると？」

「証拠だよ」レインジャーの表情が再び明るくなった。「ジョン・ブーンがマーシャ・テイトを殺した証拠だ」

「何を言い出す！」そう叫んだウィン医師は、マスターズに睨まれて口をつぐんだ。

「いろいろありがとうございました、先生」首席警部が感情を交えない早口で言い放つ。「大変参考になりました。これ以上お引き留めいたしません……ん？　トムスンじゃないか。まだそこにいたのかね。君には退《さ》がっていいと言ったはずだが。いや、私の思い違いだ。外で待っていてくれないか」

「あの男はどうしようもないくらい酔っておる」小柄な医師が厳しく言い返す。「自分が誰の話をしているのかわかっているのかな。ジョン・ブーンだぞ？　自分を招待してくれた主人役じゃないか。さて、わしはもう失礼する。ジョンは朝飯を食べている頃だろう。ここへ顔を出せとだけ伝えておくよ」

　大柄で日頃穏やかなマスターズが、こめかみに青筋を立て、パン屑でも払いのけるように医師をじりじりと押しやり、小声で何か言った。ベネットは二階でのやりとりを思い出し、ルイーズ・カルーを診てくれとウィンに頼んだ。事情を説明していると、マスターズが耳ざとく聞きつけて「ほう、そんなことが」とつぶやき、ベネットに「ここでお待ちを！」と言ってトムスンを部屋の外に出し、医師をも追いやった。医師のかん高い声が遠ざかり、マスターズが戻ってきた。レインジャーはポケットから出したジンの壜を口許に運びながら、目だけ動かしてマスターズを嘲るように見た。

首席警部は再びポッター警部に黙っているよう合図した。「あなたはジョン・ブーン氏を殺人で告発なさりたいのですな。裏づける証拠があるとしても、そう口にするのは非常に由々しきことであるのはおわかりですな？」

「もちろん裏づけられるよ、警部さん。はは。うん。あんた、供述を取っただろう」映画監督は急に真顔になった。「ブーン、そして俳優のウィラードからな。おいおい、質屋が金を貸し渋るような顔はやめようや。俺はあんたが話すのを聞いたし、二人がどう答えたかも知ってるんだ。二人は昨夜何が起こったかについて自分なりの話をした。今度は俺が話す番だ。雪の上には足跡が一組、別館へ入っていくやつしかなかった。そのわけがわかるかい？」

「話すのなら気をつけるんですな。あれはついて間もない足跡でしたよ」

「もちろんそうさ」レインジャーは激しい息遣いを抑えて言う。「第一に、ブーンは昨夜ロンドンにいた。隠れもない名士カニフェスト卿に会うためだ。あの男はその話をしたか？」

「ほう、どういうことですかな？」マスターズは質問口調で答え、表情のない目をベネットに向けた。マスターズはH・Mと話しているから、この辺の事情にも詳しいはずだ。「ブーンさんは仕事で人に会う約束があったとおっしゃいました。あなたが言っているのは新聞社主のことですね？　そういうことでしたか」

「もし知らないんなら、ブーンが会いに行った理由はぜひとも知っておくべきだな」レインジャーは奇妙な目つきでマスターズを見た。「カニフェストは、マーシャ主演の芝居に出資することになっていた。ところが昨夜、その話を反故《ほご》にしたんだ。ブーンとマーシャはカニフェストが手を引くんじゃないかと心配していた。だからブーンはすっ飛んでいったのさ」

「で？」少し間を置いてマスターズが先を促す。「どうして、その――ええと――カニフェスト卿は出資を拒否したんです？」

「あれこれ吹き込まれたからさ。カニフェスト卿は結婚を考えていた。身も心も捧げていたんだよ」レインジャーは身振りを交えて話を続ける。「我らが美しき妖精《ニンフ》にね。やんごとなきカニフェスト卿は高潔であらせられ、男女の結びつきに結婚以外のいかがわしい要素を認めるには思慮深すぎるんだ。そのカニフェスト卿に誰かが何かを吹き込んだ。ブーンはカニフェストからよくない返事を聞かされるんじゃないかと心配していた。マーシャも同じだ」

マスターズは咳払いした。「なるほど。卿はマーシャ・テイトの品行について芳《かんば》しくないことを吹き込まれた、そうおっしゃるのですな？」

「いやはや、そこまでいくと立派だよ、警部さん」レインジャーは、お手上げだと言わんばかりだ。「あんたのめでたさ加減はね！　その手の噂をカニフェストは耳にしたことがなかったと思っているんじゃないだろうね？　そんな行状、ただのおふざけにしか思えないほど彼女の家柄は立派なもんだ。ははは、違うね。誰かさんに吹き込まれたのは、むしろマーシャが貞淑すぎるかもしれないってことだと思う」

「貞淑すぎる？」

「もう夫がいたということさ」レインジャーは高笑いした。

「夫が？」ややあって、首席警部は鋭い口調で言った。「誰なんです――？」

レインジャーはフランス人風に気取って肩をすくめる。片目を閉じると花柄のローブをまとった寸足らずのメフィストフェレスを思わせ、もう片方の血走った小さな目が葉巻の煙の向こうから睨みを利かせていた。やがて薄笑いを浮かべる。

「どうして俺にわかる？ 打ち明けるがね、この部分は推測さ。なかなか気が利いてるだろ？ さて、その夫とは誰か、俺も知りたいよ。ふふん」

マスターズが意見を口にする前に、レインジャーは穏やかに言葉を継いだ。

「親愛なるジャーヴィス・ウィラードが、昨夜マーシャは落ち着きがなく、気もそぞろに何かを待っている様子だったと言っていたが、そのわけがわかったかな？――待っていたのさ、ジョン・ブーンが戻るのを。いくらあんたでも理解できるだろう。カニフェストが後援を降りたら、芝居の幕は開かないからな」

「おやおや」態度は穏やかなまま、マスターズがせっつくように先を促す。「マーシャ・テイトは大人気の女優さんでしょう？ 乗り気になる興行主なら掃いて捨てるほど――」

「そこは考え違いだ」レインジャーは何度もうなずく。「マーシャは連中を新聞紙上で名指しでこき下ろし、面と向かって罵倒もした。とうてい無理だね」貼りつけたような薄笑いが広がり、不気味な効果をもたらす。「あることないこと、俺はマーシャの言葉としてしゃべりまくったしね。おわかりかな？」

「となると」おもむろにマスターズが口にした。「ブーンさんは昨夜、その話を彼女のもとへ持ち帰ることになっていたとおっしゃるのですな？」

「もちろん。あの女はすこぶる激しやすい性質《たち》でね。一切ご破算になったと説明しなければならない、そう悟ったときブーンのやつが何を考えたか？　別のお人好しを見つけることはできるかもしれない、しかしマーシャは受けがよくない。実際この屋敷では最悪だったね。おかげで昨夜は面白い演《だ》し物にありつけたよ。キャサリン・ブーンがマーシャを突き飛ばして石の階段から落とそうとしたんだからな……」

「何だと？」

　ベネットの心臓が飛び出しそうになり、胸が空っぽになった気がした。一歩踏み出し、レインジャーが厭でも目を合わせるようにした。

「おい、何のつもりだ？」レインジャーが耳障りな声で言った。「あんた、知り合いか？　まあいい、それがあの女のしたことなんだ。さあお巡りさん、ほっといて本題に戻ろうぜ。ウィラードはこのちょいとした出来事をあんたに話さなかったみたいだな。じゃあ忘れてくれていい。俺はジョン・ブーンを絞首台に送るための説明をしたいんだ。その第一段階からね……あの男は、ロンドンから戻ったのは午前三時くらいだと話していたが、嘘っぱちだ。あの男が帰ってきたのは一時半、まだ雪が盛んに降っているときだ」

「ほう、そうでしたか」マスターズの口調が変わった。「ふむ。これから先は書き留めてくれ、ポッター――あなたはどうして知っているんです？　ブーンさんを見たんですか？」

「いや」

マスターズは厳《いか》めしく告げた。「そういうことなら、もう失礼しましょう。根拠のない非難よりましなものが聞けるかと期待して拝聴していましたが、正直そろそろ退屈になってきました。あなたも、御託を並べるのはやめてベッドに引き揚げたらどうですか。今はそこがお似合いですぞ」

レインジャーはさっと腕を伸ばした。「話は最後まで聞くもんだぜ」声が震え、金切り声に近くなる。「説明させてくれたっていいだろう？　これじゃフェアじゃない。一分、いや二分くれ。二分でいい！　頼むから最後まで話をさせてくれ！」一人の男をどうしても絞首台に送りたいという念に駆られ、余裕たっぷりの見せかけをかなぐり捨てたが、それもほんの一瞬だった。すぐさま自分を抑え、ひげを剃っていない顔には冷ややかに見下す表情だけが残った。

「説明しよう。昨夜十二時頃、みんなでマーシャを別館に置いてきたあと（これについてウィラードが話したことは本当だよ）ブーン氏と俺は――モーリス・ブーン、俺を招待してくれたほうのブーンだ――図書室、つまりこの部屋に向かった。本のこと、その他いろんなことを語り合った。どうせあんたにその話をしたってわかりっこない。俺たちは二時間ばかりここにいた。当然、ジョン・ブーンが帰ってくるのを見ることはできない。敷地内の車道は建物の反対側にあるんだから。同じ理由で車の音も聞こえなかった。だけど、犬が吠えるのは聞こえた」

「犬？」

「ジャーマンシェパードという大型の警察犬だ。何にでも飛びかかるんで、夜中は放していない。滑走ワイヤのようなものにつながれていて、犬小屋から二十フィートか三十フィートは動けるが、それより遠くへは行けない。モーリス・ブーンの話では、顔見知りだろうが知らない人間だろうが、見境なく吠える。さあ、これで俺の話を聞く気になったろう？

俺が『泥棒が入ったか、誰かが屋敷から出たかしたんだろうか？』と訊いたら、モーリスは答えた。『どっちでもないな。ジョンが帰ってきたんだろう。もう一時半だからね』それから探偵小説のことになって——モーリスは探偵小説が好きなんだ——、犬が吠えないのは知っている人物だからで、それが手がかりになるって話も出た。そんなのはでたらめさ。犬ってやつは、こっちが近づいて声をかけるまでは誰彼構わず吠えるんだ」

レインジャーは咳払いした。頭がくらくらしているはずなのに、話に集中しているせいか額に汗がにじんでいる。片手で額をぬぐい、呂律《ろれつ》が怪しくなってきた。

「それが一時半。モーリスのおやじは腕時計を指して『ほら、一時半だ』と言った。やつはいつもそわそわしてるんだが、客に本を見せているときだったから、犬の騒がしさにはなおさら我慢できなかったらしい。夜遅いのもお構いなしに呼び鈴を鳴らして執事を呼び、厩舎に電話して犬を閉じ込めさせろと言いつけた。頭がおかしくなりそうだってね……」

ポッター警部が勢い込んで重々しく口を挟む。「その点は事実です。執事のトムスンは一時半に厩舎に電話し、犬を閉じ込めるように指示したと認めています——」

マスターズは手を振って制した。「レインジャーさん、殺人で告発する根拠はそれだけですかな?」

「いや、ジョン・ブーンが何をしたかをこれから話す。あの男は一時半に帰ってきて、車を車道にほっぽった。夜会服を着て軽いエナメル靴を履いていた――」

「どうしてわかります?」

「おつむを使うんだよ」レインジャーは身を乗り出してうなずく。「今朝あいつの部屋へ火を起こしに行ったメイドから仕入れた情報さ。服が脱ぎ散らかされていたそうだ。それに(さあ、どうだね?)ベッドに寝た形跡がなかったことも話してくれた」

少し黙っていたマスターズが口を開いた。

「今のを書き留めておいてくれ、ポッター」

「マーシャとの打ち合わせ通り、ジョンはまっすぐ別館へ向かった。あの間抜けは、マーシャが別館にいるとは知らなかったとあんたたちの前ではしらばっくれたが、彼女が別館に行くつもりでいると聞いていたと認めてしまった。マーシャが自分の意向を変える人間でないことを、あの男はよく知っていた。なぜ嘘をついたかは追々わかるよ。ところで、あのとき犬はいつもよりずっと長いあいだ吠えていた。なぜか? ジョンが別館まで歩くのに時間がかかったからだ。すぐ屋敷に入ったのなら、犬は吠えなかっただろう」

ポッター警部が短い叫び声を漏らした。

「あなたがほのめかしているのは――」マスターズが早口で言った。

「ああ、ジョン・ブーンは彼女の愛人だったのさ。俺は知ってるんだ」レインジャーはやにわに椅子から身を乗り出して暖炉につばを吐いた。

「いいか、あいつが携えてきたのは悪いニュースだった。マーシャは悪いニュースを黙って受け入れる女じゃない。自分のやりたいことをぶち壊すニュースならなおさらだ。だが、ブーンがありのまま打ち明けたと考えるのは、あの男の性格を知らないやつだ。あいつは、そうするには気が弱すぎた。先延ばしにして、万事うまくいったと伝えた。続いて恋人同士の愛の営みというわけだ。あの間抜けはそれでマーシャを落ち着かせられると思ったんだな。けっ！　事が終わって、あいつは事情を打ち明けた。マーシャはそのとき初めて、相手に対する本当の気持ちをぶちまけたんだ」

レインジャーの声が高くなった。「ブーンがマーシャの頭をぶち割ったのは、別館に入ってから一時間半ばかり経った頃。あの間抜けはそのとき、雪がやんでいることに気づいた。やつが別館へ歩いてきた足跡は消えていた。雪の上には何の跡もないんだから、出ていけば絞首台へ続く足跡を残すようなもんだ。そうだろう？　あいつはどうしたか。びくびくした間抜けでもできたこと、それは何だと思う？」

レインジャーは聞き手の心をつかんだことを見て取ったに違いない。一瞬ベネットは、この男はすっかり素面《しらふ》に戻ったのだと考えた。荒っぽい意志の力で無理やり酔いを追い払ったのだと。指が痙攣し頭がふらつくことさえなければ、そう信じ込んでいただろう。

「おつむを使うのさ」レインジャーは再び悪鬼めいた薄笑いを浮かべた。「あの男を救う唯一の手段は何だったか？」

「ラミー（トランプ遊びの一）の相手をしろということですかな、ええ？　私なら、別館を出るときに足を引きずったり地面を蹴ったりこすったりして、誰の足跡かわからなくしますな。めちゃめちゃになった足跡を残し、芝生の上を通って、本道でもどこでも安心できるところまで行くでしょう。例えば屋敷まで……時間はどれくらいかかるか？　ああ、多少かかるでしょうな、暗がりですから。でも夜が明けるにはだいぶ間がありますし」

レインジャーはひどい匂いの煙を吐き出した。「どんな間抜けでも犬のことを思い出したはずだ」

マスターズは口をつぐむ。

「犬だよ、お巡りさん。ブーンが別館へ急いでいたときでさえ、猛烈に長いこと吠えていた犬――それでモーリスのおやじが犬を閉じ込めさせたわけだ。考えてみたかい？　ミスター・ジョンは犬のことを思い出した。何しろ別館に向かうとき、そいつのせいで危うく屋敷の連中にばれるところだったんだから。足跡を乱すのにかかる十五分か二十分くらいの間、犬はおとなしくしてくれるとブーンが考えると思うか？　犬が閉じ込められているなんて、あの男にわかるはずがないんだ。朝の四時に犬がやかましく吠え続けたらどうなる？――屋敷のやつらは目を覚まして窓の外を見る。あわれ、芝生の真ん中にいるブーン」

ベネットは長椅子まで行って腰を下ろした。頭は混乱していたが、レインジャーの話に筋が通っていることはわかった。ベネットは言った。

「だからといって、何ができる？　時間をかけて足跡を乱すことはできないし、急いで立ち去って身許をばらす足跡を残すわけにもいかない……となると、ジョンは別館にこもっていなければならない。でも、あの人の話では、今朝七時近くに乗馬服姿で執事に声をかけている。これは聖書に誓ってもいいけど、今朝別館へ行ったとき、足跡は一筋しかなかった――別館へ向かう足跡がね」

「ええ、その通りです。どうか落ち着いて」マスターズが言った。「確かにジョン・ブーンさんは、七時十五分前に屋敷の執事を起こしています。トムスンが認めています」

　レインジャーは心ゆくまで勝利を楽しんでいた。

「うんうん、それがアリバイだった。ブーンは遠乗りの約束を思い出した。でも、本当に遠乗りをするのかあやふやなのに、早起きして乗馬服に着替え執事を起こしに行ったと話すのは胡散臭くないか？……あいつは体《てい》よく立ち回ろうとしていたんだ。それができるとうぬぼれてもいた。この場合、乗馬靴は好都合だった。エナメルの小さなダンス靴より、ひと回りもふた回りも大きいんだから」

　マスターズはヒューと口を鳴らす。大げさな身振りをしたとき、レインジャーが言った。

「空が白み始め、厄介なものに出くわす心配がなくなるほど見通しが利くまで、あいつは待った。死んだ女のそばに立って冷や汗をかいている男を想像すると痛快だね。そしてあいつは別館から出ていった。後ろ向きに歩いてね。屋敷に着いて乗馬服に着替え、アリバイを作ると、あとは自分の足跡を踏みながら別館に入って死体を『発見』するだけだ。同じ大きさの靴ならこうはいかない。足跡をなぞっていこうとしても——雪が薄くしか積もっていなくても——足跡は二重になってぼやけるからな。雪が深すぎても、前の足跡を埋め込んでしまっただろう。しかしあいつは、別館の入口まで大きな靴で足跡の上を歩いて、最初の足跡の輪郭を覆い隠したんだ。靴の裏と踵《かかと》の印影は乱れるだろうが、雪の上を歩くとそうなるのが普通だからな。ついたばかりの足跡だったのは当然だし、馬丁が——遠くから見て——あいつが別館に入っていくところだと思ったのも不思議はないさ。あいつは文字通り『自分の足跡を覆い隠し《カヴァー・ヒズ・トラックス》』たんだ（カヴァー・ワンズ・トラックスで「証拠や行動の跡を消す」の意）。望みうる最高のアリバイを手に入れてね。だがな、そこのお兄ちゃん」はっきり発音しようとする努力も限界に近づき、レインジャーの息が詰まっていた。

「あのとき、やつは取り乱しているように見えなかったか?」

レインジャーは一同を見回し、全員の視線をまともに受け止めた。

やがてふらふらと立ち上がる。持ちこたえようとする力が尽きると、その姿は粘土細工の人形のように小さく縮んで見えた。目の奥で歯車が回転したように感じられた。レインジャーはふらつき激しくあえぎながら、ポケットから酒壜を取り出した。

「これで犯行のいきさつは話した。さあ、やつを吊るしな」

震える手で壜を口許へ持っていきかけたとき、レインジャーはくずおれた。マスターズが抱き留めなかったら、倒れ込んでいただろう。

8　朝食の席の無味乾燥居士

「ポッター、手を貸してくれ」マスターズはきびきびと言った。顎の四角い鈍重そうな顔は、依然として無表情だ。「長椅子に寝かせよう。執事を呼んで、この男を——いや、ちょっと待て。うん、足のほうを持ってくれ」

二人はぐったりした塊を持ち上げた。顔のあちこちがべたべたと汚れ、口からよだれが垂れている。さっきまで脳があったところには練り粉の袋が詰まっているとしか思えない。鼻から苦しげな息が漏れていた。長椅子に横たえると、レインジャーのガウンがずり下がった。夜会服のズボンと、糊の利いたワイシャツを身につけている。女性のように小さな足には赤い革のスリッパ。マスターズはレインジャーの指から慎重に葉巻を外し、暖炉の火に投げ込む。割れずに済んだ酒壜を床から拾い上げてラベルを眺め、二人に目を向けた。

「酒癖が悪いな。まったく。うん、これは？——ベネットさん、ちょっとお待ちを。どこへ行かれるんです？」

「朝食ですよ」ベネットは疲れ切った様子で答えた。「この事件のせいで頭が変になりそうです……」

「まあまあ、気楽に構えましょう。ちょっと待っていただければ、私も一緒に参ります。お話ししたいこともありましてね。差し当たっては――」

ベネットは不思議に思ってマスターズを見た。ロンドン警視庁の首席警部がなぜ自分と一緒にいたがるのか、執心と言ってもいい熱意で自分と近づきになろうとしているのはどうしてか、理解できずにいたが、その理由はじきにわかった。

「――この問題を考えねばなりませんな」マスターズは顎を撫でながら言葉を継ぐ。「レインジャーが話したことは正しいのか？　犯行は今の話のようになされたのか？　ポッター、君はどう思う？」

州警察の警部はもぞもぞと体を動かしたり、口をもぐもぐさせたり、閃きを期待するように手帳を見たりしていたが、やがていまいましげな声を上げ、うなるように言った。

「つじつまは合っていますね、それなりに。でも――」鉛筆を突き出す。「半分はよくわかりません。芝居の後援云々のことですが。しかし犯行方法については……あれ以外にどんな方法でやれたのか、見当もつきません。それが一番困ったところです」

マスターズの淡青色の柔和な目がくるりとベネットに向けられた。「ああ！　ご意見はいつでも大歓迎ですぞ。ポッターも私もね。あなたはどう思われます？」

あんな話は馬鹿げている、とベネットは吐き捨てた。

「どうして馬鹿げていると？」

「それは――」

「ブーンさんが友人だからですか？　いやいや、いけませんな。それは考えないでください。

立派なことではありますが。さっきので説明がつくことを認めないわけにはいかんでしょう、ええ？」マスターズの目がかっと見開かれた。

「それはそうですが、ジョンが足跡にあんな細工をやってのけたと本気で考えますか？　レインジャーの話の前半があんなにもっともらしくなかったら、加えて妙な出来事のいくつかに説明がつかなかったら、あなただってさっきの話をまともに取らなかったでしょう。僕は、ジョンがそんなことをしたとは思いません。それにこの男は」ベネットは、筋の通らないことを大声で話していると自覚していた。「酔っ払っていて、思いついたことを何でも口にしてしまうんです。あなただって無茶苦茶な話を聞いたでしょう？」

「ええ、まあ。そうですな。どの話のことです？」

「例えば、ブーンの姪がマーシャ・テイトを階段から突き落として殺そうとしたとか……」

不意にベネットは、ひどく安っぽくてつまらない罠に落ちてしまったことを悟った。マスターズが愛想よく言う。「ええ、まったく。では、その話をお聞かせ願いましょうか。ウィラードさんとジョンさんのお話は伺いましたが、お二人ともテイトさんが殺されかけたことには触れませんでした。妙ですな。誰かがテイトさんを階段から突き落とそうとしたんですぞ？」

「朝食を食べに行きましょう。僕はその件については何も知らないんです。二人にもう一度尋ねるしかありませんね。それに――又聞きの情報はお呼びでないでしょう。僕は警察のスパイじゃないんだし」

「警察の――」マスターズは、長椅子で仰向けにだらしなく横たわっている男をつぶさに見ていた。あえぎに合わせてレインジャーの顎はふいごのように上下する。マスターズの大きな笑い声が部屋にとどろいた。「スパイ、ああ、警察《サツ》のイヌというわけですか。もちろん違います。私はどんな種類の情報でもほしいんです。おわかりですか？　いかなる種類のもね。そうだろう、ポッター？　ところで、ブーンさんの姪御さんは若くて美しい方らしいですな。レインジャーさんはもう一つ興味深い話をしていました。テイトさんが結婚していたと。これも確認する必要があります。はて、レインジャーさんはどうしてこんなに汚れているんでしょうな？　物理的に、という意味ですが。ご覧なさい」

マスターズはガウンの襟をめくった。ワイシャツの胸の部分に、埃を振りかけたように黒色の粉っぽい筋が上下に数本走っている。両肩は汚れがひどく、より黒くなっていた。マスターズが体を少し持ち上げると、袖も同じ状態だとわかった。マネキンのようにごろんと転がすと、背中にも汚れがついていた。

「手はきれいです。ほらね。ふむ。どうでもいいことかもしれませんが、自分にはアリバイがあると言ったことも気になります。二階へ運ぶべきなんでしょうが、しばらく放っておきましょう……ところでポッター、罠で猟をした経験があって雪の上の足跡には詳しいと言ってたな。ブーンさんにあの小細工ができたと思うか？」

ポッターは不安そうな面持ちで考え込む。「ここで！」答えになっていないことを、しかしきっぱりと言い放ち、顔を上げた。「思うところを申し上げます。私はこの事件が好かんのです。あなたは私の上司だとおっしゃったし、事実そうですが、私は公式にロンドン警視庁《ヤード》に応援を要請します。私は本件にはできるだけ関わらんつもりです。以上」

「ということは、ジョン・ブーンがやったとは思わないってことかね、ええ？」

「わからんのです。それで弱っているんです。しかし」ポッター警部はすっくと立ち上がって手帳をぴしゃりと閉じた。「自分の目で足跡を確かめます。何かわかるかもしれません」

マスターズがポッター警部をドアまで送りながら小声で指示すると、ポッターは嬉しそうに鼻を鳴らし、悪事を企むような表情で部屋を出ていった。それからマスターズはベネットを手招きして、励ますように、朝食に行きましょうと誘った。

垂木を渡した大きな食堂は屋敷の裏手に位置し、窓は芝生越しに常緑樹の並木と別館を見下ろしていた。シャンデリアと、マントルピースの上に掛かった黒ずんだ肖像画の周りにヒイラギの小枝が結わえてある。部屋に入りその陽気な光景を目にすると、一種の衝撃を覚えた。盛大に燃える暖炉の火と、サイドボードに並んだ白鑞《しろめ》（錫と鉛の合金）の料理皿覆いの輝きも、陽気さを醸《かも》すのに与《あずか》っていた。椅子の背にもたれ冴えない表情でぼんやり天井を見ているジョン・ブーンが食卓についていた。口許からタバコを垂らし、病み上がりのような青白い顔だ。その向かいで澄まし顔の気難しそうな小男がベーコン・エッグをせっせと口に運んでいたが、新しい顔ぶれが入っていくと急いで立ち上がった。

「失礼ですが」小柄な男は気取った神経質な足取りで歩きながら声をかけてきた。「あなた方は……」目許に謎めいた表情をたたえ、ナプキンを口許に当てている。骨張った顔に大きな鉤鼻がそびえ、頭頂に向かって灰色の髪がぴったり撫でつけてある。全体的な印象としては——

しわが多く、気難しそうな口許、薄い灰色の目に針でつついたような小さな黒鈍《にび》色の瞳——ぼんやりしていながらも、上機嫌と不機嫌とをめまぐるしく行き来するむら気を感じさせる。黒の正装を几帳面に着込み、学者然と取り澄ました態度は、図書室の書棚の間を絶えずさまよっている姿を想像させた。「……ああ、うっかりしていました！　いつもこうなのです。あなたは私のお客様ですね。そして、あなたは警察の警部さんでいらっしゃる」ぎこちなく握手をし、二人を食卓へせき立てた。「ところで——ああ——自己紹介をしましたかね、私はモーリス・ブーン。こちらにいるのは弟のジョンです。弟にはもう会っておられますね？　ああ、そうでしたか。それにしても何と恐ろしい事件でしょう！　お察しいただきたいが、私は三十分前に知ったばかりなのです。ですが、ジョンには言い聞かせました。正義の御手《みて》に協力すべく気力を充実させるには、端的に言って食べるに如《し》くはないとね。朝食をご一緒できますか？　それは結構。トムスン！　お持ちしなさい——その——食すにふさわしい《コメスティブル》ものを」

ほとんど人の目に映らないランプの魔神のごとき万能の執事がサイドボードから離れると、モーリス・ブーンは腰を下ろした。少し足を引きずっていて、大きな金の握りのステッキが椅子に立てかけてある。この気難しい小男が下世話なお色気喜劇の作者だとは！　マスターズは二人の兄弟、とりわけジョンを注意深く観察していた。ジョンはポケットに手を突っ込んで椅子にぐったりともたれた姿勢から動いていない。

「ひと言ご注意申し上げますが」マスターズは、場の緊張をほぐすようないつもの声音で告げた。「あなたはご自身の責任において私を受け入れてくださることになります。私は公式には本件に関与していません。ポッター警部の親戚だというだけで、私はあなたのご厚意に甘えて客分になっているにすぎません。皆さんが警官と一緒に食卓につくのを気になさらないといいのですが。ええ?……ああ! その燻製のニシンをいただきましょうかな」

ジョン・ブーンが軽く頭を下げた。

「警部さん、堅苦しいことはやめましょう――ウィラードと僕から話を聞いたあと、何か進展はありましたか?」

「残念ながらノーですな。実は今まで、レインジャーという紳士の話を聞いていたんです」マスターズは頰ばりながら答えた。

「モーリス、あなたの端倪《たんげい》すべからざるお友達ですよ」ジョンが顔を向けて言った。「あなたを映画の技術顧問に迎えたいと言っている……」

モーリスはナイフとフォークを静かに下ろし、食卓越しに言う。「なぜいけないんだね?」あまりにはっきりとした良識豊かな声に驚いたベネットは、振り向いてモーリスを見た。モーリスは曖昧に微笑して食事に戻った。

「それがですね――」マスターズは先を続けるのをためらっているように見えた。持ち上げたフォークの後ろでにやりと笑い、「レインジャーさんは大変面白い方です。あの人の映画は素晴らしいと思いますが、今朝はだいぶ聞こし召していたようで、裏づけのない、べらぼうな告発をなさいました。証明などできっこありません」

「告発?」ジョン・ブーンが鋭く聞き返す。

「さよう。殺人の告発です」マスターズが非難がましく言う。「実を申せば、あなたを告発したんです。あれこれ御託を並べて——ああ！　これは正真正銘のクリームですな！」

ジョンが椅子から立ち上がった。

「僕を告発したんですね？」

「まあまあ、気になさらんことです。あの豚野郎、何と言っていました？」

「間違いだとすぐに証明されますよ、そうでしょう？……私はあなたとお話ししたかったんです」その件は打ち切りだと言うように、マスターズはモーリスに向かって付け加えた。「ほかでもないレインジャーさんのことでね。昨晩はあなたと一緒だったと彼は言いましたが、少しばかり酒を過ごしていたので私は気になったのです。ほかにどれくらい多くの——その——妄想にとらわれていたのか、とね」

モーリスは料理を押しやり、ナプキンを几帳面に畳んだ。次いで両手の指を組む。朝の灰色の光を背景に、薄い灰色の風変わりな目、その小さな黒い瞳が、貧弱な体には不釣り合いなほど大きい頭の陰になった。戸惑い、やんわり異議を唱えようとしているらしい。

「ああ、そうですね。ええと——何を話そうとしていたんでしたかな？　ちょっとお待ちを。あなたは——その——私が殺人を犯していないことを確かめたいのでしょうね」

「は？」

「質問の言葉そのものではなく、質問の本質にお答えしたのですが……」モーリスは申し訳なさそうに言ったが、自分の受け答えに不自然なところはなく、当たり前のことを言っただけなのにという気持ちがにじみ出ていた。「するとレインジャー氏はずっと酒を飲んでいたのですね？　酒には賛成できませんな。退屈を紛らす薬としてアルコールを用いる風潮があります。退屈を紛らす薬がよくないと言うのではなく、純粋に知的なものであるべきだと思うだけです。私の言う意味がおわかりですか？……ああ――どうやら――わかっていただけないようだ。つまり、故《ふる》きを温《たず》ねることです」

　マスターズは大きな頭でうなずき、深い興味を示す。

「ああ」抜かりなく調子を合わせた。「歴史をひもとくわけですか。おっしゃる通り。この上なく有益です。私自身、好きでやっております」

「ですが」モーリス・ブーンは言った。「私が言うのは――その――必ずしもあなたのおっしゃるのと同じではありません」かすかなしわが額を曇らせる。「つまりですね、以前マコーリー（一八〇〇―五九。英の政治家、歴史家。『イングランド史』で有名）かフルード（一八一八―九四。英の歴史家、伝記作家。カーライルの伝記で知られる。やはり『イングランド史』の著作がある。両者は、科学的正確さより物語性を重視して書き広く読まれた）の歴史書を一章ばかり読んで、予想したほど退屈ではないことがわかり、本にも自分にも満足した。だからといってそれ以上読む気にはならなかったが、少なくとも自分では歴史に対する興味が永続的に喚起されたと感じた。あなたのおっしゃるのはそういうことでしょう……私の意味するところはもっと深遠な、昨今非難がましく『過去に生きる』と呼ばれている行為のことなのです。私は遠慮なく過去に生きています。それだけが日々の無聊《ぶりよう》を慰める生き方ですから」

　なめらかで心地よく響く声は、かん高くなることも調子を変えることもない。食卓に両肘をつき、か細い手を目の上にかざしながら、世間に異議を唱える口調は穏やかなままだった。しかしベネットは、がつがつ食べていた手を止め顔を上げた。ぼんやりした顔つきとは裏腹なモーリスの個性の強さを、屋敷を支配する賢く狡猾な影響力を感じ始めていた。この男に好感は持てない。人を落ち着かない気分にさせる小さな黒い瞳に見つめられると、予習をせず授業に臨み、終業の鐘が鳴る五分前に当てる癖のある、穏やかだが厭みな教師の前にいる生徒のような気分になるからだ。

「ははあ」マスターズはなおも冷静に言う。「なかなか魅力的な、その、生活様式ですな。あの若いご婦人が亡くなったことも、さほど気になさっていないご様子で」

「ええ」モーリス・ブーンは微笑んだ。「彼女のような女性はまた現れるでしょう。いつの時代もそうです。ええと——我々が話していたのは……」

「レインジャーさんのことです」

「ああ、そうでした。また忘れていました。忌むべき癖です。それで、レインジャー氏は酔っているのですな。このような不幸な出来事のあとでそういった状態に陥るであろうことは考えて然るべきでした。妙に学者ぶった話をするので、なかなか面白い人物だと思ったのです。個人的な理由から、私はレインジャー氏を——ええと——俗に何と言いましたかね——『持ち上げた』んです。ジョン、指で食卓を叩くのはやめてくれないか？　ありがとう」

「マスターズさん」ジョン・ブーンが乱暴に言った。「あの豚野郎が何と言ったのか教えてくれ。僕には知る権利がある！」食卓を回って詰め寄る。

モーリスは悲嘆に暮れた調子で言葉を挟んだ。「いい加減にしてくれないか、ジョン。きっとマスターズさんは――ほら」眉をひそめる。「お前を不安に陥れようとしているんだよ。だとすれば」モーリスは穏やかな顔にわずかばかり当惑の表情を浮かべた。「教えてくれると期待するわけにはいかないよ。分別を働かせることだ。この人には職務というものがある」

モーリス・ブーンが何か言うたびに、ベネットの身内で嫌悪の気持ちが膨らんでいった。何事につけ自分が正しいと思い込んでいる鼻持ちならない態度のせいかもしれないが、たまたま本当に正しい場合はなおさらだった。それに、口やかましい中年婦人のような口の利き方ときたら。キャサリンがいっそう不憫に思われた。やはり不快感を感じているらしくマスターズは大きな顔に怒りを抑えた表情を浮かべ、ナプキンを畳んで驚くべき言葉を口にした。

「あなたはうんざりなさることはありませんか？」平凡をもって鳴る実際家のマスターズが言う。「ご自分が神の役を演じていることに」

束の間モーリスの顔に戸惑いが浮かび、今にも抗議の声を上げそうになったが、やがて快楽主義者の冷たい喜悦が顔に広がるのをベネットは見た。

「いっこうに」モーリスは答える。「思ったよりずる賢いですな、マスターズさん……提案があるのですがよろしいかな？　あなたは剣の先止めを取り去った、というより――警棒から銀紙を取り除いた、と言うべきでしょうな。そうなさったからには、お得意のスコットランド・ヤード式尋問法に切り替えてはいかがです？　私も精一杯お相手しましょう」大いに乗り気に見えた。「事件のあらましを話していただけるとありがたいです。犯罪学には並々ならぬ関心があります。ひょっとすると、お力になれるかもしれません」

マスターズは愛想よく応じる。「悪くない考えですな――我々が直面している状況はご存じですか?」

「その――知っております。弟が説明してくれましたので」

「さして大きくない離れ屋を取り巻いて、どんな跡もない雪が半インチほど積もっています」マスターズは言った。「弟さんの足跡を除けば、いかなる痕跡もありません。もちろん弟さんは無実に決まっていますが……」

「無論です。ジョン、あんな風に歩き回るのは考えものだな」モーリスは冷たく微笑む。「助けてやれるとは思うが」

「あなたならおできになるでしょう」マスターズは厳しい口調になった。「ですが、殺人がどのように行なわれたか説明できますか?」

モーリスはかけてもいない眼鏡を直す仕草で鼻筋に触れ、申し訳ないと言わんばかりの微笑を浮かべると、挑むように言った。「もちろん――もちろんできます、警部さん。確かに説明できます」

「なんですと!」マスターズは抑えつけていた感情を爆発させて立ち上がり、これまで自分の網にかかったうちで最も珍妙な魚をはばかることなく見つめた。その間もモーリスは気の毒そうに舌をツッツッと鳴らしていた。マスターズはためらい、つばを呑み込み、やがて腰を下ろす。今や警棒から銀紙がすっかり剝がされていた。「大変結構。警察以外の方には事件の説明がつけられるらしい。私どもは身の置き所がありませんな。正直に申し上げて、もしチャーリー・ポッターが何の助けもなくこんな方々の中に飛び込んでいたらと思うと、ぞっとしますな……ですが、あの建物から空を飛んで脱出したとか、竹馬に乗って歩いたとか、棒高跳びをしたとか、木にぶら下がったとかの寝言でしたら、私は耳を貸しませんからな。建物の周囲百フィート以内には茂み一つなく、雪にはいかなる痕跡もなかったんですぞ。それに我々が調べたときには誰も建物に隠れていませんでした。ところでブーンさん、あれは風変わりな建物ですな……家具や設備を立派に整えておられるのはどうしてです？」

「ただの気まぐれです。私は過去に生きていると申しましたが、時々あそこで夜を過ごすのです」モーリスの物腰に初めて、かすかではあるが生き生きした様子が現れた。目の上にかざしていたこぶしが開かれ、また閉じられる。「理解してはいただけないでしょうね。あなたに話すことで、耳が聞こえない人に話しかけるのと同じ純粋な喜びを感じることができます。マスターズさん、私は素晴らしいことを成し遂げました。この手で幽霊を作り出したのです」モーリス・ブーンはそっと笑い、すぐに笑いを消した。「ニシンの燻製をもう少し召し上がりませんか。トムスン、警部さんにお代わりをお持ちしなさい」

「あなたはミス・テイトに関心がおありだったのでしょう？」マスターズが不意に尋ねる。

モーリスは不安げな表情を浮かべた。「その質問には――『ミス・テイトを愛していたか？』という意味でしょうが――ノーと答えねばなりませんな。少なくとも私はそう思います。私が崇拝したのは、ミス・テイトがたまたま過去の人物の生まれ変わりだったからです」

「彼女のために芝居をお書きになったのでは？」

「あなたの耳にはそう届いていましたか」モーリスは額にしわを寄せつぶやく。「私のささやかな作品のことが。いや、あれは自分で楽しむために書いたのです。私は無味乾燥居士《ドクター・ドライアズダスト》と呼ばれることにいささかうんざりしていましたので……」これから水中飛び込みをやるかのように、両の手のひらを体の前で合わせ、先を続けるのをためらった。「若い頃はいろいろな幻想に惑わされていました。その大本《おおもと》には、歴史研究の本来の価値は経済的政治的意義にあるという信念がありました。しかし、馬齢を重ね、思い至るようになったことがあります。これまで歴史家が持ち得なかったものは、人間の性格を正しく知る能力だということです。今の私は年老いた好色家といったところで、あなたは私が年甲斐もなくミス・テイトにのぼせていたと耳にされるでしょう。それとも既にお聞き及びですか？　どうやらそのようですね。声の調子でわかります。それは部分的にしか当たっていません。私はミス・テイトの内に、ぜひとも閨房《けいぼう》の語らいをしたかった昔の高級娼婦の魅力を認め、賛美したのです」

マスターズは片手で額をぬぐった。

「私を混乱させないでいただきたいですな！――あなたは、別館で寝るようミス・テイトに勧めたのですかな？」

「そうです」

「別館は」マスターズは思案顔で言う。「あなたが修理し復元なさった。あの建物は昔、国王が愛人と密会するのに使われていた……」

「そうそう」モーリスは自分の迂闊さに我慢ならないように、慌てて口を挟んだ。「とっくに気づいて然るべきでした。あなたは雪の上に足跡がないことを説明するために秘密の地下道の存在を考えていますね？　請け合いますが、そのようなものは存在しません」

モーリスをじっと見ていたマスターズは、ついに牙をむいて飛びかかった。

「あの建物をばらばらにする必要があるかもしれませんな。羽目板を剝がすなり何なり。お気に召さんでしょうが……」

「まさか、そんなことはなさらないでしょう」モーリスの声がうわずる。

「床を剝がすかもしれません。建てられた当時の大理石の床なのでしたら、あなたにとってはつらいことになるでしょうな。しかし捜査のためには……」

モーリスが立ち上がると、か細い手首が触れて肘掛けに立てかけてあったステッキが倒れ、金の握りが大きな音を立てた。その音と同じ激しさがマスターズの声にも反響していた。

「言葉をもてあそんだり、言い逃れをしたり、のらりくらりとかわすのは終わりにしましょう。男らしく話してください。おわかりですかな？」食卓の端をどんと叩く。「令状を取って、あなたが愛しておられる小さな家を解体するのは造作もないことなんです。どうか協力してください。私は今にも短気を起こして行動に移しかねませんぞ！　さあ、協力するのかしないのか、どっちになさいます？」

「もちろん――ええ――もちろん、協力するとさっきお約束したはずです」

しばらく続いた沈黙の間に、首席警部は獲物を押さえ込んだ。ジョン・ブーンが外を眺めるのをやめ、窓から離れた。ジョンの顔は（兄同様、怯えていた）兄とよく似ていた。普段なら誰も似ていることに気づかなかったろう。このとき、マスターズはあたかも二人の男を屈服させたかのようだった。不器用そうに見せかけて腕前を隠した剣士さながらに。

「あなたの――部下が」ジョンは自分の背後を指さす。「芝生へ出て……調べていますが……何を、い、いや、いるんです？」

「雪の上のあなたの足跡を測っているだけです。気になさることはありませんよ。お掛けになりませんか、お二人とも……そう、そのほうがいい」

いいとは言えなかった。ジョンの顔は真っ青になっていた。

「昨夜、テイトさんが頭を割られる前にも、殺害が企てられました。どうやら誰かが」マスターズはモーリスに向き直る。「テイトさんを階段から突き落とそうとしたらしい。それは誰の仕業だったのです？」

「わかりませんな」

「あなたの姪御さん、キャサリンさんですか？」

静かに腰を下ろすモーリスの顔に微笑が戻っていた。「そうは思いません。もしそんな――ええと――犯人がいたとすれば、それは私の旧友カニフェスト卿の娘、ルイーズ・カルー嬢でしょうね……しかしながら、振り向いてご覧なさい、姪が参りました。私が許可しますので、好きなだけ尋問なさるといい」

9　偶然のアリバイ

ベネットは椅子を押しやって振り向く。キャサリン・ブーンは静かに入ってきて、食卓の近くに立っていた。ベネットは、落ち着き払ったトムスンが動き出す前に椅子を引いてやろうとしたが、彼女は首を振って断った。

「わたしはマーシャを殺そうとしたと告発されているんでしょうか？　ルイーズについても、ひどいことを……」モーリスを不思議そうに見た。初めて目にする人だというように。「あんなひどいことを言うなんて汚らわしい、そうお思いになりませんか？」

キャサリンは、軽んじられるつもりはないと示すかのように、おそらく一張羅の、グレーの地味なワンピースを着ていた。ハンカチを握りしめているものの、不安そうな態度は一時的に消えたようだ。キャサリン・ブーンは真横から暖炉の火明かりを受けて立ち、ベネットは彼女の姿を初めてはっきり目にしていた。思っていたより大人だ。火に照らされ輝いている柔和な顔には、決意を固めた様子がうかがえる。紗《しゃ》のスカーフがさりげなく首の痣《あざ》を隠していた。

「ええと——何か言ったかね、ケイト」モーリスが尋ねた。姪には見向きもせず、わずかに意外そうな表情をしていた。「お前は知っているはずだが、私には——何と言うか——自分の意見について人と論じ合う習慣はないんだよ」

キャサリンは下唇を嚙みしめ身を震わせていた。進み出たときには目に熱く揺るぎない輝きを宿していた。だが彼女は負けた。モーリスが言葉を続けた途端にそう悟ったのだ。「ツッ！ ああ――自分の鈍さ加減に呆れるよ。どうやら、ここにも私への小さな反逆があるようだ。お前は――その――『くたばってしまえ！』と言おうとしたんじゃないかい？」

簡単な問題を解いたときのように、自分が正しいとわかった喜びを抑えられず、モーリスは、穏やかな満足と関心をもって、目に涙をたたえたキャサリンを見つめた。

「わたし、馬鹿な振る舞いをするつもりはありません！」今にも息が詰まりそうな声で言う。「でも伯父さまに馬鹿にされるつもりもないわ。これまでだって、何度も――ジョン叔父さん、どうしたの？」

「何でもないよ、ケイト。気分がよくないだけだ。具合が悪いのかもしれない」食卓に片手をついて身を支え、うなだれていた頭を起こした。確かに体調が悪そうで、額に汗がにじんでいる。ツイードの上着は、背は高いが痩せた体には大きすぎる。「おいで、ケイト。いつから会っていない？……帰国して以来か」ジョンは片手を差し出し、微笑もうとした。「変わりはないか、お嬢ちゃん？ 元気そうだね。でも、見違えたな。君にお土産があるんだが、まだ荷ほどきもしていなくてね」

「どこが悪いの？」

キャサリンが駆け寄ると、ジョンはよく見せてごらんと言うように、彼女の顎に手を添えて顔を起こした。小鼻がかすかに動いているものの、この瞬間キャサリンのこと以外は頭にないかのように、にこやかだった。ベネットは、いくつもの仮面の下に隠されたジョン・ブーンの素顔を見ているという不思議な感じを抱いていた。

「どこも悪くないよ、馬鹿だな。いいか、君は警察を怖がっちゃいけない。僕は少しまずい立場になっているけど……たとえ身の証を立てようとしても、どうせどっちかのことで捕まって絞首刑になるのは決まっているんだ」

マスターズが一歩進み出ると、ジョンは片手を挙げて制した。

「落ち着いてください、警部さん。僕は何も認めていません。話す理由も話さない理由もないと思いますが――もう少しあとにしましょう。今から部屋で横になります。邪魔立てなさらないように。あなたはご自分で、この件に関して公式の権限はないとおっしゃいましたよ」

思い詰めたような物腰ゆえに、誰も口を利けないでいた。彼は（生涯でこの一瞬だけは）自分が一つの集団をそっくり支配していると自覚しているように思われた。足早にドアへ向かう。近づくにつれて足取りが鈍くなり、やがてみんなのほうへ顔を向け、じっと見た。

「では、失敬」ジョン・ブーンはそう言い残し、ドアを閉じた。

しばらく誰もが黙っていた。ベネットは食卓越しに、落ち着き払いどことなく面白がっているモーリスの顔を見た。この男を八つ裂きにしたいという、外交官らしくない衝動を抑えなければならなかった。その衝動にしばらく前から悩まされていた。これはいけないと思ったベネットはキャサリンに目を向け、タバコの火を点けようとした。手が震えている。

「叔父さんは何だか変よ」キャサリンは叫んだ。「きっとどこかが……」

ベネットは静かに歩み寄り、肩を押さえて椅子に坐らせた。その際、キャサリンが手を握ってきたように感じた。マスターズは既にこちらに向き直っていた。その表情に関して自分の読みが当たっているとすれば、首席警部は混乱を極めたこの事件に自分と似た印象を抱いているらしい。

マスターズは重々しく告げる。「ジョンさんの昨夜から今朝にかけての行動について、いくつか質問しなければなりません。しかし、ものには順序がありますので……失礼ですが、あなたはキャサリン・ブーンさんですね？　そうですか。では初めに」

コーヒーを注いでいるキャサリンの手は少し震えていたが、食卓の向こうにいるマスターズには一度も目を向けなかった。

「初めに」キャサリンは強く言った。「そうです、まずわたしに話させてください！　ルイーズが、その、ひどいことをしようとしたなんて……そんな馬鹿げた考え、言った人と同じくらい愚かで無意味です」そこで少し黙ると、モーリスが、ほかの人間がしたら忍び笑いとしか思えない音を立てた。キャサリンは言いすぎたと感じたのか先を続けるのをためらっていた。顔を赤らめてベネットに尋ねる。「コーヒーをお注ぎしましょうか？」

マスターズは「いい娘さんだ！」と言わんばかりの表情だったが、口にしたのは全く異なる言葉だった。

「ミス・ブーン、あなたに対しても同じ告発がなされているとお伝えしなければなりません。私が話したのをお聞きになりましたかな？」

「聞きました。あれだって馬鹿げています。わたしはやっていませんもの。そんなことをする必要がどこにあります？――誰がそんなことを言ったんです？　まさか――」

モーリスはやんわり抗議するように軽い舌打ちを続けていたが、戸惑い気味に再び鼻筋を押さえた。それから手を伸ばし、安心させるようにキャサリンの手に触れた。

「もちろん私じゃないよ。どうしてそんな考えがその小さな頭に入り込んだんだね、ケイト。ツッ！――気をつけなさい。コーヒーが私の手にかかるところだったよ。カップをガチャガチャ鳴らさないでおくれ。ありがとう……」慈悲深そうな微笑を浮かべる。「マスターズさん、私の言葉を誤って引き合いに出さないでいただきたい。私はいかなる告発もしていません。ええと、何を話していましたかね？　ああ、そうでした。あの場にいた人は誰もあなたが言った行為をしそうにないと思ったとき、私の頭にあることが閃きました。父親とマーシャ・テイトの結婚話に、ミス・カルーがかなり強硬に反対していたことです。必ずしも不当とは言えませんが、つまり、あの若いレディはマーシャ・テイトを嫌う理由を誰よりも持っているということです。もちろん、私が間違っている可能性はありますが」

「どんなことが起きたかを正確に知りたいですな。ミス・ブーン、ご自身の言葉で話してください」マスターズが早口に言った。

「もちろんお話ししますが、誰が言ったのか教えていただけませんか？――わたしがあの女性《ひと》を突き飛ばしたと」

「レインジャーさんです。どうです？　驚かれましたか、ミス・ブーン」

カップを口許に運んでいた手が止まる。鈍い怒りがややヒステリックな笑いに変わった。

「あの背の——まあ！　あの人が言ったんですか。本当に？　ああ、あの人なら不思議じゃないわ。何しろわたしを映画スターにしてくれるんだから。ええ、それならわかります」

「何ですと？」

「うちのケイトは」モーリスが曖昧な表現で口を挟む。「健全な倫理観を持っています。それが時に……」

マスターズに据えられたキャサリンの目には、怒りに交じっておてんばらしい愉快そうな光がきらめいている。「健全な倫理観なんて」キャサリン・ブーンは、溜めていた息を一気に吐き出した。「くたばっちまえ、だわ！　うう、気持ち悪い！　あんな人、それで十分。あの人に触られるのを我慢するくらいなら……何だってずっとまし。警部さん、聞いてください。これから話すことには、あなたがお聞きになりたいことも含まれているでしょうから。昨日の晩餐の席でのことです。月明かりのもとでモーリス伯父に屋敷を案内してほしい、ほかの人も一緒に、という話が——その——マーシャから出ました。電灯は消して、伯父さまが持つろうそくだけを頼りに、です。

晩餐のとき、レインジャーという人はわたしを見ていました。何も言わずに。最初はマーシャを見ていたんです。それがわたしに移って、ずっと続きました。誰かに話しかけられても生返事でしたが、マーシャが月明かりで屋敷を見学しようと言い出すと、それは名案だと言いました。レインジャーさんが坐っていたのは——」キャサリンの視線は少しさまよったのち、ベネットに向けられた。驚いたような表情が見えたが、知られたくない思いを覆い隠すようにその表情は消えてしまった。「ここだったか、その辺だったか、覚えていません。ところで、どこまで話していたでしょうか……そうそう、わたしたちが食卓を離れるとき、マーシャは男の人たちを部屋から追い立てました。みんなで図書室へ向かう途中、レインジャーさんはほかの人たちの後ろについて、わたしの腕を取ったんです」キャサリンは再び笑い出し、とうとうハンカチを目に当てる羽目になった。「滑稽でしょう？　あの厭らしい男が何をする気なのか、最初はわからなかったんですから。あの人、への字に閉じた口の端からつぶやくように『どうだい、お嬢ちゃん？』と言っただけでした。映画で男の人が使う言い回しを思い出したので、レインジャーさんの意図がわかりました。で、わたしはこう言ったんです。『何がどうだいなんです？』すると、『おいおい、勘弁してくれよ。アメリカじゃこれで話が通じるんだぜ』と少しうんざりしたように答えました。で、わたしは『こっちでもそれで通じるわ。でもイギリスで自分のほしいものを手に入れたいのなら、別のやり方で話を持ちかけなきゃだめよ』と返したんです」

モーリス・ブーンは「何てことを！」と言い、ベネットは「ブラボー！」と叫んだ。モーリスは少し身を乗り出して、静かに話し出した。

「お前の口からそんなことを聞くとは本当に驚きだし、言葉遣いにも耳を疑ったよ。私やお客様にちゃんとした口の利き方をするよう、手立てを考えなければ――」

「もう、伯父さまなんか悪魔にでも食われればいいわ！」キャサリンはモーリスに向き直り、怒りをぶつけた。「わたしは言いたいように言います！」

「いや」モーリスは少し間を置いてから言い、穏やかに微笑む。「お前はもう自分の部屋へ退《さ》がりなさい」

「ブーンさん、一つはっきりさせておきたいですな」マスターズが冷静かつ分別に富む口調で割り込んだ。「家庭内の問題に干渉する気はありませんが、お二人のやり取りには少々うんざりしてきました。今回のことは家庭内の問題ではなく殺人事件です。証言をする人に誰が指示を与えるかについては……ああ、席は立たないように願います、キャサリンさん。どうぞ続けてください。どこまで話されていましたかな？」

そのときモーリスが立ち上がった。「では、私が自室に引き取る許可を姪が与えたとしても、あなたに異存はありませんな？」声がいささかうわずっている。

「のちほどあなたにもお話を伺うことになると思います」マスターズは丁重に言った。「姪御さんにご異存がなければですが――そうですか。では結構です」

モーリスが合図すると、トムスンは金の握りのステッキを床から取り上げた。モーリスは顔面蒼白のまま微笑み、うっすら汗をにじませ、激しい怒りに駆られていた。目は蠟人形のように生気を失っている。

「正直に言って、時には上流階級の有能な僕《しもべ》である警察が子供たちをけしかけて――そう――売笑婦のような口を利かせるのが習いとは知らなかった。だが私は、かかる事態が看過されたままにはしない。この屋敷では、私が安んじて暮らせるように、家の者に絶対的服従を求める仕来りだ。その権威が軽視されるのを許したとなれば、私はとんでもない愚か者ということになる。そうではないかね？」かすかに笑みを浮かべ、「ケイト、お前は私の安寧に奉仕するのを怠った。深く後悔することになるだろう」

モーリスは一礼し、自己満足の態度を取り戻して部屋を出ていった。

ベネットは手を伸ばし、にこにこ顔でキャサリンと握手した。

「さあさあ！」マスターズは抗議するように言って鋤《すき》の刃めいた顎を撫でた。「私は警官で、職務でここにおるのですぞ。私は――」無表情を保とうとしたが、にやにや笑いが満面にこぼれた。肩越しに見て、小声で付け加える。「おほん、あのお方を怒らせましたな、お嬢さん！ふむ。胸がすっとしました！」

「見事なお手前でした、警部さん」ベネットが愛想よく言う。「犯罪捜査課万歳ですね。あなたが五月柱《メイポール》だったら、僕たち二人であなたの周りを踊るんだけどなあ」

マスターズは自分は五月柱《メイポール》ではないと指摘し、その光景を想像して尻の据わりが悪くなったのか、先を続けるようキャサリンを促した。

「本当に大したことじゃないんです」自分の発言を思い返したらしく、キャサリンは頰に神経質な表情を見せ、不安そうに言った。「その、レインジャーさんについては、ということですが。あの人はわたしを映画に出演させてやると言いました。それが世界中の誰にとっても最高の望みだと考えているみたいに。それから、手を下のほうに伸ばしてきました――でも、何もできませんでした」キャサリンは椅子の中でもぞもぞした。「暗がりで、ほかの人たちがすぐ前にいたので、気づかれずにやれたのはあの人の足を思いっ切り踏んづけることだけでした。レインジャーさんはそれ以上言い寄れませんでした。わたしが急いでジャーヴィス・ウィラードの腕を取ったからです。そのあとレインジャーさんはわたしには見向きもせず、ルイーズと話し続けました。でもあの人がそこまで嘘つきだとは思いませんでした。わたしがあんなことを……」

キャサリンが早口で語った〈チャールズ王の部屋〉の秘密の階段での出来事は、ベネットがウィラードから聞いていたことと一致する内容だった。

「……だって、誰かがわざと押したとは思えません。マーシャもわざとじゃないと言っていました。マーシャにはわかったはずでしょう?」

「うむ、おそらくはね。階段の上には六人いたわけですな。あなた、ミス・テイト、ミス・カルー、男性が三人。どういう風に立っていました? 例えば、ミス・テイトの後ろには誰がいました?」

「わたしです。ほかの人の位置はわかりません。狭い場所に押し合いへし合いしていたので。明かりは小さなろうそくだけでしたし」

「ああ、ろうそくの件がありましたな。どうして消えたんでしょう?」

「風のせいです。寝室のドアを開けると、階下《した》のドアから強い風が吹き上がってくるんです」

「なるほど。で、そのあとは?」

「ええと——何も。グランドツアーは解散です。みんな沈み込んで妙な表情をしていました。

誰もが無言でした。それが十一時過ぎのことです。マーシャだけはいつもと変わらず陽気でした。ルイーズとわたしはモーリス伯父の言いつけで自室へ向かいましたが、ほかの人たちは階《し》下《た》へ行きました。その人たちがあとで別館へ行ったのは知っています。寝室の窓が開いていて、話し声が聞こえましたから」

「で、どなたも」マスターズはこぶしで手のひらを打ち鳴らした。「この一件をおかしいとは思わなかったんですか？」

「もちろんです！　なぜおかしいと思うんです？　マーシャ自身がそう言ったんですから……彼女は――どう表現すればいいかしら――わたしたちを支配していました。すごくきれいで、見つめると震えが来そうでした。浅黒い肌、きらきら輝く目、ドレスの着こなし、何もかもです。あのドレス、わたしが着たら伯父さまに殺されてしまいそう。マーシャが着たときの素晴らしさといったら……！　あの人、わたしには母親みたいな態度で接してくれました」長いまつげが物思うように伏せられる。「きっとマーシャは、レインジャーさんがわたしに言ったことを聞きつけたんです」

「というと？」

「あのときマーシャが振り返って、まとっていたブロケード織りの銀のマントを落としました（きれいなマントなの）。レインジャーさんはぱっと飛び出して拾いました。そのときマーシャは奇妙な様子でレインジャーさんを見て、何か話していました」

「テイトさんは――その――気にしていたようでしたか？」

「気にする？　ああ、わかりました、気にしていたと思います」キャサリンは率直に答えた。「いつもそういうことを気にしていましたから。レインジャーさんは『本気で言ってるのか？』と言いました」

「参ったな……」マスターズは容易に信じられない様子で、つぶやきを声に出して顔をしかめた。「階段での出来事でほかに思い出せることはありませんか？　何も？　全く？　よーく考えてください。どんなことでも結構です」

キャサリンは手の甲で額をぬぐった。「えーと、だめです。思い出せません。ほかにわたしがしたことと言えば、階段下のドアの鍵を開けておいたくらいです。ジョン叔父が帰ってきたとき入れるように。でもそれは、あとのこと——あの出来事よりあとです。遅く帰ったとき、叔父はそのドアを使います。横手のポーチに開くので、家の中を通らずに済みますから」

キャサリンは再びカップを手に取り、やけどしそうなコーヒーを何とか飲んだ。

「昨夜は何から何までうまくいかなかったんです。わたしはどんなに遅くなってもジョン叔父を待つつもりでした。長いことアメリカにいてようやく帰ってきたんですから。でも結局会えずじまい。一時半にテンペストが吠えたとき、てっきり叔父が着いたんだと思いました。起き出して叔父の部屋へ行き、階段を下りて出迎えようとしました……けれど、車を乗り入れた人はいませんでした」

マスターズは穏やかな表情を浮かべていたが、食卓の端に置かれた両手に力がこもった。流れる雲の影が薄暗い食堂をよぎっていく。静寂のひととき、暖炉の燠《おき》が崩れる音が聞こえた。

「そうですか。では、あなたには確信があるんですね」不意にマスターズが静寂を破り、咳払いする。「そのときブーンさんが帰っていなかったのは確かなんですな？　どうか慎重にお答えください。大変重要なことかもしれません」

「もちろん確かです。下りていって屋敷の車道を覗きましたから……なぜです？　どういうことなんです？　警部さん、どうしてそんな変な顔をなさっているんです？」

「ああ！　何でもありませんよ、お嬢さん。実は、ある人が、ブーンさんは一時半に帰ってきたと言ったんです。車庫に乗り入れたからあなたは見落とした、そういう可能性はありませんかな？」

「それはありません。その場合でも叔父の姿は見えたでしょうし、今朝、叔父の車が車道にありました。あのとき変だとは思ったんです。叔父の部屋の明かりが点いているのに、叔父は部屋にいなかったから……これ、叔父に不利になることではありませんよね？　わたし、言ってはいけないことを言ったりしていませんよね？　どうかおっしゃってください！」

「むしろ逆ですよ、お嬢さん。余計な心配をなさらんように。で、叔父さんが帰ってきた時間はご存じないんですか？」

「ええ。わたし、眠ってしまったんです。ただ――」

「さあ！」

「あの、叔父ではないとわかって自分の部屋へ戻る途中、廊下を歩いていて、レインジャーさんが階段を上がってくるのを見たんです……」

「ほう?」マスターズは唇に指を押し当てる。「あの紳士はひどい酔っ払いですな。何度も言うようですが。レインジャーさんから聞いたことをあなたに話しても構わないでしょう。こう言ったんです。みんなでマーシャさんを別館まで送ったあと——十二時過ぎですな——自分とモーリス・ブーンは図書室に腰を落ち着け、少なくとも二時間は本やら何やらについて語り合った、一時半に犬の吠える声が聞こえて、二人ともジョン・ブーンが帰ってきたと思った、とね。二時間ということは、二時過ぎまで図書室にいたことになります。大変結構ですな。今度はあなたの番です。叔父さんの部屋へ行ったのが一時半。戻ってきたのはどれくらい経ってからでしょうか?」

「二、三分後です。長い時間ではありませんでした。本当です!」

「つまり二、三分後にレインジャーさんが二階へ上がってくるのを見たんですな。彼はどこへ向かっていました?」

「あの人の部屋です。中に入るのを見ました。わたしは急いで自分の部屋へ帰りました。実は——その、ちょっとだらしない恰好だったので、見つかったら大変だと思って——」

「よくわかります。それで?」

「レインジャーさんは、離れたところから声をかけてきただけでした。『さっき俺が言ったことは忘れていいぞ』厭らしいけど勝ち誇った声でした。続けて『もっといいものにありついたんだ』と言って部屋のドアをバタンと閉めました」キャサリンは、この男について話すのはこりごりだと言わんばかりに話を打ち切った。豊かな黒髪を耳の後ろにかき上げ、両手を握りしめて身を乗り出す。「殺人事件についてですが、ジョン叔父のことをどうお考えなんです?」

マスターズは息を大きく吸い込んだ。「これを聞いてもお嬢さんは驚かれないでしょうな。レインジャーさんの話には、殺人の告発も含まれていました。まあまあ、落ち着いて。あの人の話を聞いたのは私だけじゃありません。レインジャーさんの主張は雪が降っていた時刻に関するもので、ブーンさんが雪のやむ半時間前に屋敷に戻ったということに基づいています……ブーンさんが何時に戻ったか、わかりさえすれば……」

サイドボードの上で白鑞《しろめ》の料理皿覆いがかたかた音を立て、咳払いが聞こえた。

「ぶしつけながら」トムスンの声がした。「申し上げてもよろしいでしょうか?」

心配そうな表情だが、意を決した様子もうかがえる。マスターズへの敵意は薄らいでいるようだ。

「わたくしがここにいるべきではないことは承知しております。いろいろなことを耳にしますので。さりながら、このお屋敷には長いこと勤めておりまして、お屋敷の方々も大目に見てくださいます。ジョン様が昨夜何時にお帰りになったか、わたくしははっきり申し上げることができます。家内も目を覚ましておりましたので、同じことを申し上げると存じます」

「ほう?」

「ジョン様は三時を少し過ぎた頃お帰りになりました。ジョン様があなた方におっしゃった時間でございます。テンペストが吠えたのはほかの理由です」

10　死者からの電話

「もっと早くお尋ねくだされればよかったのですが」トムスンは腫れあがりこわばった顎の上で息をしていた。「誓って申し上げます。わたくしの部屋、家内の部屋でもありますが、お屋敷の向こう側にございます」腫れた顎を向ける。「最上階で、お屋敷の屋根下になっております。午前三時を五分か十分回った頃、車が入ってくる音が聞こえました。ジョン様が荷物を下ろすお手伝いをしたり、ほかにご用がないか伺ったりするために、わたくしは下りていこうとしました。ですが、冷気が当たるだけだと家内が申しまして」顎を触って、「ここにでございます。わたくしも、ご用があれば呼び鈴を鳴らしていただけると考えました。モーリス様がもう休んでよいとおっしゃったとき、わたくしはジョン様の部屋の明かりを点けサンドイッチとウィスキーを用意しました。一時半にモーリス様がわたくしをお呼びになり、厩舎へ電話してテンペストを閉じ込めさせるようにとおっしゃいました……」

「あの人は自分で電話しないのかね？」マスターズがぶっきらぼうに訊く。

「はい」トムスンのまぶたがぴくりと動く。「モーリス様はそのようなやり方はなさいません。しかしながら、わたくしはあのとき、お役目は十分に果たしたと思いました」

「ジョンさんが一時半に帰らなかったのが確実なら……それは誓って間違いないんだね？」マ

スターズはぐいと身を乗り出す。「じゃあ、どうして犬は吠えたんだ？」

トムスンの表情がわずかに歪む。「それは本来わたくしには関係のないことでございますが、ジョン様が告発されるということになれば、事情は違って参ります——テンペストが吠えたのは、誰かが屋敷を出て別館のほうへ行ったからでございます。それについては、目撃した家内が申し上げると思います」

ひどく混乱するとマスターズはその場にいる人たちを見回し、誰もしゃべっていなくても、なだめるように「まあまあ」と言う癖があるとベネットは気づいた。今も首席警部は椅子から立ち上がり、キャサリンをじろりと睨んでお決まりの儀式を執り行ない、執事にのしかかるようにして厳《いか》めしい口調で言った。

「あんたはこのことを黙っていたな」

「申し訳ございません。わたくしは、どなたさまにもご迷惑をおかけしたくありません。今までも、これからもそうでございます。それに今は、あれがあの方だったはずはないとわかりましたので——」

トムスンは歯の痛みで神経をすり減らし、いつもの悠揚迫らぬ職業上の冷静さを失って、充血した強情そうな目でマスターズに立ち向かっていた。トムスンは間を置かずに言い直したので、その言葉に綻びやためらいはほとんど感じられなかった。「あれがあの方だったはずはないとわたくしにはわかりましたが、誰のことかお聞きになりたいでしょうか」

「誰だったはずはないのかね？」

「ジョン様でございます」

「本当にジョンさんのことだったのかね？」マスターズは静かに言った。

「はい。お聞きになりたいですか？　テンペストが吠え出したとき、わたくしと家内はジョン様がお帰りになったのだと思いました。図書室から呼び鈴が鳴って、いよいよそう確信しました。わたくしは急いで着替えました――二分以内に着替えてご用を伺うのが、規則と申しますかモーリス様のお決めになったことで――」ほんの一瞬、部屋の面々に疲れ切った老人の表情を見せたが、トムスンはすぐにこわばった無表情に戻った。「家内は（料理番でございます）横手の窓から外を見ましたが、車寄せ《ポルトコシエール》の屋根が邪魔して何も見えませんでした。しかし、家内はほかのことに気づきました。外は暗く雪が降っていたものの、裏手の二、三の窓に明かりが点いていたので（あの高窓でございます）誰かが別館に走っていくのが見えたのです。それだけでございます」

「そうか。で、それは誰だったんだね？」

「どうして家内にわかりましょう？　本当にわかりませんでした。それどころか――」

「男か女かもわからなかった、か」マスターズが低い冷淡な声で補う。「そうか。では、奥さんにここへ来るように伝えてくれ」

トムスンは不意に振り向いた。「ケイトお嬢様、これでいいのです！　どうせ警察にはわかるに決まっています！　わたくしは我慢できませんでした。警察がジョン様を疑ったり、あるいは――」トムスンは両手を握りしめた。

「うん、わかった」とマスターズ。「その通りだ。早く行きなさい」ドアが閉まると、マスターズは穏やかな態度でキャサリンのほうを向いた。「ミス・ブーン、賭けをするとして、トムスンが『警察がジョン様を疑ったり、あるいはケイトお嬢様を疑ったり』と言おうとしたのではないほうにいくら賭けます？　たぶんトムスン夫人は女性だったと信じているのでしょうな。トムスンは屋敷内で驚くほど多くのことを耳にします。そして実に目端が利く。トムスンは、夫人の見た人物があなたではないと確信できてようやくこの話をしたのです。確信できたのは、その〈誰か〉が別館へ走っていった時刻に、あなたは二階の廊下でレインジャーさんと言葉を交わしていたからです。トムスンは、あなたがそんな話をでっち上げるほど愚かではないとも考えている。どうです？」

キャサリンは樫材の椅子にもたれた。グレーのワンピースが影に溶け込み、紗のスカーフが喉元でふわりと動く。豊かな胸は呼吸に合わせて上下していた。樫材の椅子を背にした青白い顔、輝く茶色の目と眉尻がわずかに上がった眉――ベネットははっとした。容姿の特徴が食堂に掛かっている金縁の肖像画のように古風な感じを与え、そのせいでマーシャ・テイトに似て見える。それだけのことなのだ。自分は幽霊に心を奪われているのではない。キャサリン・ブーンに恋をしかけているのだ。

「どうしてわかるんです？　作り話じゃないって。わたしが昨夜マーシャの殺害を試みたと言ったレインジャーさんが、わたしの言い分を認めるわけないじゃありませんか。誰かが芝生へ出ていくのを本当にトムスン夫人が見たのだとしても、はっきりいつだったのかはわかっていません。テンペストは長いこと吠えていましたから。その誰かは、わたしがレインジャーさんと話した少しあとで家を出たのかもしれないでしょう？……ええ、あなたの考えていらっしゃることはわかります。でもそれは馬鹿げています！　おわかりになりません？　お考えの人は、蠅一匹殺せないような――」

「持つべきものは友、ですな」マスターズがわけ知り顔で言う。「ところでお嬢さん、失礼ですがその首の傷はどこでこしらえたんです？」

キャサリンの両手がさっと首へ動く。少し間を置いて言った。

「ルイーズは気が動転していたんです。とても怖い経験をして……」

「そうですか。あなたがウィン先生に説明されたことと、ウィラードさんがそれとなくおっしゃった内容からすると、ルイーズさんはあなたの部屋の近くで気を失って倒れ、手首に血がついていた。はっきりしているのはそれだけです。あなたがルイーズさんを見つけたのは何時でしたか？」

「その――何と言えばいいでしょうね」口ごもり、厚いまぶたの下からマスターズを見つめていたが、時に人をどきっとさせるあけすけな口調で付け加えた。「マーシャが殺された時間を知っていれば、わたしはすぐに嘘をついたと思いますが、知らないので本当のことをお話しします。あれは三時半から四時の間でした……本当は警部さんも疑ってはいませんよね――？」

マスターズはにんまりした。

「まあまあ！　お目にかかってもいないうちから若いご婦人に殺人の罪を着せるような真似は

しません、ご安心を。私こそすぐに嘘をつきたいところですが、いかんせん証拠が足りません。おかしな具合ですな。ところで」こぶしで手のひらを打ち鳴らす。「あなたの叔父さんに対する告発は、私がこれまで中央刑事裁判所《オールド・ベイリー》で聞いたどれにも劣らないほど巧妙でした。実に巧妙です！　しかもその告発は、不可能状況を説明できる唯一の解釈だと思われました。ところが、新たな証人がその解釈を空高く吹っ飛ばしたのです。ジョンさんが三時まで帰らなかったからといって有罪でないとは言えんのですが、ほかの人と同じくらい無実だということにはなります。たぶんもっと無実なんでしょうな。足跡にごまかしがないと証明されれば、さらに無実ということになって、我々は不可能状況に逆戻りです。もっと受け入れがたいのは……うん？」

マスターズはくるりと振り向いた。ポッター警部が、吐く息も荒く食堂に入ってきた。興奮状態のまま話を始めようとしたが、ほかに人がいるのを見て慌てて自制する。しかしマスターズはじれったそうに身振りで促した。

「意外に手間取りました」ポッターはもったいをつける。「警察医が来たり、死体運搬車が来たりしたもんで。あ、私の部下が二人、指紋採取と現場の撮影に来ています。署長に電話してロンドン警視庁《スコットランド・ヤード》へ連絡してほしいと伝えましたから、これで心置きなく捜査できますよ。そのほかのことは、なかなかうまくいかんですなあ！　あの足跡ですが……」

マスターズは大きく息を吐く。

「真っ当なのか？」

「あの紳士が言ったやり方でつけられたはずはない、それだけしか言えません。お嬢さん、失礼しますよ」ポッター警部は帽子を脱ぎ、大きなバンダナで禿げ頭をぬぐった。「できないんです。指紋キットを持ってきたのがこの手の問題をずっと研究している部下でして、そいつが言うには、前の足跡を新しい足跡で消そうとすると、雪が内側に押されて足跡の内側に隆起した筋ができる。一マイル先まで足跡をたどれるくらいはっきりした筋だそうです。ほかにもいろいろ言っていましたが、いちいち覚えとりません。でも大事なところはわかっています。あれは大きな足跡でした。十号（約二十八・五センチ）のブーツで、最初から最後までくっきりしています。内側はきれいで乱れもありません。雪のくっつきやすい足先の底部は少しぼやけていますが、指紋係の話では問題ないらしいです。とにかく」ポッターは猛烈な勢いで結論づけた。「足跡にまやかしはなし。ま、そういうことです。ジョン・ブーン氏は容疑者リストから外れましたな。枕を高くして眠れるというわけです。ブーン氏は……おやっ、あの音は？」

ベネットは腕に勝手に力が入って椅子から体を持ち上げるのを感じた。肌が恐怖で火照り、心臓が激しく打っている。広い食堂でマスターズが窓明かりを背に真っ黒な影絵となり、白い眼球を動かして音の出所を探ろうとしていたが、食堂にも音は反響した。食卓のガラスの器が震えチリンチリンと不気味な音を立てる。音は壁に並んだ肖像画に伝わり、ヒイラギを揺らした。食堂に集う者たちは本能的に、死を意味する音だと察した。音がくぐもっているのは〈白い僧院〉の古びた木材のせいだけではない。ピストルを詰め物越しに撃ったような鈍い音だった……

食堂の大きなアーチ形天井の下に広がる沈黙の中で、マスターズは思わず口にする。

「『枕を高くして眠れる』、か」口から無理やり引きずり出されたかのように、マスターズは繰り返した。「ああ、何てことを！」

キャサリン・ブーンが悲鳴を上げる。マスターズに続いてドアへ駆け出した彼女の腕をつかもうとしたベネットは、激しくあえいでいるポッター警部の巨体に行く手を阻まれた。キャサリンは何やら怒鳴っているマスターズの前に飛び出した。そのとき二階から叫び声が聞こえ、一同はそれに応えるように暗い廊下を走った。

赤い絨緞を敷いた二階の廊下は、薄暗いトンネルとなって明るい窓のほうへ延びていた。そこに小柄な人影が見え、その灰色の人影はためらったのち、手を伸ばして金の握りの付いたステッキで――死んだ蛇をつつくように、ぐいと――〈チャールズ王の部屋〉のドアを押した。ドアが開くと、硝煙の匂いが鼻を衝いた。人影は部屋の中を覗いた。

「馬鹿者が！」モーリス・ブーンの声がイナゴの羽音のように細くかん高く響く。よろよろと後ずさりして顔をそむけた。

ベネットは走り出そうとするキャサリンを制して引き寄せた。ウィラードとウィン医師も、マスターズを従える形で廊下を走っていた。彼らは戸口で立ち止まってたたらを踏み、部屋の中へ消えた。

キャサリンは口も利けずにいた。激しく震えていて、落ち着かせようとしても無理かもしれないとベネットは思った。キャサリンは顔をそらし、手を振りほどこうとする。

「聞くんだ！」ベネットはしゃがれ声になっていた。「いいからこっちを見るんだ！　僕は君に嘘はつかない。誓って嘘はつかない。これから部屋の様子を見に行って、戻ったら君に本当のことを話す。だから君はここから動かずにいるんだ。約束できるかい？」

「とうとうやってしまった」キャサリンはそう言って、息を詰まらせた。「時々、やるつもりだと言ってたわ。それが今だったのよ」

「ここにいてくれるかい？　答えるんだ！」

「ええ！　わかったわ。急いで行って――戻ってきて――本当のことを話してくれるなら。でも、頭を撃ったのなら話さないで。さあ、行って！」

廊下の反対端にある部屋へ向かうとき、ポッター警部がベネットのすぐ脇を走っていた。通り過ぎざま、廊下の窓下ベンチにモーリス・ブーンが腰を下ろしているのを視界の隅に捉えた。羊皮紙のような顔の片側と、黒い小さな瞳の目に光を受け、両肩をかすかにそびやかして片手をステッキにかけ、身じろぎもせずにいた。

ウィラードが音を立ててカーテンを開けると、〈チャールズ王の部屋〉に陽光があふれた。その光が、床に倒れている茶色い革のブーツを履いた背の高い人物を照らし出した。二つ折りになった体を、マスターズとウィン医師が人形のように引き伸ばしている。硝煙と布の焦げた匂い。ジョン・ブーンの口は開いていて、ぐにゃりとした指の間から金属の塊が絨緞の上に鈍い音を立てて落ちた。

隣の窓のカーテンも引き開けられ、カーテンリングがぶつかる音に負けじと、ウィン医師の低い声がとどろく。「まだ死んではおらん。見込みはある。頭を撃たなかったのがよかった。

頭なら絶対に助からん。自殺するやつはみんな、心臓が実際よりも下にあると思うんだ。はん。これ、あちこち触るのはやめてわしに任せろ……下がれ、おい！」

「先生」ウィラードが口ごもりながら訊く。「助かりますか――？」

「そんなことわかるもんか！　口を挟むな。運ぶものはないか？　慎重に運ばねばならん。うん？　死体運搬車？　もちろん構わん。ここに来ているんなら、願ってもないじゃないか」

「急げ、ポッター」とマスターズ。「車を回せ、担架もな。私の命令だと言え。遺体は後回しでいい。突っ立ってないで早く行け！」

部屋には窓が四つあった。二つは左手の壁にあり、階段へ通じる鏡板張りのドアを挟んでいる。あとの二つは屋敷の裏に面して、芝生を見下ろす。歪んだ窓ガラスが、ジョン・ブーンのそばにある大きなテーブルと椅子の上に格子状の影を落としていた。建てつけの悪い窓と鏡板張りのドアとの間を不意に風が吹き渡り、紙が何枚かテーブルから舞う。その一枚は、それ自体が邪《よこしま》な生命を持っているかのように、床伝いにひらひらとドアのほうへ飛んできた。糊の利いたワイシャツが脱ぎ捨てられ椅子に掛かっているのを見つめながら、ベネットは無意識に足で紙を押さえた。

今さらながら、食堂を後にするときに見せたジョン・ブーンの表情、彼が残した最後の言葉を思い出していた。誰もが気づくべきで、予兆は明らかだった。どうしてあんなことを言ったのか？『たとえ身の証を立てようとしても、どうせどっちかのことで捕まって絞首刑になるのは決まっているんだ』それに、なぜあんなにおどおどしていたのか？　あれじゃまるで、首にロープをかけてくれと言わんばかりだ。やがて無実が証明されるかもしれないのに、なぜマーシャ殺害のことであからさまな恐怖の表情を浮かべたのか？　胸に弾丸を撃ち込んだ男が不意に床の上でうめき身をよじる。ベネットは下を見た。視線が足許の紙を捉え、あたりを見渡し素早く紙へと戻る。酔っ払いが書き殴ったように傾いて不安定な筆跡は、最初の一行からよろよろしていた。

家を騒ぎに巻き込んで申し訳ない。どうか許してほしい。でもこれは避けられないことなのだ。もう君も知っておいたほうがいいだろう。私はカニフェストを殺した——

頭が麻痺したようになり、最初は意味がつかめなかった。書き誤りとしか思えなかった。それから紙背の意味が閃光のように訪れたが、まぶしすぎて、照らし出された曖昧な謎をすぐさまつなぎ合わせることはできなかった。屈み込み、便箋を拾い上げる。

——私はカニフェストを殺した。そんなつもりはなかったのに。私はずっと、自分がしたことを、実はそうするつもりはなかったのだと他人にも自分自身にも説明しようとして、もううんざりしてしまった。だが、心臓のことを知っていたらカニフェストを殴ったりしなかった。私は翻意を促そうと、彼を追って自宅へ行っただけなのだ。

ベネットの胸中にジョン・ブーンのさまざまな姿が去来した。動いているジョン、独特な態度、持ち前の陽気さ。ジョンは昨晩早い時刻にカニフェストに面会したと用心深く主張していたが、実際に〈白い僧院〉へ着いたのはひどく遅かった……

誓って言うが、私はマーシャを殺してはいない。関わってもいない。君にそう思われたんだとしたら、きっと恐ろしい偶然のせいだ。私は誰がマーシャを殺したのか知らない。だが、今となってはそれにどんな意味があるだろう？　彼女はこの世を去った。私が永らえる理由はない。ケイト、君に神の祝福と守護のあらんことを。さようなら、お嬢ちゃん。

「ジョン・アシュリー・ブーン」という署名は、しっかりした字で書かれていた。

室内に刺激性の薬品臭が漂っていた。マスターズは懐中電灯の光を下に向けている。鋏がちょきちょき動く音や、ウィン医師の黒い鞄から器具がせわしなく取り出される音が聞こえた。硝煙は風で吹き飛ばされている。ベネットは便箋を持ち上げ、マスターズに激しく手招きした。首席警部はうなずき、ウィラードに合図する。ウィラードはすぐに行って、ベネットを興味ありげに一瞥しただけで、マスターズから懐中電灯を受け取って交代した。

「水だ」ウィン医師が言う。「ぬるま湯がいいな。誰か持ってきてくれ。ここにはないんだ。担架はどうなってる？　ここじゃ弾が取り出せん。頭をちょっと持ち上げてくれ。片手でいい。じっとな……」

ベネットは目をぎらぎらさせているマスターズの手に紙片を押しつけ、お湯を取りに飛び出した。向かいにある自分の部屋のドアが開いていたので入って洗面器を取り上げると、はずみで軸染めマッチの束をひっくり返した。廊下に出ると、キャサリン・ブーンは言われた通りに待っていた。両手を強く握りしめているが、さっきよりは落ち着いている。

「叔父さんは――大丈夫」ベネットはその通りであってほしいと思いながら言った。「持ち直しそうだ。お湯がほしいんだけど、浴室はどこ?」

キャサリンはうなずいて背後のドアを開けた。リノリウム張りの薄暗い部屋は、頭でっかちの古い湯沸かし器を備えた浴室だった。しっかりした手つきでマッチを擦る。ポッとうつろな音がしてガスが点き、タンクの下で揺らめく青と黄色の小さな炎が、洗面器を手にしたキャサリンの顔をちらちらと照らす。「タオルが要るわね。そこのを使ってください。ごめんなさい、気が利かなくて。わたしも行きます。でも……」

「ここにいてくれ。叔父さんはすぐ搬送される。見ないほうがいい」

二人は視線を交わし、キャサリンは唐突に脈絡のないことを言った。「わたしが殺したようなものね」

もとの部屋に戻ると、マスターズは紙片をしわくちゃにして握り、身じろぎもせずに立っていた。ベネットは湯の入った洗面器を持っていき、ウィン医師の指示に従って支えた。キャサリンには「持ち直しそうだ」と言ったが、ジョンはそれを望んでいるだろうか? 死んだほうが彼のためだろう。床の上で身をよじりあえいでいる、神経が細く不安定な、苦悩に苛まれ続けた男は、生き延びてカニフェスト卿殺しの罪で被告人席に坐るよりも、ウィン医師の手当てを受けているうちに事切れるほうがましだ。司法の手が脂染みた絞首索を不器用にまさぐり首にかけ、家名に泥を塗る前に、祝福されるにせよ呪われるにせよ、潔く死ぬほうをジョンも選ぶだろう。ベネットは昨夜何があったのか想像しようとした。ブーンは新聞社のオフィスでカニフェストに面会後、翻意を促そうと、彼を追って自宅へ行った。しかしベネットの目に映るのは、洗面器の湯が次第に赤くなっていく場景だけだった。

やがて洗面器を下に置けと言われ、同時にマスターズの重々しい声が聞こえた。

「なるほど、そういうことでしたか。我々には知りようがないわけですな。ジョンさんはこの部屋に来て、あそこの引き出しからリボルバーを取った」マスターズは指で示す。「椅子に坐り、時間をかけて書き置きをした。ご覧なさい、文と文の間隔が広くなったり狭くなったりしています。確かに彼の筆跡でしょうな？」マスターズは額に手をやる。「よろしい。さて、なぜこれを握っていたんでしょう？　片手に持っていたんです——拳銃を胸に当てるときは両手を使ったはずですが——我々が体を持ち上げたとき、こいつが落ちたんです」

手のひらに載せて差し出したのは銀色の小さな三角形のかけらで、何かから欠け落ちたように凹凸した断面があった。マスターズはしばらく見せてから握りしめた。

「お訊きしてよろしいかな」マスターズのすぐ後ろで細く冷たい声がした。「見込みはありますか？」

「わかりません」

「残念かどうかは」モーリス・ブーンが言った――時と場所を誤れば極めて腹立たしく聞こえる、賢《さか》しらで反論を許さない、良識あふれる声だった。「あなたが読んでおられた書きつけに何が書かれていたかによるでしょうな。内容について伺ってもよろしいかな？」

「私からもお願いしたいのですが」マスターズが重々しく、しかし相手と同じくらい静かに言う。「この書きつけをご覧になって、弟さんの手によるものかどうか教えていただきたい。もう一つ、この出来事はあなたにとってそれで済ませられることなのですかな？」

「私は愚かなことが大嫌いでしてね」モーリスは音節一つ一つを強調しながら突き放すように言った。額に網目状の血管が浮き出ている。「弟はいつでも愚かでした。はい、弟の筆跡です。さあ、今度は……

そうでしたか。カニフェストを殺したのですね？　それなら、助からないほうが望ましい。生き延びたら、弟は――絞首刑だ」モーリスは乱暴に言い捨て、それと同じくらい乱暴に書きつけを返した。

その声に応えるかのように階下《した》で数人の騒々しい声が聞こえ、重い足音が響いた。ウィン医師は一声叫んで立ち上がり、ベネットも廊下へ飛び出した。キャサリンを捜したがいなくなっていた。それに気づくと、言いようのない驚きと不安を感じた。一階で電話のベルがけたたましく鳴り、その音はベネットの頭の中で、彼女を捜せと命令するように響いていた。担架が運び込まれ、廊下は見知らぬ人でいっぱいになった。電話はなおも鳴り続けている。

「トムスンは何をぐずぐずしている」モーリスが言う。「いやしくも屋敷に電話があるのはすぐに出るためだと、噛んで含めるように言い聞かせているのに――何かおっしゃいましたか、警部さん」

「もし差し支えなければ、銃声が聞こえたとき、あなたやほかの皆さんがどこにおられたか伺いたいですな」

モーリスは二人の制服姿の男を通すために廊下に出て、振り返って言った。「まさか――いくらあなたの頭でも、第二の殺人を考えたりはしないでしょうね、警部さん。事実、そうではないんです。この不幸な出来事の現場には私が最初に着きましたので。このようなことが起きるのではないかと心配で、ジョンと話して弟の頭の中に育った愚かな考えを理解しようとしていたんです」

室内で物音がした。

「そっとだぞ、君たち」ウィン医師が怒鳴る。「そーっと運べよ……」

ベネットの脳裏に、殴り書きされた言葉が浮かぶ。『ケイト、君に神の祝福と守護のあらんことを。さようなら、お嬢ちゃん』担架を持つ青い制服の後ろに茶色い革のブーツが覗いた。

「第二の殺人と言えば」モーリスは担架で運ばれていく弟を見つめながら言った。「あなたはもう一つの殺人にかかずらう羽目になりましたね。カニフェスト卿の件ですが……うん、トムスン？　どうしたんだね？」

廊下を走るようにやって来たトムスンは、担架で運ばれていく人物から目を離せずにいた。顔にしわを寄せ、痙攣したように手を開いたり閉じたりしている。しかしモーリスの穏やかで皮肉っぽい声が流れるように質問を繰り返すと、居住まいを正した。

「はい、旦那さま。階下《した》に紳士がお越しになって、ベネット様にお会いしたいとおっしゃっています。ヘンリ・メリヴェール卿でございます、モーリス様。そして――」

ベネットとマスターズがはじかれたように振り向く。ベネットの全身に歓喜のうねりが広がり、勝利の叫びが上がった。

「――もう一つお伝えすることがございます……」

「何だね？」

トムスンは呼吸を静めてからはっきりと言った。

「カニフェスト卿からお電話で、旦那さまとお話しになりたいそうです」

　ベネットは今やほとんど何でも信じられる心理状態にあったが、それは冗談がすぎると思った。周りの人の顔が非現実的で仮面のように見える。そこへH・Mのお出ましだ。H・Mがどんな口実を設けて来たにしろ、いてくれるだけで心の重荷が除かれ、説明はできないが万事うまくいく気になる。これまでにこの感じを抱いた者はベネット以外に何人もいた。あり得ないことがどんなに出来《しゅったい》したって構わない、物の数ではない、というように。やや沈黙があったのちモーリス・ブーンが進み出たが、マスターズは大きな手をモーリスの腕に置いて制した。

「ああ、ちょっと。あなたは残っていただきましょう。私が電話に出ます」

　モーリスは身構え、つぶやくように言った。「警部さん、もしカニフェスト卿があなたと話したいという意向をわずかでも示されたのでしたら……」

　マスターズは抑揚のない声で繰り返した。「申し上げたはずです。私が電話に出ます」首席警部がさりげなく押しやると、モーリスは廊下の端までよろめいた。ベネットは腕をつかまれ、逮捕されたようにマスターズにせき立てられて廊下を進んでいた。「あなたにお話ししたかったのは……トムスン、一緒に来てくれ。ヘンリ卿にお目にかかる……H・Mのことなんです」

　マスターズは低い声でもったいをつける。「つまりですな。あなたは卿に電報を打ったんです」

「僕が電報を？」

「まあまあ、押し問答している時間はありません。こういうことなんです。卿はクリスマス休暇中で、自由の身です。そんなところに私が連絡しようものなら、卿は吼えまくるでしょうな——いつものたわいない怒鳴り方ではなく——本当に吼えたでしょう。私の頼み事なんぞ、けんもほろろ。ですが、卿は情に絆《ほだ》されやすいんですな。ただし、面と向かって言うのは御法度ですぞ、八つ裂きにされます。で、その一つは親戚なんです。甥御さんのあなたが困っているとわかれば、卿は必ずやって来る……まあ、そういうことです。昨夜、たまたま卿があなたのことで電話をかけてきました。今朝本件の知らせを受けたとき、これは自分のぶつかる最大の事件《やま》だ、昇進してから初めて指揮を執ることになると覚悟しました。うまいこと解決しなければならんのですが、あいにく私向きの事件ではない。で、まずここへ来て確かめたんです——あなたのお人柄を」マスターズの息が荒くなっていた。威厳を保とうとしているが、あまりうまくいっていない。「お力添えいただける方とお見受けしました——うんとね！　私が正義のために事実を多少枉《ま》げたとしても、ですな。まあ、そういうことです。あくまでも正義のためです。初めてお目にかかったあと、あなたは二階に上がられましたね……ええ？」マスターズは、クリスマス無言劇風の含み笑いで、先を推測させた。

ベネットはヒューと口笛を吹く。「わかりかけてきました。あなたは僕の名前で伯父に電報を打った。ごたごたに巻き込まれたとか何とか。で、僕はどんなごたごたに巻き込まれたことになっているんです？　殺人で告発されているなんて言ってないでしょうね」

「ああ！　さすがにそこまでは言いません。そんなことを言ったら、卿はここへ着いてすぐに見抜いてしまいますからな。どんなごたごたかは言葉を濁しておきました。まあ、何も思いつかなかったというのが正直なところです。でもそのあとで、おほん、失礼」マスターズはあたりを見た。「ミス・ブーンを見るあなたの様子に気づきましてね――よし、これだ！　と思いました。卿への説明の材料をいくらか見つけたわけです。もしも……」

首席警部が初対面の自分に愛想がよかったのはそういう理由か。捜査の規則を無視して事件について気前よく話してくれたこと、キャサリンに思いやりを示したこと、ほかにもいろいろあるが、マスターズの態度にはそれで説明がつく。そして――

「もしもですよ、ミス・ブーンを困った立場から救いたい、彼女は心を痛め助けを必要としている、とあなたが卿に言ってくだされば。ええ？　私を助けていただけますね？」

二人は頑丈な手すりの付いた広く緩やかな階段の降り口に来ていた。トムスンは先に踊り場まで行っていた。階段はそこで直角に曲がって階下《したた》のホールへ続いている。電話は踊り場に設置され、トムスンが受話器を手にしていた。階下《した》からH・Mの胴間声が聞こえる。

「わからんのか、おい。なぜわからん？　どいて、わしに見せるんじゃ。ああ。うむ。なるほど……」

「失礼だが」ウィン医師のかん高い声。「あんたは何者だね？　いったいどういうつもりだ？　あんた、ひょっとして医者なのか？」

「ふむ。血の色は気に入った。泡も吹いとらんし――ああ。傷口を見せてもらおう」言葉が途切れた。「よし、運んでいいぞ。急所は外れておる。ただで教えてやろう。きちんと手当てすれば、問題なく回復する。先の柔らかい破裂弾でなかったのはもっけの幸いだな。弾なら少し上を探すといい。ふん、とんでもない家じゃな。入ったらいきなり二階からかつぎ下ろされた担架とご対面とはな……」

その後も激しい言葉の応酬があったが、H・Mはことごとく「ほう！」と怒鳴って黙らせた。マスターズは答えを求めるようにベネットの腕をつかむ。

「どうなさいます？」

「助け船は出しますけど」ベネットが答える。「あなたが先に行ってなだめてくださらなきゃ。あなたの説明が終わる頃に下りていきますから。伯父は喧嘩腰ですね。ねえ、マスターズさん。伯父は本当に――その――」

「警察の仕事ができるのか、ですかな？　まあ見ていてごらんなさい！」

マスターズは踊り場の受話器を取った。ベネットは手すりから身を乗り出し、カニフェスト卿と話すマスターズの言葉を聞き取ろうとした。カニフェスト卿なる人物が元気なのは漏れ聞こえる言葉でわかるが、マスターズは新聞記者のやり方を真似てもごもごと話すので、耳を澄ましても無駄だった。背後に足音が聞こえたので、聞き耳を立てていたベネットはばつの悪い思いで手すりから離れ、振り返った。ジャーヴィス・ウィラードとモーリス・ブーンがいた。

「どうやら」とモーリス。「我が家を訪れる方々は、私への電話と負けず劣らず風変わりですね。ヘンリ・メリヴェール卿の来訪を賜るとは思いがけない光栄、死者からの電話を受けるのはさらにめざましい誉れですな……ところで、この事件に関する最新ニュースが正確には何なのか、伺ってもよろしいでしょうか」モーリスの細面は無表情だが声は震えていた。

「いいニュースです。弟さんが回復するのはかなり確実らしいですよ」

「それはよかった」とウィラード。「それにしても、なぜあんなことをしたんだろう。そんな必要はなかったじゃないか？」

一瞬モーリスの顔が怒りで歪みかけ、青白く醜い憤怒の炎が現れた。「我が弟はすこぶる屈折した良心の持ち主でね。私は——ええと——客人に会ってもよろしいかな？　ここは我が家なのだが。どうもありがとう。では参ります」

モーリスは片方の肩をねじりながら階段を下りる。ステッキが手すりにぶつかる音が響いた。

「ジョンに何があったんです？」ベネットは小声でウィラードに尋ねた。「階段を上がって自分の部屋へ行き、あんなことを……？」

「推測できる限りでは、そうだね」ウィラードは目をこすった。「何があったのか、はっきりとはわからない。すれ違ったとき、ジョンは朝食に行くと言っていた。私は二階へ上がり、ケイト・ブーンに出くわした。コーヒーを飲んでくるから、その間ケイトの部屋にいるミス・カルーに付き添ってくれないかと頼まれた。ケイトは着替えに行って、それきり見かけていない。その——君たちが上がってくるまでは。ちょっとこっちへ来てくれ」

ウィラードはあたりを見回し、ベネットを廊下の奥、大きな張り出し窓に続く脇廊下へと引っ張っていった。ウィラードから、のんきでユーモアのある自信家の面影は消え失せていた。

一気に老けたように感じる。眼鏡がなくて困っているかのように再び目をこすった。

「教えてくれ。君は――お偉いさんに援助を求めたのか？」

「いいえ！　誓ってそんなことはしていません。僕は木偶《でく》人形みたいなもので、いいように利用されているだけなんです」

「メリヴェールという人は君の伯父さんなんだろう？　よく知っているのか？」

「昨日初めて会いました。どうしてそんなことを訊くんです？」

「君はどう思う？」ウィラードは静かに尋ねた。「あの人に嘘をついたとして、ごまかしきれるか？……なぜ訊くのか、わけを話そう。眠っているルイーズ・カルーに付き添っていたら、マーシャ・テイトを殺したとずっと口走っていたんだよ」

勢いよく振り向くと、ウィラードの顔に現れた奇妙な表情が催眠術のようにベネットを捉えた。その表情が思い出させるものは何かと必死に考えていると、徐々に記憶がよみがえった。ウィラードが今朝口にした言葉、もの憂い皮肉と共に頭の中でこだまし、大きな音を響かせていた言葉だ。「我々は、哀れな縞模様の野獣よろしく紙の輪をくぐったり止まり木に登ったりする。我々が言うことを聞かないとき、彼女は宙に向けて空砲を撃つだけでよかった」ついにベネットは、ウィラードの奇妙な目、黄色みがかった褐色の目が連想させるものに思い当たった。檻の中をうろつく獣の目だ。

「あなたはまさか」ベネットは声が勝手に発せられていると感じた。「ルイーズが認めたと言うのではないでしょうね、マーシャを――」

「どう考えたらいいのかわからない。うわごとだからね。ルイーズは睡眠薬を飲みすぎたんだと私は思った。結局そうだったとわかったがね――この件については改めて話そう。問題はそのあとなんだ。私があれこれ考えていると、ウィン先生が入ってきた。ルイーズの具合が悪いことを君から聞いたということだった。診察中のベッドに近づくと、足にあるものが当たった。重い銀の握りが付いた乗馬鞭で、握りの部分は鉛詰めで犬の頭のような形だった……」

「それは馬鹿げています！　あれはルイーズの部屋じゃありません。あそこは――」

「ケイトの部屋だと言うんだろう？」ウィラードはにわかに興味をそそられたようにベネットを見た。「ルイーズは昨夜廊下で悲鳴を上げて失神した。私が抱き上げたとき、ルイーズがあれを持っていたんだよ。これは刑事さんには話していない。私は――どう言えばわかってもらえるかな」言葉を探していたがやがて諦め、それを全部追い払うような身振りをした。「身も蓋もない言い方だけど、私は自分の首にロープをかける真似はしたくない。だからといってルイーズは……無邪気なだけだ！　それだけなんだ。だからこのことは誰にも話したくない。抱え上げたとき、ネグリジェの上に部屋着を着て、外出用の丈の長いコートを羽織っていた。乗馬鞭はポケットに突っ込んであったよ」

「じゃあケイトはこのことを知っているんですね？」いろいろなことが腑に落ちかけていた。そういえばケイトは、マーシャ・テイトが乗馬鞭で殺されたと口を滑らせ、すぐに打ち消し撤回しようとした。「知っていたんですね？」

「うん。今朝あの部屋へ行ったら、コートがなくなっていた。ケイトは私を、何と言うか、協力者と見なしていたようだ。とにかく、足に乗馬鞭が当たった。ウィン医師の注意を惹きたくなかったので、奥へ蹴り込んだ。でも、ウィンが部屋にいるうちに、昨夜マーシャを階段から突き落とそうとしたとルイーズが叫んでしまった……ああ、確かにまずいな。ウィンは何も言わず、催吐剤らしきものを与えていた。ルイーズが落ち着いた頃、医師は話があると私に言った。妙な表情をしていた。私を廊下へ連れ出し、ああ、そういえば……」ウィラードは眉をひそめ、つかまえにくい記憶を追いかけようとして指を鳴らす。「踊り場の電話で、誰かが騒しい声で話していた。うん、『別館でだ、別館だと何度言ったらわかる』と言い続けていた。あまりにもうるさくて、静かにしろと言ってやろうかと思ったから覚えているんだ。そしたらウィンが『あれはレインジャーとかいう男だ。わしが図書室を出るときには警部さんと話をしていた。勝手にうろついているらしい。ぐでんぐでんに酔っ払っとるんだ』と教えてくれた」

「それはいつのことです?」とベネット。「僕たちが図書室を出たとき、レインジャーは長椅子で伸びていました。酔いつぶれていたはずです」

「時刻ははっきりしないな。ウィンがルイーズを診察に来て十五分くらい経った頃じゃないか……ウィンは私に大事な話があると言ったんだ。私はどうやら」ウィラードは額にしわを寄せ窓の外を見た。「誰からも後見人か聴聞僧の扱いをされるらしい。そのとき電話の声がやみ、ウィンが私をこの場所まで引っ張ってきた。医学的な話の前置きをしかけたとき（私にはそう思えた）、銃声が聞こえた……

血も凍りそうなショックだった。二人ともルイーズのことを思い浮かべたんだと思う。顔を見合わせて駆けつけると、彼女は無事だった。正気に返ったのかベッドの上で体を起こしていた。ちょっと震えていたが、いつものように物静かで、おどおどしていた。熱に浮かされた状態は脱したようだった。ルイーズは『何の音でしょう？　わたし、この部屋で何をしているのかしら』と言った。そのとき君たちが階段を駆け上がってきた。あとは知っての通りだ」

ウィラードは窓下ベンチに腰を下ろした。打ち明け話を終え、心が乱れている様子だ。片手を握って腰に当て頭を下げる。なじんだ舞台のポーズを無意識に取った彼の息遣いが聞こえる。

ウィラードが少し間を置いて言った。「もし警察がルイーズに疑いを持ったら——しっ！」

ベネットが勢いよく振り向くと、キャサリン・ブーンが廊下をこちらへ向かっていた。

「ジョン叔父さんが担架で運ばれて、あれに——死体を運ぶ車に乗せられるのが見えたわ。あの人たちの話し声も聞こえたの。二階にいたら、叔父は絶対に死なないって誰かが言うのが聞こえたんだけど、本当なの？」

ベネットが手を取り、ゆっくり力を込めて話すうちに、目から恐怖が消えていくのがわかった。寒いところから暖かいところへ出て暖気にほっとした者がやるように、キャサリンは小さく身震いした。

「おかしな話なんだけど」物思うように言う。「わたし、一つだけ嬉しいことがあるの。叔父があんなことをしでかしたことがちょっと嬉しいの……」

「嬉しい？」とウィラード。

「だって、もう二度と同じことはしないでしょうから。おわかりになりません？　昏睡状態から醒めたら、叔父はきっといろんなことがわかるようになるでしょう。あれは——マーシャを思ってしたことだった。でも突然悟るの、そうする価値はなかったって。わたし、うまく説明できていないと思います。でも、あんなことをすれば」両手で胸を叩き、その動作というよりも考えた内容に眉をひそめた。「もう二度と同じことはしないでしょう」

ウィラードは窓の外の険しい雪景色を眺めていた。その口から放心したような低いつぶやきが漏れ、次第に響きを強めていく。「『——心に重くのしかかる災いを悩み多き胸から追い払うのだ……』（『マクベス』第五幕第三場。マクベスが医者に言う台詞）」その声は恐ろしい迫力を伴って高まっていった。

やがてウィラードの手はベンチに力なく落ちる。振り向いた顔には笑みが浮かんでいた。

「思い切った治療法だね、ケイト。ルイーズはどうだい、少しはよくなった？」

「そのうち階下《した》へ行けると思うわ。そのことでお二人に訊きたいんですけど」言葉が途切れた。

「警察が何を考えているか、わたしからルイーズに話したほうがいいでしょう？」

「そうだね、どっちにしろ……彼女は君に何か話したかね？」

「いいえ！」

「ルイーズがやった可能性もあるとは思わないかね？」

キャサリンはベネットに向き直った。「階下《した》へ行ってマスターズさんと話しましょう——あなたも一緒にいてください。昨夜女性がひとり屋敷から出ていったとトムスンが言ったとき、あなたもその場にいらしたから。今頃はトムスン夫人も話を聞かれているわ。もっと前に思いつかなかったなんて情けない。それがルイーズではなかったことをわたしは証明できるの。一緒に来てくださるわね？」

　返事を待たずに身を翻し、ベネットが驚きと不安で目を丸くして立ち尽くしているうちにキャサリンの姿は見えなくなった。ベネットは階段の降り口で追いついた。薄暗い廊下に残っている硝煙の不快な匂いのせいで、樫材の鏡板や擦り切れた赤い絨毯がいっそう厭《いと》わしく感じられる。ベネットは階段の親柱に手をかけてキャサリンの行く手を遮り、静かに訊いた。

「その女性というのは君じゃないんだね？」

　ベネットは肘の後ろが心臓の鼓動に合わせて震えるのを感じていた。キャサリンの喉の痣《あざ》から目が離せない。スカーフは痣を隠し切れていなかった。彼女が叫ぶように答えた。

「あら、そうだとしたら？　それでどんな違いがあるの？」

「何も。ただ、僕らはすごくうまい嘘をつかなきゃならない……」

「警察に嘘を？」

「必要なら、神様にだって――」ベネットは大声になるのを抑えた。激情に駆られ叫びたくなるのを思いとどまったのだ。キャサリンは親柱をつかんでいる彼の手を引っ張って通り抜けようとした。柱から手を離すまいと身を屈めたとき、ベネットの顔に柔らかな頬が触れた。二人とも蜂に刺されたように身を引く。ふっくらした小さな唇がわずかに開いているのを目にしたとき、ベネットは心臓がいっそう高鳴るのを感じながら言葉を継いだ。「君がどんなことをしたって違いなんかないさ。僕が言いたいのは、僕たちはもっともらしい話をでっち上げ、それに固執しなきゃいけないってことなんだ……」

「わたしがマーシャを殺したと言ったわけではないわ。まかり間違えば殺していたかもしれないけど！」キャサリンは身震いした。「マーシャのことが羨ましくて、誰かに殺されればいいと思ったことがあるの。そう口にすれば気晴らしにはなるわ。頭で考えて実際にしたのと同じくらいひどいことよね。階下《した》へ行かせて。どうせ同じなのよ、もしあなたが……」

「君に話しておきたいんだけど、階下《した》に、マスターズと一緒に男の人がいる。何を隠そう、僕の伯父だよ。煉瓦の壁でも見通す千里眼の持ち主なんだ。僕をだしにしてマスターズが呼び寄せた。僕の名前で電報を打って、僕が君に関心があるから来てほしいと言ったんだ……」

「どういう意味？」

「『関心がある』、大西洋のこっち側では気取ってそう言うんだろう？　まあ、額面通りに取ってくれて構わない。僕は君に『関心がある』としておこう。好きな言葉を使えばいいさ。どんな風に『関心がある』か今は言えない。何しろ殺人があったばかりだし、屋敷全体が毒されているし、向こうの部屋では生まれてからずっと君のことを知っている人が自殺を企ててからまだ一時間も経っていない。硝煙の匂いがするところでは、君も僕も『関心』について話す気になれないからね。でも、この家だっていつまでも毒されたままではないだろうし、その晩には、僕が君のことを世界で一番愛らしい人だと思っているわけを運よく知ってもらえるかもしれない――だから、もし君が不本意な立場にあるとしても、そして君がこれまで問題になっていないし今後も問題にならないどんなことをしたとしても、それをわざわざ認めるような馬鹿な真似はしちゃいけない」

「わかったわ」長い沈黙のあとでキャサリンは言った。「そう言ってもらえただけで嬉しい」

目に涙があふれた。「あなたが――あなたが――！」

「よろしい。さあ、気を取り直して。階下《した》へ行こうか」

12　H・M事件を論じる

二人が図書室に着いたとき、廊下の時計が十一時半を打った。

「――の詳細な報告」ポッター警部が名調子で話している。「警察医の所見。司法解剖令状、これはあなたの署名待ちです。二組の足跡、ブーン氏とベネット氏の石膏足形。我々が到着する前、ほかに足跡はありませんでした。足跡がたどった道筋を一定の縮尺で描いた平面図。これは賢明でしたね。また雪が降り出しましたから。そしてこれが指紋に関する報告です。現場写真は現像中で、午後にはできあがると思います。遺体はまだ現場ですが、ベッドに移してあります」

ポッターは黄色いシェードの付いた青銅製スタンドの下に捜査資料を並べていった。外は暗くなり、風が起こると枯れた蔦《つた》の蔓《つる》が窓を叩く。風は煙突の中でもうなりを上げ、隙間風が一瞬高く上がった暖炉の炎を茨《いばら》のようにぱちぱち鳴らし、燠《おき》から火の粉を飛ばした。スタンドの光を受けて鈍重な顔のしわが目立つマスターズは、手帳を開いて席についている。モーリス・ブーンもテーブルに陣取り、瞬きもせず光る目を暖炉の隅に向け、愉快げな表情で興味津々の様子だ。その向こう側には、暖炉の火明かりを背に影絵になったトムスンと黒い服を着た灰色の髪のがっしりした女性が、一対のオランダ人形さながらに立っている。ベネットにH・Mの姿は見えなかったが、暖炉の向こう端に巨大な黒い影の塊があり、そこに大きな眼鏡のきらめきと白い靴下が見える気がした。

「ありがとう、ポッター」とマスターズ。「手帳を返すよ。我々がこれまでに集めた証言は全部ヘンリ卿にお聞かせしてある。さて……何か指示はございますか、ヘンリ卿」

「うん？」

マスターズは片側へ寄り、かすかな明かりが暖炉の隅まで届くようにした。H・Mが驚いたようにぴくりと動き目を開けた。朝食の卵が傷んでいるか嗅ぎ分けるように大きな口をへの字に曲げ、大きな禿げ頭の両側にかろうじて残った髪の房を掻きむしっている。

「何か指示はございますか？」

「眠ってはおらんぞ」H・Mは火の消えたパイプをくわえて腹立たしげに言う。「集中していただけだ。せかすな！　せかすんじゃない、わかったな？　お前さんはろくに確かめてもいない資料をわしに放り投げて、即座に意味が通じるようにしろと言うのか？　雪が降り出す前に、別館とやらに行かねばならん。ひと苦労だな。マスターズ、わしはこの事件がちょいとばかし気に食わん。とんでもなく厄介なんじゃ。で、質問は何だった？　ああ、報告か。はっきりさせたいことがある、それが済むまで待て」次いでポッターに身振りで示す。「トムスン夫婦と話をさせてくれ」

睨むような目つきにもかかわらず、H・Mにはトムスン夫婦を安心させる雰囲気があった。

「やあ、お二人さん」H・Mがパイプを掲げる。「あんたたちが首席警部に話したことは聞いたんじゃが、屋敷にいるほかの連中の証言を裏づけるために、わしからも話をさせてくれ。もし誰かが嘘をついたら、わしに教えるんだぞ。さてと」細めた目をトムスンに向ける。「昨夜ろうそく一本で屋敷を見て回った連中に、あんたは加わっておったのか？」

「いいえ。家内とわたくしはテイト様のために別館を整えておりました。寝具を用意したり、煙突が詰まっていないか、暖炉に火はあるか、蛇口からちゃんと水が出るか確かめたり。テイト様の衣裳は家内がお世話させていただいて――」

「それはもうおきれいな衣裳で！」トムスン夫人が両手を挙げ、天井を見上げるようにして言った。「あの方はメイドに任せようとはなさらなかったんです。あたしにだけでした」

「うんうん。で、あんたたち二人が別館を出たのは何時だった？」

「十二時をほんの少し過ぎた頃でございます。ちょうどモーリス様が二人の紳士と一緒にテイト様を別館へお連れになったときでして」

「別館にマッチを置いておかなかったのは確かなんじゃな？」

ベネットはキャサリンと並んで戸口の陰に控えめに立っていた。そこからはトムスンの背中しか見えないが、執事の態度にそれまでなかった神経質な様子が表れたように感じた。トムスンはモーリスを盗み見た。モーリスは満足以外の表情は浮かべず、理想的な主人役という風情で坐っていた。

「申し訳ありません。わたくしの手抜かりでございました」

「屋敷に戻ってから、あんたはどうしたかな？」

「ねえ、あんた」はっとしてトムスン夫人が口を挟む。「あたしがベッドに入ったときだよ」

「家内が申しますように、あれは家内が床に就いたときでした。わたくしはモーリス様のお言いつけ通り銀器を磨き、ほかの方々が別館からお戻りになるのを待ちました。皆さまは十二時十五分頃戻られ、わたくしはお屋敷の戸締まりをいたしました」

「で、それからは誰も外へ出なかったのかな？」

「いいえ、モーリス様ともう一人の——男の方が図書室へ向かわれたあとで、ウィラード様が外へ出られました。外におられたのはほんの十分か十五分です。ウィラード様は、わたくしがいた配膳室に近い裏口から出て、戻ったら配膳室の窓を叩くから起きていて屋敷に入れてくれるかとお尋ねになりました。ウィラード様はその通りになさいました」

H・Mは目に見えない蠅に悩まされているように鼻先を見下ろし、うなった。

「うんうん。それについておかしなところがあるんじゃが、誰もそれを尋ねるだけの気配りはしなかったとみえる。いまいましい、そこが肝心だというのに。十二時から十二時半の間、実にいろんな人間が屋敷から別館へ行ったり来たりしておった——それなのに、テンペストという犬はまるで吠えておらん。ところが、一時半にとある人物が屋敷を出ていくと、その犬は大騒ぎをやらかして閉じ込められる羽目になった。どうしてそうなったんじゃ、うん？」

マスターズはそっと罵《のの》りの文句を吐いた。手帳を見てからH・Mに目をやり、また手帳に戻る。

「そのことでしたら」トムスンが言う。「簡単に説明がつきます。わたくしは厩舎に電話して馬丁のロッカーと話しましたので、承知しておりました。申し訳ございません、申し上げるのを忘れるところでした。テイト様はわたくしに、ご自分とジョン様のために翌朝馬を二頭用意してほしいとおっしゃいました。わたくしは、ウィラード様が別館からお戻りになるときまでそのことを失念しておりました。ウィラード様が戻られたとき、なぜテンペストが吠えなかったのかと(失礼なことで申し訳ございません)不思議に思いました。少し考え、ロッカーと一緒にいるに違いないと判断しました――ロッカーはあの犬を気に入っていて、夜遅くまで家に入れておくことがよくあるのです。そのとき、テイト様から頼まれた馬のことを伝えていなかったと気づき、ロッカーに電話しました。それが十二時二十分頃です。その際ロッカーは、テンペストを犬小屋に連れていくところだと申しました……」

トムスンは当惑している様子だ。話しながらずっとモーリスのほうを盗み見ていたが、今や主《あるじ》のことがよく見えるように向きを変えていた。

「お前はいろいろなことを忘れるようだな」モーリスが満足げな表情を崩さずに言い、文字通り歯を見せて笑った。しかしモーリスはすぐさまH・Mに目をやった。H・Mが大げさに興奮した様子を見せたからだ。

「ささ、気楽に構えるんじゃぞ」H・Mは穏やかに促す。「好きなだけ時間をかけてもいいが、正確にな。犬は昨夜は遅くまで、たぶん十二時半くらいまで放されていなかったんじゃな?」

「はい」

「こいつはたまげた!」H・Mは手にしたパイプを口に戻し、称賛するようにひと口吸った。

「ホッホッ。この悪夢めいた事件で、これまでに聞いた一番いいニュースじゃな。頭の奥のほうで、もやもやした考えがうごめいていたんじゃ。深い意味があるとか鋭い閃きが生まれそうとかではないが、それでも誰かが目鼻をつけてくれればありがたいと思っておった。今までは皆期待外れだったが、これで万々歳じゃ」

マスターズがこぶしでテーブルを叩く。

「卿、我々が見落としていたことは認めますが、それが重大なことですか？　我々が見落としていたからことさら重要だとおっしゃるのは納得できませんな……重要なのは、犬が一時半以降は閉じ込められていたということでしょう」

「ふん。このことにどんな可能性があるかをこれから吟味するんじゃ。さっさと済ませよう、同志トムスン。お前さんはベッドに入った——それは何時だったかな？」

「銀器を磨き終えてからでございますから、一時頃かと。モーリス様にお許しをいただきました。警部さんに申し上げたように、ジョン様の部屋にサンドイッチをご用意しました。それから一時半まで階下《した》へは参りませんでした。テンペストが吠え、モーリス様が呼び鈴を鳴らされたときでございます」トムスンは口を滑らせたと気づいたかのように突然言葉を吞み込み、再び主《あるじ》を見つめた。

「どうやらまた、トムスンお得意の観念連合らしいな」とモーリス・ブーン。「それはお前のかみさんが、屋敷から出ていく謎の人物を目撃したときだな？　姪のキャサリンか、やんごとなきルイーズ・カルー嬢、どちらかだろうね？」

トムスンは素早く妻の手に触れた。しかし夫人は制止に応じる気が全くない。黒いニワトリよろしく体をばたばた動かし、砂ではなく言葉を派手に飛ばした。

「旦那さま、そしてこちらの旦那さま、それからあんた、あんたにはずっと言っているけど、こんなことをしゃべったくらいで首に縄をかけることなんざできっこありませんよ。旦那さま、あたしはそれがご婦人だとわかったわけじゃないんです。言ってみれば〈印象〉です。〈印象〉のせいで首に縄をかけられたり捕まえられたりするわけありません。それに、あれがケイトお嬢さまだったと言うくらいなら、死んだほうがましです。あたしが申し上げるのはそれだけです」

「その通りじゃ、奥さん、その通り」H・Mがウェラー老人（ディケンズ『ピクウィック・ペーパーズ』に登場するおしゃべりな老人）を彷彿させる声とおっとりした態度でうなり、次いで鼻をグスンと鳴らした。「うん、そうか。もう話すことはないかな？　まあそんなところだろう。ご苦労さん」

トムスン夫婦が静かに引き揚げると、H・Mは椅子に腰を下ろし、しばらく両手で額を撫で回していた。

「おほん、ヘンリ卿――？」とマスターズ。

「なあ、あんた」H・Mはモーリスを見つめ、悪意たっぷりに指を突き出した。「今度はあんたが少し話してみるってのはどうかな、うん？」

「ヘンリ卿、何なりとお望みのままに。私の率直な話し振りに、おそらくご不満はありますまい」

H・Mは目を瞬《しばた》く。「ふむ。それを心配しとったんじゃ。人が自分のことだけ話している分には率直さも結構だが、それでも小うるさいもんじゃ。そもそもできっこない。自分自身についで腹の底からありのままを語ろうなんてやつは一種類しかおらん。医者からお墨付きをもらって病院に収まっている人間じゃな。他人について率直に話すやつは、その相手をこてんぱんにやっつけたいと企んでいるだけのことだ……さてと。昨夜、あんた、ウィラード、レインジャーの三人が別館から戻ったあと、あんたとレインジャーはこの図書室に来た。ここにどれくらいおったのかね？」

「トムスンを呼んで犬を閉じ込めさせるように命じた直後までです」

「なるほど。一時半くらいじゃな。なぜお開きにした？」

モーリスは決闘の相手を見るように警戒してH・Mを見やったが、H・Mは気にもかけない。

「レインジャー氏の意向です。犬が吠えたのは弟が帰ってきたからだと思って、そう伝えました。告白しますと、私はレインジャー氏とジョンが顔を合わせたらどうなるかに興味がありました。ジョンは（お聞き及びでしょうが）レインジャー氏が来ていることを知らなかったのです。二人の間には、その――何と言いましょうか、揉め事がありましてね」

「何とでも好きに言えばよかろう。で、あんたは弟がレインジャーの顎に一発お見舞いするのを見るのも一興だと思ったわけじゃな？　いわゆる心理研究を決め込んだのか。だがレインジャーはお見舞いされる気はさらさらないから、逃げる算段をした。なぜみすみす逃がしたんじゃ？」

モーリスは両の手のひらをゆっくりこすり合わせ、額にしわを寄せた。

「わずかでもレインジャー氏の不興を買う危険を冒すのは、愚かしいことですからね。氏のいささか不器用な口実を額面通りに取り、二階へ行かせるのが得策でした」

「あんた自身は寝室へ行かなかったのかね？」

モーリスの薄ら笑いがさらに綻ぶ。「軽々に結論に飛びつきましたな。寝室には行きました。私の寝室は一階にあるのです」

「もう一つおかしなことがある。あんたの家族はずいぶん変わっておるな。一時半にあんたは長い間アメリカにいた弟が帰ってきたと思った。それなのに、出迎えて『やあお帰り、元気だったか？』と挨拶の一つもしなかったのか？」

モーリスは困惑の態《てい》。「どこにもおかしなところはないと思いますが。私は家長の立場を重んじております。弟のほうに話したいことがあるのなら喜んで耳を傾けます。しかし私から出向くことはありませんし、ことさら弟のことで頭を悩ますこともありません。私のやり方はずっと同じです、ヘンリ卿」ゆっくりと目を上げる。「すなわち、人を私に寄らしめよ。それゆえ私は尊敬を得ているのです。ええと――何を話していましたかな？　ああ、そうでした。弟は私がどこにいるか知っている、そのことを私は知っていました。ですから……」

「わしが聞きたいことはそれで仕舞いじゃ」H・Mは目を閉じた。

「失礼、何とおっしゃいました？」

「あっちへ行ってくれんか？」H・Mはじれったそうに言った。

モーリスは抑揚のない早口になった。「あなたから〈王妃の鏡《クイーンズ・ミラー》〉には手をつけないという保証をいただければ、喜んであっちへ行きましょう。私はずいぶん我慢してきました。肉体的な安楽や時には心の安らぎさえ脅かす多くのことに、今回耐えてきました。しかしおたくの失礼この上ない部下が、そのような冒瀆《ぼうとく》行為――ありもしない秘密の通路を探すために神聖なる霊堂をばらばらにするという――に着手するかもしれないと口にするに及んでは、もはや……もはや……」

「息が止まりそうになったんじゃな」H・Mは静かにうなずく。「わかった。もう行っていい。わしが約束する。そんな捜索はせん」

モーリスは一つのことに集中していたので、そそくさと部屋を後にするとき、ドアの脇に立っているベネットとキャサリンの姿は全く目に入らなかった。モーリスが急ぐのを見たのは初めてだ。モーリスの額には汗が浮かび、誰にも聞こえないように歌っていた。ベネットが疑問に思ったことを、マスターズが代わって話していた。

「失礼ですが、ヘンリ卿、どうしてあんな約束をなさったんです？　秘密の通路の捜索をしないおつもりで？」

「そんなものはありゃせん」そう答え、喧嘩腰で付け加える。「黙っとれ。気難しい中年婦人みたいなあの男は、自分の美しい幽霊屋敷をお前さんが汚い指で触るのを恐れて青くなっとるんじゃ。秘密の通路があったら、たとえ鏡板一枚でもお前さんに叩いて調べられる前に、たちまち白状したろうな。うん！」

「私はそこまで確信できませんね」マスターズが言い返す。「その通路があの男の部屋に通じていたとしたらどうです?」

「うんうん、わしもそれは考えた。まあ、仮にそうだとしても、あの男は今さら逃げられん。だがな、秘密の通路という考えはだめなんじゃ」H・Mは頭を掻いた。くるりと振り向いてマスターズを見たとき、中国の仏像のようにむっつりした顔に初めてにんまりとした表情が浮かんだ。「あの密室状況にずいぶん悩まされとるようじゃな。お前さんには密室妖怪が憑いているとしか思えん。殺人犯どもはフェアプレーのルールを守らずに首席警部ハンフリー・マスターズ殿を困らせ驚かせることに躍起と見える。だが、今回はちとやりすぎじゃ。密室だけなら鼻歌交じりでやっていけるがな。ドアに外側から鍵を掛ける細工の一つや二つ、誰でも心得とる。針と糸のちょっとした仕掛けで差し錠を飛び出させることができるし、鍵穴の軸はペンチで回せる。蝶番《つがい》を外せば錠には手もつけずにドアを開け閉めできる。だが、差し渡し百フィートに何の跡もない深さ半インチの雪で囲まれた密室という、単純かつ明瞭、呆れ返った問題ときては……まあ、気にせんでよろしい。それよりもっと厄介なことがあるぞ、マスターズ」

「もっと厄介ですと?」

「ジョン・ブーンがカニフェスト卿を殺しかけたことに関連して、ある問題を考えていたんじゃ。明らかに殺し損なっておるのに、自分では殺してしまったと考えていた……」

ベネットは、脇の暗がりでキャサリンが体をこわばらせるのを感じた。わけがわからないと言うようにこちらを見た彼女を、ベネットは黙っているよう身振りで制した。二人は盗み聞きしている恰好だったが、ベネットは声をかけるのが怖くなっていた——今となっては身動きするのも恐ろしかった。ここへ来なければよかった、そう後悔し始めたとき、不安に苛まれているキャサリンが話をしなければならないと考えているように思え、ベネットは彼女の腕を強くつかんだ……

「だが、そっちはしばらく措《お》いて」H・Mの眠そうな声が続く。「この不可能状況について考えよう。まず殺人犯の動機を見定めるのが肝心じゃ。殺人の動機ではなく、不可能状況を作り出した動機だぞ。これはすこぶる重要でな。なぜかと言うと、殺人の動機につながる最高の手がかりだからじゃ。犯人はなぜそんなことをしたのか？　警察をからかうだけが目的で無意味なごまかしに血道を上げるのは、頭のおかしいやつだけだ。マーシャ・テイト殺しの動機は掃いて捨てるほどあるから、新たに乱心による犯行説を持ち出す必要もあるまい。では、不可能状況を作り出した動機として何が考えられるか。

まず、自殺に偽装するというのがある。これはわかりやすい。わしがお前さんの家へ行ってお前さんの頭を撃ち、拳銃をお前さんの手に握らせておく。ここみたいに、窓に小さなガラスが何枚もはまっている家だとしよう。わしは中からドアの鍵を掛け差し錠を下ろす。わしが携えてきた鞄には適当な大きさに切ったガラスが入っている。必要な道具もパテもある。わしは窓の鍵に近いガラスを一枚外し、窓から出る。窓を閉め、ガラスのないところから手を差し入れ窓の鍵を掛ける。持ってきたガラスをはめて周りにパテを塗り、埃をつけ目立たないようにして立ち去る。これで部屋は完全な密室と化し、お前さんは自殺したものと思われる」

マスターズが疑わしそうな目を向ける。

「どうやら卿はいろんなごまかしをご存じのようで――」

「ああ、知っておる」H・Mは不機嫌そうになり、暖炉の火を見つめていた。「いろんなものを見てきたからな。だからクリスマスにそんなことは考えたくない。我が家でのんびりして、熱いパンチを飲んだりツリーの飾りつけをしたりしていたいんじゃ。だが、この問題を少しつついてみよう。これが殺人技術の新手《あらて》だとしたら、すっかり知っておきたい。まず、偽装自殺説は除外されるな。女性の頭をぶち割っておいて自殺に見せかけるやつはおらん。

第二に、幽霊の仕業を装う場合。超自然的殺人に見せかけるわけじゃ。ただし、これはめったにない。どんなにうまくいっても危なっかしい芸当だし、事前に長い時間をかけて雰囲気や状況を入念に仕込んでおかねばならん。本件では明らかに問題外だな。誰も幽霊の仕業だとは口にしておらんし、人を殺して回る物騒な幽霊が別館に出るとほのめかした者もおらんから。

最後に偶然の作用。殺人者が意図せずに不可能状況を作り上げてしまう場合だ。お前さんとポッター警部が続き部屋で寝ているとしよう。外に通じる唯一のドアはポッター警部の部屋にあって内側から差し錠が下りている。わしはお前さんを殺して警部が疑われるようにしたい。わしは夜に忍び込み、例の窓ガラスとパテのトリックを仕掛けるつもりじゃ。暗闇でお前さんを刺し殺し、窓ガラスを替えて立ち去る。うん、うまい具合にいった。しかしわしが忘れていたか見逃していたか、なんと、お前さんの部屋とポッター警部の部屋をつなぐドアもお前さんの側から施錠されていた――またもや不可能状況のできあがり。うへえ！

これがぎりぎり最後の説明だが、いまいましいことに」H・Mはぎらぎら光る小さな目を突如暖炉からこちらに向ける。「ぎりぎり最後の説明がこの込み入った事件にどうやったら当てはまるんじゃ？　偶然とな？　人が雪に足跡を残さないどんな偶然がある？」

マスターズは顔をしかめた。「ヘンリ卿、私ならその最後のやつを唯一の合理的な仮説と呼びますな。こんな具合です。殺人者Xは、雪が降っているうちに別館へ出かける……」

「はん。お前さん、カニフェストの娘のことを考えておるな？」

頭に載せたバケツのように自分の考えを保っておこうとして、首席警部は厳しい顔つきで意識を集中していた。根気よく言葉を続ける。

「ちょっとお待ちください。我々は〈偶然〉の側面について考えていました。さてXは雪がやむ前に別館へ行きます。マーシャ・テイトを殺したあと、彼女は気づきます――」

「彼女？　こりゃずいぶん具体的になってきたな」

「当然だと思いますが。一時半にミス・ブーンが二階の廊下でレインジャーと会った話が本当なら、ミス・ブーンは除外されます。でも私が考えているのはマーシャ・テイトを殺す動機がある女性です。ミス・カルーは別館へ行き、マーシャといさかいになる。相手を殺し、雪がやんでいることに気づく。さあ、別館に閉じ込められてしまった――卿の偶然説の出番です。ミス・カルーは不可能状況を作る気はなかったのに、できてしまったんです」

H・Mは額に手をやる。「ふむ。で、どうやって足跡をつけずに屋敷に戻ったんじゃ？　また偶然に助けられたのか？」

「あなたはあまり」マスターズは形容詞を並べ立てたあと、「協力的ではありませんな。あの若いご婦人は、卿にお聞かせした証言によれば、朝の四時近く、手首に血をつけ気を失って廊下に倒れていたんですぞ……」

H・Mはうなずき、しかめ面でパイプを見つめる。「わかっておる。それも尋ねたかったことだ。ルイーズ・カルーはどんな服装《なり》だった？」

網が絞られていくのがわかった。ベネットがその感じを抱いた次の瞬間、キャサリンが彼の腕を振りほどき、暖炉の周りにいる一団につかつかと歩み寄った。

「ルイーズがどんな服装だったかお答えしましょう」キャサリンは声が震えないように努めて言った。「ネグリジェの上に部屋着、そして外出用のコートを羽織っていました……」

マスターズが立ち上がる。スタンドの光が暖炉の方向へ届くのを遮った恰好になり、ベネットからはH・Mが見えなくなった。

「でも靴は履いていませんでした」キャサリンは両手を開き、また閉じた。「マスターズさん、おわかりになります？　スリッパ履きだったんです。靴を――でなければオーバーシューズみたいなものを――履かずに外へは出られませんでした。あとで脱いだとしても靴は濡れていたはずですし、それなら今も濡れているでしょう。そうじゃありません？　でも、今朝ルイーズの部屋へ行ったとき……」

「落ち着いて、お嬢さん」マスターズが静かに言った。「その話は前になさらなかったですな」

「そんなこと考えもしませんでした！　わたしは今朝、気つけ用の嗅ぎ薬を取りにルイーズの部屋へ行きました。彼女は嗅ぎ薬を常備しているんです。その——ルイーズはそういう人なんです。そのとき靴や細々した身の回り品を目にしました。それは確かです、昨日ルイーズはアメリカで買ったものを全部見せてくれましたから。おわかりですか？　靴はどれも湿ってさえいませんでした。わたしはルイーズに履かせる温かいスリッパを探していたんですから間違いありません……信じてくださいますか？」

続く沈黙の間に暖炉の火がぱちぱちとはぜた。灰色の窓の向こうで雪が舞っている。

「信じますよ、お嬢さん」マスターズが静かに言う。「隠すのは造作もないですな——そう、オーバーシューズ一足くらいならね。それを見つけるのも同じくらいたやすいでしょう。ありがとう、お嬢さん、注意してくださって。ポッター！」

「はい？」

「部下が二人ばかり来ているな？　よし！　話は聞いていたろう。何を探せばいいかわかるな。湿ったオーバーシューズや雨靴のたぐいだ。探し漏れがないようにな。あなたの部屋も捜索しますが構いませんかな、お嬢さん」

「もちろんです。でもルイーズのことはそっとして——」

「さあ行け、ポッター」警部の重い足音が消えると、マスターズは身振りで椅子を示しキャサリンを見た。「お掛けになりませんか、お嬢さん。私は今回愚かな手抜かりをいくつもやらかしました。それは認めます。靴の件でもへまをするようだと、もういけません。昨夜ミス・カルーは外へ出なかったのですな？　あなたも？　男物の湿った長靴が見つかっても意味はないでしょう。しかし、ほかのものが見つかった場合は……」

マスターズの背後からうなり声が響く。「明かりの前からどいてくれんか」H・Mがぼやく。「証人の邪魔をするでない。誰かが筋の通った質問をするたびに、お前さんは腹を立てて割り込んでくる。ふん――おや、こりゃたまげた！　すこぶる器量のいいお嬢ちゃんだな。わしの目に狂いはない！」

マスターズが横へよけるとH・Mはのそりと立ち上がり、機嫌の悪そうな顔に心からの称賛の表情を浮かべた。虫に食われた毛皮襟の大きなコートを着て、ポケットは派手なリボンを結んだクリスマスプレゼントの包みで膨れ上がっている。

「やあ、お前も来ておったか」ベネットを目にしてH・Mが表情を変えた。「どうやらお前がウサギを狩り出した張本人らしいな。で、今度はわしにウサギを捕まえさせようって肚《はら》か……こらこら、そんなに心配せんでよろしい、ブーンの嬢ちゃん。この老いぼれが腰を据えて仕事に乗り出すまでの辛抱だ。問題はな、そこにいるマスターズが、がさつで気働きができんということなんじゃ。みんな坐ってくれ。楽にしていいぞ」

「今思いついたんですが、つまり」とマスターズ。「……いったい何事だ、ポッター？」

首席警部の神経は擦り切れ始めていた。それも無理からぬことで、ポッターにその気はなかったが、部屋に戻ってドアを閉めた大きな音が、暖炉の火が消えかかった図書室のアーチ形天井に鈍く反響したのだ。

「失礼します」ポッターはもったいをつける。「ちょっと来ていただけませんか？」

「何だ？」聞き返したマスターズはしばらく立ち上がれなかった。「まさか、また――？」

「わからんのです！　新聞記者が何十人も押しかけています。中に一人、記者だとは思うんですが変な男がいて、気が狂っているのか、妙なことを口走っております。自分がマーシャ・テイトを殺したんだ、というようなことを……」

「何だと？」

「そいつは、毒入りチョコレートの箱を送ったのは自分だと言っとるんです。名前はエメリー、ティム・エメリーです」

13 キルケーの夫（キルケーはギリシャ神話に登場する魔女）

暖炉の隅から悦に入った長いうなり声が聞こえてきた。

「ほう！」H・Mは火の消えたパイプを勝ち誇ったように振り回した。「いよいよだな。これを待っていたんじゃ。うん、わしはあの男の仕業じゃないかと睨んでおった。こっちへ寄越してくれ、ポッター……そのあとお前さんには、わしが別館をざっと見るまで記者連中を表で食い止めてもらいたい」

「あなたがおっしゃるのは」マスターズが言った。「その男が――名前は何といいましたっけ、聞いた覚えはあるんですが――ミス・テイトを殺して……」

H・Mは鼻を鳴らした。「わしがおっしゃるのはそんなことではない、かぼちゃ頭め。むしろ正反対、あべこべじゃ。テイトを殺したいと思わなかった者は二、三人しかおらんが、わしの見るところ、エメリーはそのうちの一人だ。やつは確かに毒入りチョコレートを送った。だが、テイトが食べないことは織り込み済みだった。あの女はチョコレートを食べないと知っていたからな。甘いものに手を出さないと誰もが知っている人間に毒入りチョコレートが送られたことが、わしにはちょっと引っかかった。それにエメリーは誰も殺す気はなかった。毒が入っていたのは二つだけだし、その二つを合わせても致死量には及ばん。それでも気の毒なぼんくらは良心の呵責を感じた。だから箱が差し出されたとき、毒入りのを一つ指でつぶして誰も取らないようにした上で、残る一つを自分が呑み込んだんじゃ。ホッホッ。なぜそんなことをしでかしたかはすぐにわかる。マスターズ、あやつをここに通せ」

間もなくエメリーが連れてこられた。ベネットが最後に会った二日前も、落ち着きがなく支離滅裂だった――痙攣したように口がぴくぴく動き、顔ははっきりした造作だが目の縁を赤く腫らしていた――が、今は半グレインのストリキニーネが体を痛めつけたというより、ほかの原因で体調が悪いように見えた。顔は蠟のようで、頰がこけ頰骨が突き出ている。顔に全く生気がなく、きっちり分けた砂色の髪がかつらに見える。大きなキャメルのコートについた雪が溶け、水の玉になっていた。手にした帽子《キャップ》を指でよじるように回し、息をするたびにヒューヒューとアデノイド症ばりの音を立てている。

「ボスは――ここのボスは誰なんです」かすれた声でエメリーが尋ねた。

マスターズは乱暴な手つきでエメリーに椅子を押しやった。H・Mが身を乗り出す。

「気を楽にな」H・Mは不機嫌そうに言った。「お前さん、ここへ押しかけてチョコレートの一件をわめき散らすとは、どういう料簡《りょうけん》だ？　豚箱に放り込まれたいのか？」

「こうでもしなきゃ、頭の固いお巡りは入れてくれやしませんよ」エメリーがしゃがれ声で言う。「俺のことを記者だと思い込んでいるんでね。逮捕されたって構いませんや。もう何だって同じことでしょ？　一杯やっていいですかね？」内ポケットを手探りする。

H・Mはエメリーをじろじろ眺めた。「お前さん考案のチョコレートを使ったきわどい宣伝は、どうにもまずく運んだもんじゃな、ん？」

「ちょっと待った！」エメリーの手がぐいと動いた。「俺はまだ——」

「いや、言ったも同然じゃ。いい加減、性根を入れ替えねばならんぞ。ミス・テイトから居所を新聞に知らせたり宣伝用の作り話を広めたりするのを禁じられていたお前さんは、どうにも腹に据えかねて、彼女の命を危険にさらすことなく、しかし彼女には防ぐことのできないニュースを作り出そうと考えた。やむを得ない場合を除いて、ほかの人間に累《るい》が及ぶのも避けようとした。ただ、毒入りチョコレートの箱を見つけるのはお前さんのはずだったのに、レインジャーに先を越された。『マーシャ・テイト殺害未遂』と新聞にでかでかと活字が躍る予定だった。絶好の宣伝じゃないか。箱の中身が分析され毒入りとわかる、そういう寸法だった。ところがジョン・ブーンが、みんな一個ずつ食べようと言い張ったので、お前さんは良心の呵責を覚えて発作的に英雄的行為に走った……ふん」H・Mは渋い顔で大きな眼鏡越しに相手の顔を見つめた。それから両頬を膨らませてぶくぶく音を立て、ベネットに視線を向けた。「これでお前も、オフィスでわしが心配する必要はない、テイトの身に危険が及ぶ気遣いはないと言った理由がわかりかけてきたろうな、ええ？　実際、彼女の身は安泰だった——わしらが相手にするのがエメリーだけだったらな。だがそうではなかった。テイトを本気で殺そうとした者がおったんじゃ……ホッホッ」

H・Mの笑いは、愉快さの感じられないうつろな嘲りとなって響いた。「大した出来じゃ。仕事熱心な宣伝係がうまい手を考え出したものの、ありついたのはストリキニーネ一服、話を公表する満足に浸ることもできなかった。見落としていたことを、頭のいいレインジャーに指摘されたからだ。公表すれば警察の捜査が始まり、マーシャ・テイトの契約が切れる前にアメリカへ連れて帰れなくなる、とな。なかなか目端の利くやつじゃよ、レインジャーは」

マスターズは手帳を持ち、厳《いか》めしい顔でうなずく。

「警察の捜査なら、これからでも間に合いますな。大西洋のこちら側では、そのような宣伝報道は好まれんのです。そもそも、誰かに毒を送れば立派に殺害を企図したことになる。それは知っていたのでしょうな、エメリーさん？」

エメリーの赤く腫れた目に戸惑いが浮かび、うるさい蠅を追い払うような仕草をした。

「だけど——ああ、畜生！　よくできた筋書きだったんだ、あれは……もうどっちだって同じことだ、そうだろ？　それより別の話がある。それを話しに来たんだ！」

「お前さん、何の話か知っておるのか？」Ｈ・Ｍがさりげなく尋ねる。

「べろんべろんに酔ったカールが電話してきた。彼女に——マーシャに会っていいか？」

エメリーは身震いし、うつろな目をＨ・Ｍに向けた。「あいつはへべれけで、マーシャが別館だかどこだかにいる、と言ってた。何を話しているのかよくわからなかったんだ。大理石の棺に入っているとか何とか。あの弱虫は泣いていた。カール・レインジャーがね。どんな事情かわからないが、とにかくマーシャのためにロンドン一の棺を手に入れるつもりだ。海の向こうへ連れて帰れないんなら、せめてそれくらいはね。レインジャーの話だと警察はブーンを逮捕するらしいな。この国じゃ首を吊るすんだろう？　そいつはすげえや」

言葉は繰り出されていくが、声に力がない。椅子の肘掛けに置いた指がゆっくり上下する。何らかの考えにとらわれ、この男に付きものの良心の呵責を今も感じているらしく、打ち明けるまで安んじられないのだ。

「こうなったら洗いざらい話すよ。遅かれ早かれわかっちまうんだ。カールが言うように、もしブーンのやつがマーシャを殺したのなら、それは俺のせいだ。俺がカニフェストにしゃべったせいなんだ……昨日の午後、病院を抜け出して話しに行った。カールはつい二日前に嗅ぎつけて、芝居をやめさせるにはそれを話すに限ると言うんで。まあ、そうだよな。カールはカニフェストが芝居の後援者だと知って……」エメリーはその先を身振りで示そうとした。

「気を楽にな、少し飲んだらどうだ?」H・Mはもの憂げに片手を振った。「この件にけりをつけたい。お前さんはカニフェストに何を話したんじゃ?」

「マーシャがもう結婚しているってことさ」

マスターズが重々しく口を挟む。「エメリーさん、一応警告しておきますが、話の内容には気をつけたほうがいいですな。あなたは既に刑事責任を負うべき行為をしたと自ら認めているのですぞ。つまり、ミス・テイトの殺害を謀り――」

「マーシャを殺害?」エメリーは金切り声でわめき、椅子から飛び上がった。「何を抜かす、俺がマーシャを傷つけたりするもんか! この国じゃ正義ってものについていろんな考え方があるらしいが、どうしてそんな馬鹿な話を繰り返すんだ? いいか木偶《でく》の坊、マーシャはな、俺の女房だったんだ」

突如訪れた沈黙のもと、誰かがヒューと口笛を吹いた。エメリーはゆっくりと一同を見渡す。その顔には皮肉な諦めが浮かんでいた。

「あんたらが何を考えているかはわかるよ。俺は猿みたいなご面相だし、物の数にも入らない人間だ。立派なお屋敷に招待される値打ちなんか、もとよりない。ああ、その通りだ！　だがこっちにも言い分てものがある。俺がマーシャ・テイトをスターにしたんだ」静かに、しかし誇らしげに宣言した。「誰にでもいい、マーシャをあそこまで押し上げたのは誰かと訊いてみるんだな。その答えでわかる。無名だった彼女を今のマーシャに仕立て上げたのは俺なんだ。うまい女優は大勢いるし、うまく撮る腕利きの監督も大勢いるさ。それでどうにかなると思うんなら、あんたらは阿呆だ。スターはそんなことでできるんじゃない。スターを作るには猿面の俺が必要なんだ。

マーシャが望むなら俺は何でもしてやるつもりだったし、いつもそうしてやったよ。彼女が結婚の条件の一つにしたのは、経歴の傷になるから結婚したことを誰にも話さないということだった。まあ、その通りだったとは思う。俺と結婚しているとわかったらひどいことになっていたろうな、え？　俺にできるのはせいぜい――あんたらは俺のことを世界一の間抜けだと思い始めただろう。そう思われても仕方がないし、どうせいつかはわかることだ。でも、俺はそんな風に考えて納得していたんだ――俺にできるのはせいぜい、大っぴらに話題にできる女房をこしらえて、マーシャの話をするときにその女を持ち出すことだった。それで少しは慰めになったんだ。俺は架空の女房を『マーガレット』と呼んだ。ずっとその名前が好きだったから……」

かすれ声が次第に小さくなり消えていった。顔から火が出そうなほど恥ずかしく、決まりが悪かったのは、何よりも最後の告白だと思われた。エメリーは挑みかかるように一同を見回す。話している間、片手を胸のポケットに入れていたが、そこから大きくて平べったい銀のフラスクを取り出し、みんなに勧めるような素振りを機械的にしてから、仰ぐように流し込み、身震いしながら息を吐き出した。

「ああ、何てこった！」ティム・エメリーはうんざりしたように言い放ち、椅子にもたれた。

「じゃああんた」マスターズが信じられないと言いたげに大声を上げる。「自分の女房に許したのか、その……まさか！」

「新しい結婚スタイルか。ふん。わかってきたぞ」H・Mが眠たそうに目を瞬《しばた》く。眼鏡がずり落ちてきたが、口許にもの憂げで皮肉っぽい表情を浮かべ、仏像のように泰然と坐っていた。

「そこでぶつくさ言っとる男のことは気にせんでいい。そいつは首席警部のマスターズといって、卒中の発作を起こしかけとるんじゃ。お前さんのことを疑い出してな。やれやれ。打ち明けるのは簡単ではないと思うが、話を続ける気があるのなら——そうさな、気違いじみた世の中を厭というほど見てきたから、わしは何を聞こうと大して驚かん。マーシャ・テイトのことを血を吸うヒルのような女だと言ったら、お前さんはわしを殴るかな？」

「私に関しては」マスターズが言う。「そのような側面について私がたまたまどんな意見を持っていようとも、私の務めは一つしかありません。誰がミス・テイトを殺したのか突き止めることです。エメリーさんにお尋ねします。夫のあなたは知っていましたか、ミス・テイトとブーン氏が――」

その先の言葉はH・Mのうなり声にかき消された。「お前さんは首席警部が言おうとしていることがわかるな。口にされない質問に答えるだけの頭もある。スペードをスペードと言わずに（あからさまな言い方を避ける、の意）見えないことにしたほうが誰にとっても気が楽だ。そうじゃな？」

「ああ。もう黙ってくれ」エメリーが目を開けずに言った。体が震えた。「そう、俺は知っていたさ。これで満足かい？　最初から知っていたよ。マーシャから打ち明けられたのはずっと前だ」

「なるほど」マスターズがうなる。「それなのにあなたは――？」

「マーシャが少しでも幸せになるんなら」エメリーは寂しそうに言った。「それでよかった。頼むから俺をほっといてくれ」声がかん高くなる。エメリーから目を離さずにいたH・Mが、素早く手を挙げてマスターズを黙らせた。促されなくてもエメリーは話を続けるとわかっているようだった。

「マーシャの好きなようにやってくれれば、それでよかったんだ」エメリーは不意に言葉を継いだ。「偉大になってほしかった。偉大な女優ってことさ。正直言って、アメリカに帰ろうがこっちで芝居をやろうが本当にどうでもよかった。何をやろうと俺はマーシャを支えたさ。マーシャが死んだことを受け入れるのは難しいよ。それしか言えない……たった一つ、俺の心を毒のようにむしばんでいることがある。俺はこの国を出ていきたい。他人にどう思われているのか、俺はちっともわかっていなかった。俺がマーシャと結婚していると打ち明けたときの、老いぼれカニフェストの目つき。シラミでも見るように見やがった。俺が何だって言うんだ？——いいか、俺がしたことを教えてやろう」話し振りにいくらか熱っぽさが戻った。「ロンドンで最高のロールスロイスを借りたんだ。箱形で、シートを倒すとベッドになる。そいつにマーシャを乗せてロンドンに帰るんだ。もうここへ乗り入れてある。喪服を着た運転手付きでね。車内に花が敷き詰めてあって、ロンドンへ帰るときは長い葬列を組む。この国始まって以来の長い長い葬列さ——まるで——」

エメリーは真剣そのものだった。彼なりにマーシャへの最後のはなむけを贈ろうとしていた。

「その前に形式的な手続きを二、三済ませる必要がある」H・Mが口を挟み、ふうふう言いながらゆっくり腰を上げた。「マスターズとわしは別館の現場を調べに行く。そうしたければ、あとで来ても構わん。お前さんは昨日の午後カニフェストに打ち明けたと言ったが、それはお前さん自身の考えでかね？」

「まあね——ちょっと待ってくれ。ああ、そんな気がするが、はっきり覚えていない。カールと話しているときに出た話なんだ。カールはこっちへ出発する直前、病院に見舞いに来てくれて」エメリーは考えをまとめようとして、またフラスクの力を借りた。「あいつがそうしろと言ったんだ。あいつはここへ来て兄貴のほうのブーンの機嫌を取ったり、くだらない約束をしたりして屋敷に入り込むつもりだと言ってた。笑える話だぜ！　あいつは老いぼれブーンに年間五万ドル提供するから技術顧問をやらないかと持ちかけるんだと言って……」

「ほう。本気だったのか？」

「馬鹿言っちゃいけねえや！」

わざとかどうかわからないがH・Mの声が高くなっていて、エメリーはそれに釣られていた。

「じゃあレインジャーはお前さんがテイトと結婚していることを知っていたんじゃな、ん？」

「察したのさ。とにかく、あいつが早く手を打たなきゃならないと言ったとき、俺は認めるしかなかった」

「ジョン・ブーンは知っていたのか？」

「いや」

「よーく考えて答えるんじゃぞ。頭はしっかりしておるな？　気を平らかにな。ジョン・ブーンは知っていたのか？」

「あの男は知らないとマーシャが言ったんだ！　誓ってジョンに話したことはない、と」

H・Mは体をしゃんと伸ばした。「よろしい」と抑揚のない声で言う。「お友達のレインジャーを見つけて、酔いを醒まさせることができるかやってみてくれ。わしらはこれから別館へ行く……」口をへの字に曲げてあたりを見回す。「甥っ子はどこにおる？　ジェームズ・B・ベネットはどこじゃ？　おお、そこか！　お前も一緒に来い。お前が見つけたとき、テイトがどんな風に倒れていたか知りたい。知りたいことはほかにもある。行くぞ」

ベネットはキャサリンを見た。エメリーが来てからひと言もしゃべらず、つぶやきすら漏らしていない。ベネットが身振りで行こうと誘っても無言だった。

H・Mが先に立ってどたどた歩き、手帳に走り書きしながら追いかけるマスターズに続いて、ベネットは廊下をいくつも通って屋敷横の入口に出た。ポッター警部が記者たちと押し問答をしていた。ベネットはたまたま手に取った他人のコートを着た。H・Mがマスターズに向かってうなった。「お前さんはここに残れ。あの連中に声明を出してから別館に来るんじゃ。いいか、何も言うなよ！」H・Mはドアを開けて「諸君、中へ入れ。首席警部が話を聞くぞ」と言うと、腕を曲げて色あせたシルクハットを後生大事に抱え、注意深く、時に毒舌を吐きながら、肘で記者連中を押しのけるようにして進んだ。やがてドアが音を立てて閉まった。

H・Mとベネットは屋敷横のポーチに立ち、刺すように冷たい外気を呼吸していた。左手には樫の並木が枝を差し交わす下を砂利敷きの車道が緩い弧を描いて下り、二百ヤードほど先の公道に達していた。右手には芝生がやはり緩やかに下りながら続いていた。ちらちらと舞う雪で空は見えない。この世の痕跡を覆い隠しながら音もなく降る雪には、たゆみないもの、人の傷を癒やすものが感じられる。それは一つの象徴、一つの予兆だった。車道に停まっている一台の車のように。車道は車でいっぱいだったが、窓のブラインドを下ろした車体の長いロールスロイスは、降り募る雪を背景に黒々と佇《たたず》んでいた。死神がマーシャ・テイトを連れ去ろうと待ち構えているかのようだ。その存在は不合理だったが、決して馬鹿げてはいなかった。隣にあるエメリーの派手な黄色い車のせいで、ロールスロイスの陰気さがいっそう際立っていた。エメリーの車はボディにシネアーツ・スタジオのロゴがでかでかと描かれ、湯気の立っているラジエーターの上にはブロンズ製のすらりとしたコウノトリがついている。黒いロールスロイスに比べるとちっぽけだが、二台並んでいる様には〈生〉と〈死〉が隣り合わせに伍している感があった。ふとベネットは、この世の生と同じように捉えどころのない象徴について考えていた。コウノトリやその上の陰気な空について。我々の歩む人生という不可解な道程では、黒い〈死〉の車は黄色い〈生〉の車をいつも追い越していく。しかし、何よりも心に浮かぶのはマーシャ・テイトの面影だった。

H・Mと並んで芝生の上を重い足取りで歩きながら、ベネットはその面影を振り払おうとした。腕時計を見ると、一時半に近い。昨夜の一時半と言えば、やはり雪が降っていた……

「その通りじゃ」H・Mの声が聞こえた。横を向くと、薄気味悪い小さな目がベネットを見ている。雪のせいであたりは霧がかかったように見え、不恰好なシルクハットと虫食いだらけの毛皮襟のコートをまとい黒く浮き出たH・Mの姿は、さながら老優の諷刺画だった。「昨夜のこの時刻にすべてが動き始めた――お前とあの娘のことを耳にしとるが、どうなんだ？」

「どうもこうも、今朝初めて会いました」

「ふん。マーシャ・テイトに似とるな。それが理由か？」

「いいえ」

「わしに異存はない。確かめたいのは、あの娘が人殺しではないこと、それに」H・Mは顎を掻いた。「身内に人殺しがおらんことじゃ。前者は不都合きわまりないし、ちっとばかり居心地が悪い。お前はそういう観点から考えることができるか？　できんだろうな。できるとすればろくでなしじゃ。ともあれ、これだけは安心していいぞ。キャサリン・ブーンは昨夜テイトに会いに行ってはおらん……そう、それは確かじゃ。彼女はカニフェストの娘が別館へ行っていないことを証明しようと躍起になっていた。つまり、カニフェストの娘が会いに行ったと思っておる」

「あなたもそうお考えですか？」

「お前はあれが女だったと思い込んでおるな、ん？　トムスンのかみさんは、女だったと断言してはおらん。うん。かみさんは頑として断言を拒んだ。視野を広げてみるんじゃ。もしあれが……それにな、ルイーズ・カルーが別館へ行ってテイトの頭を叩き割ったという筋書きがすんなり呑み込めんのには、もう一つ理由がある。あの娘が雪の上を百フィート飛び越えたとすれば驚くべき離れ業だが、それには目をつぶってもよい。一つ尋ねるが、どうしてそんなに時間がかかったんじゃ？」

「どういうことです？」

「ルイーズ・カルーは一時半に別館へ行った。しかるにマスターズの話では、テイトが殺されたのは三時過ぎだ。『テイトと話をして、自分の父親との結婚を諦めさせようとした。それがうまくいかなかったので実力行使に出た』と言うかもしれんが、二時間近く経っている。誰であれ、テイトに放り出されずに二時間も説得を続けることができるとはわしには思えん。この点に目をつぶったとしても、大きな問題が残っておる。テイトは人を待っていた――ジョン・ブーンをな。それを疑っているんなら、その疑念は根こそぎ捨てるんじゃ。テイトはカニフェストに関する重要な知らせを待っていた。その夜のうちにいい人《シエール・アマン》がやって来るというのに、テイトが誰か、を部屋の中にいさせる、そんな図が想像できるか？　あまつさえ、その誰かは自分が結婚を餌に操っている男の娘ときておる。テイトはウィラードをさっさと追い払った。それなのに、ブーンがいつ着いてもおかしくない頃合いにカルーの娘を居続けさせると思うか？二時間というのは恐ろしく長い時間だぞ」

「ちょっと待ってください！　ブーンが昨夜ある時刻に別館を訪れたというレインジャーの説に戻るつもりですか？　ジョンが三時まで帰ってこなかったのは確実でしょう……」

Ｈ・Ｍが立ち止まった。消えかけた足跡をたどって、二人は常緑樹並木の入口に来ていた。Ｈ・Ｍは帽子を押し上げてあたりを見る。次いで緩い傾斜を百ヤードほど上った先にある屋敷を振り返った。距離を目測しているらしい。

「今のところ、それについては何も言わん。一つだけ言わせてもらうと、足跡が細工したものだというレインジャーの考えは、お前たちが考える以上に話にならん。ジョン・ブーンは言った通りの時刻に別館へ行った。それに嘘偽りはない。そして、やつが別館へ行く前にはどんな足跡もなかった……いや、そこではない。わしがあの男の行動について頭を痛めておるのは、ロンドンでの行動なんじゃ。カニフェストを襲ったとき、やつはカニフェストを殺してしまったと思った……」

ベネットは、事件がもつれにもつれ、恐ろしい局面を迎えているうちにすっかり忘れていたことを思い出した。ブーンとカニフェストの間に何があったのか、電話でカニフェストはマスターズに何を話したのかを尋ねると、常緑樹の並木道の外れを見やっていたＨ・Ｍのしかめ面がさらに渋くなった。

「わしにもよくわからん。マスターズが話したこと以外はな。マスターズはモーリスの声を真似て『はい?』と電話に出た。カニフェストはこんなことを言った。『君と話したいと思っていたんだが、その前にうちの娘をすぐ帰らせてほしい。理由を説明する必要はないだろう』マスターズの話では、カニフェストの声は弱々しくて震えていた。そこでマスターズは『なぜですかな? ジョン・ブーンがあなたの顎に一発お見舞いしたら、あなたが心臓発作でひっくり返った。それを見て、あなたは死んだと考えたからですか?』と言った。カニフェストは声の主がモーリスでないことに気づいて『君は誰だ?』とわめき出した。マスターズは身分を明かし、ごたごたに巻き込まれたくなかったら、こちらに来て協力したほうが身のためだと言ってやった。ちょっとばかり尾ひれをつけたらしい。まあ、あんたの娘さんが殺人の容疑で告発されている、とかじゃろうな。マスターズが聞き出せたのは、昨夜ジョン・ブーンがカニフェスト老を尾行して自宅まで行き、どこかから入って『ある仕事の話』を蒸し返そうとしたこと、口論の末ジョンが暴力に訴えたこと、それくらいだった。当然ながら、カニフェストはその件について話したがらん。マスターズは、発作があろうとなかろうとこっちへ来るように言って電話を切った。カニフェストに、警察への協力を拒めば事が公になるかもしれないと考えさせたままでな」

「その話は筋が通っているように思えますが……」

「ほう、そうか? 別館へ行くぞ」H・Mはよたよたと歩きながら手袋をはめた手でもどかしげに木々をぴしゃりと叩いていた。「おい、やつらは遺体をここに残して、ブーンを死体運搬車で病院に運んだと言っていたな？　ふむ、願ったり叶ったりじゃ。ハンカチはないか？　眼鏡が雪まみれになってしもうた。ところでお前は何を悩んでおる？」

「だって、わけがわかりませんよ。足跡はなかったのに中で女性が殺されているなんて！」

「ああ、そのことか。お前もマスターズの同類じゃな。奇妙な出来事ではあるが、そこは一番簡単なんじゃ。いいか、わしは別館も見ないうちにどういうトリックかわかったと言うわけではない。だが、強い予感がするんじゃ。すこぶる強烈な予感がな。そこで見つかると期待しているものが実際に見つかれば……」

「殺人犯がわかると？」

「違う！　いまいましいが、そうではない。今お前に話せるのは、二、三の者が犯人ではないということくらいだ。しかも論理の原則からは外れておる。一般に、巧妙なごまかしが用いられた場合、錯覚を生じさせている方法が暴かれると、たちどころに犯人がわかるものじゃ。特殊な犯罪は特殊な一連の状況を示唆し、それがどんなものかわかれば状況の範囲はぐんと狭まって、絞首刑執行人の帽子みたいに、特定人物の上にすぽんと収まるからな。ところが、今回は例外だ。わしの読みが間違っていなくても、犯人には少しも近づけないかもしれん。なぜなら……」

「なぜなら？」

二人は凍った池の前の薄暗い広い空き地に着いていた。そこはもう、幾筋もの靴跡でかき乱されていた。別館の明かりは点いておらず、雪の不気味な白さを背景に、より黒々とした姿に見えた。雪に音が吸収され静まり返った世界では、雪のひとひらひとひらが常磐木《ときわぎ》の枝に当たって、くすぐるような、かすれるような音を立てるのが聞こえる気がする。

「さっきマスターズをやっつけながら、自分の言うことは理路整然としていて反駁の余地がないと思っておった。わしはこう訊いた。殺人犯が足跡を残さずに犯行現場へ行ったり、そこから戻ったりしたのが偶然だったなんてことがあるか？　そして、かぼちゃ頭のわしはマスターズのことを笑った。ところが、その通りだったんじゃ。それが事件全体をとんでもなく難しいものにしてしまった。まさにわしが訊いた通りのことが起こったんじゃ」

ベネットは目を凝らしてあたりを見る。夜明けに初めてこの開けた場所へ来たときに感じたのと同じ気味の悪さを感じていた。現在というものが存在しない黄昏《たそがれ》の世界に閉じ込められてしまった感じ。そこではスチュアート朝のきらびやかな装飾に囲まれた死せるマーシャ・テイトが、〈陽気な王《メリー・モナーク》〉（チャールズ二世のこと）のカードテーブルで羽毛の扇越しに艶然と微笑む、白粉《おしろい》や巻き毛やリボンで装った貴婦人たちと同様、依然として生きている。

ベネットははっとして目を上げた。

別館に明かりが点いている。

14　別館の灰

別館入口の左手にある部屋から、窓のベネチアンブラインド越しに黄色い光が幾筋か漏れている。雪に覆われた池のそこだけが明るい。H・Mがくわえている火の消えたパイプが歯に当たってかちかちと鳴る。

「ポッターの部下がいるのかもしれんな。そうでないかもしれんが。マッチを擦って新しい足跡があるかどうか調べてみろ……」

「雪で消えかかっています」ベネットは何本かマッチを無駄にしてから答えた。「これは新しそうです。大きな靴ですね。さて、どうすれば――」

H・Mは、きゅうきゅう鳴る靴をできるだけ音を立てないようにしながら、先に立って大股で歩き出した。石畳の道は再び雪に覆われていた。二人がこっそり進むまでもなく、ちょうど別館にたどり着いたとき入口のドアが開いた。

「外に人影が見えた気がしたんです」ジャーヴィス・ウィラードの声が戸口の暗がりから聞こえた。「許可なくここへ来たことでしたら、深くお詫びします。警官がいなくなって、ドアが開いていたもので」

頭をやや傾《かし》げ、礼儀正しく立っている。客間からの光が端整な顔の片側を照らしていたが、今は全くしわが見えない。光が豊かな色合いと陰影をもたらしていた。ぴんと張った生地の黒い服を着てブロケード織りのカーテンを背にしているせいか、畝《うね》のある黒いかつらをかぶっているように見える。

「ヘンリ・メリヴェール卿でいらっしゃいますね。私はもう引き揚げます。お邪魔したのでなければいいのですが。マーシャはまだここにいます——寝室に」

話し振りの底に流れる奇妙な調子に気づいていたとしても、H・Mはおくびにも出さなかった。ウィラードをちらと眺めただけで、最後の石段をのしのしと上がる。

「実はな、あんたと話がしたかったんじゃ」ほかのことを考えているのか、気乗りしない様子だ。「出ていく必要はない。一緒に来てくれ。ふむ。こっちじゃな？」H・Mは客間に通じるドアに掛かったブロケード織りのカーテンを押しのけ、しばらく室内を観察してから入っていった。「うへえ！」と声が漏れる。

ろうそくを模した電灯が揺らめき、白と黒の大理石を市松模様に敷いた床、漆塗りの飾り棚に置かれた真鍮打ち出しの花瓶が照らし出され、色あせていく部屋の、白黒の対照と鈍い赤色が一挙に目に入った。ベネットに続いて部屋に入ったウィラードは、暖炉に背を向けて静かに立った。

H・Mが言った。「あんたの『ザ・ベルズ』を観たよ。アーヴィング（一八三八—一九〇五。英の舞台俳優。一八七一年の『ザ・ベルズ』で当たりを取った）には及ばんとしても、素晴らしい出来だった。オセローをやっているときのあんたは最高じゃな。訊いてもいいかね、そのあんたがなぜお上品な客間喜劇に甘んじておる？」

「ありがとうございます。それはたぶん」ウィラードは部屋をゆっくり見回す。「このような客間と、そこに住まったあのような人のせいでしょうね」

「わしは、あんたもマーシャ・テイトの客間に入り込んだ一人じゃないかと思っただけでな」

「客間止まりですがね」

「ふむ、思った通りじゃ。昨夜のことをはっきりさせたい。何しろあんたは、殺人者が来る前にテイトと会った最後の人間だからな。あんたとモーリス・ブーンとレインジャーが彼女を送ってきたとき、あんたたちはどこでくつろいだんじゃ？　ここかね？」

「いえ、寝室です。くつろぎはしませんでしたがね。腰も下ろさず、ほんの二、三分で引き揚げました」

「わしが聞いた話では、その後あんたは一人でここへ戻ったらしいが、そのときあんたたちはどこにおった？」

「やはり寝室です。マーシャとポートワインを一杯飲みました」

「そうか」H・Mはうわの空でうなる。「マッチを持っているかね？」

ウィラードの目に愉快そうな輝きがかすかに宿る。「申し訳ありません。昨夜最後のひと箱をマーシャに渡しました。屋敷に置いてある、軸に色がついたマッチは持ち歩いていません。ライターではいけませんか？」

「それで結構」再び口がへの字に結ばれると、H・Mは優しく諭《さと》すように言った。「わしがこざかしい駆け引きをしているとは思ってくれるなよ。疑いを吹聴するようなやり方は賢明とは言えん。わしがやってても、あんたがやるとしてもじゃ。わしがあんたを疑っていたら、ライターを貸してくれと言っただろうな。実を言うと、あの暖炉を見たいんじゃ……」

ウィラードから手渡されたライターをかちりと点け、H・Mはふわふわの灰や燃え残りの焦げた薪《たきぎ》を念入りに調べた。広い煙道の下に手を当て、首を伸ばして見上げる。

「かなり強い風が吹き抜けるな。気づいていたか？　この煙突は家が丸ごと入りそうじゃ。ほう、煙突掃除用に鉄の梯子がついておる。だからといって……」

無表情な目が炉床や絨緞の端をさまよった。

「もう一つの部屋へ行くとしよう。ライターはしばらく借りるぞ」

ウィラードが先に立ち、寝室のドアの左に手を伸ばして明かりを点けた。ベネットは取り乱すまいと身構えたが、恐れていたほど悲惨な様子ではなかった。いくつもの鏡と赤い天蓋付きベッドを備えた小さな部屋には、どことなく事務的な雰囲気があった。フラッシュを焚いた不快な匂いが漂い、指紋が残っていそうなものには指紋採取用の白い粉がついている。シーツの掛かったベッド上の遺体を除けば、ポッターの部下たちはすべてをベネットが初めて見たときの状態に戻していた。デカンタの破片は暖炉前に、グラスの破片は炉床にある。火かき棒も元の通り、先端を小さな灰の山に突っ込んであった。椅子の一脚は普通に置かれ、もう一脚は暖炉の右に倒れていた。小卓はひっくり返り、マッチの燃えさしが散らばっている——それらの小道具が殺人の黙劇を再演していた。

「ふむ」H・Mは近眼の者がやるようにこわごわ暖炉まで歩き、やはり灰を入念に調べた。ライターの明かりで煙道を見上げるときにシルクハットをつぶしそうになり、小さく悪態をつく。次いで火かき棒を取り上げ、鼻を鳴らして下に置いた。グラスの破片をつぶさに見ようと屈むのには相当な苦労が伴ったが、観察を終えるといくらか機嫌がよくなった。続いて、軸の端近くまで燃えたマッチに注意を向けた。そのあとH・Mは、部屋の隅のカーテンで仕切られた一角へ移動し、衣裳を引っかき回して銀のドレスを見つけた。古い造りの浴室はちょっと覗いただけで部屋の真ん中に戻ると、指を一本上げ、戸口にいる二人に向けて悪意たっぷりに突き立てた。

「阿呆どもが！」H・Mが吼えた。

阿呆どもは顔を見合わせる。

「そう、お前たちじゃ」指を突きつけたまま、H・Mはわざわざ説明を加えた。「お前たちやマスターズやここに来た連中みんなじゃ。近頃は脳味噌をどっかに置いたまま出歩くのが流行《はや》りなのか？　一覧表にしなきゃならんほどの手がかりが目の前に転がっているんだぞ。一例を挙げると暖炉だ。お前たちはあれを見て何も思いつかんのか？」

「あの、ですね」とベネット。「あなたがおっしゃるのが殺人犯は煙突の中を上り下りして出入りしたということでしたら、いかにもありそうだと思います。でも、それが犯人の役に立つとは思えませんね。肝心なのは、犯人がどうやって別館へ来て、また出ていったかです。犯人が屋根に登ったとしても、そこから雪の上を百フィート越えていかなきゃいけないわけですから。サンタクロース式訪問法に関する限り、犯人だって素直に玄関へ歩いていくほうが簡単だとわかったはずです」

H・Mは怒りを爆発させた。

「お前はこの老いぼれに減らず口を叩く気か？　口答えしようと言うんじゃな、え？　それがお前の『ありがとう』というわけだ、それが！　よろしい！　いいとも！　わしがどういうつもりで暖炉のことを口にしたか、お前には教えてやらん。これでおあいこじゃ！——実を言うとな、わしは煙突のことなんぞ全然大して考えておらんかったんじゃ」

「ヘンリ卿」ウィラードが口を挟む。「『全然大して』とはどういう意味です？」

H・Mは意地悪そうにうなずく。「教えて進ぜる。わしの旧友リヒターがロンドンオーケストラを指揮したときに言ったのと同じ意味じゃ。リハーサルで、第二フルートが同じところで二度変な音を出した。するとリヒターは指揮棒を床に投げつけてこう言ったんじゃ。『おい、じゃい二ブルート！　きみが時おりたまにひとい音をじゃすのはかまんできる。でも、時々いつもやるのは、じぇったいに我慢できん！』わしもこの事件に関して同じことを感じておる。マスターズが来たら同じことを言ってやるつもりだ。わしがここにいるのは無礼な言葉を聞くためじゃないんでな。さあ、質問にかかろうか……」

　よたよたと歩いてベッドまで行き、シーツの端を持ち上げ、遺体をざっと調べた。シーツを持ち上げるや、既に冷え切っている部屋に別の雰囲気がもたらされた。ベッド脇の大きな窓から射すかすかな光が、ちらちら舞う雪の影と交叉し、水に浸したスポンジで清められた顔に落ちた。黒い髪は頭の後ろにまとめられている。

一度は顔をそむけたベネットが振り返ると、眠れる美女の上に身を屈める魔法使いのようなH・Mの小さな目が鋭く自分に据えられていた。

「三時十五分というのがおよその死亡時刻じゃ……お前が今朝この部屋に来たとき、窓のブラインドは上がっていたか下りていたか、どっちだ？　よく考えて答えてくれ」

「上がっていました。はっきり覚えています。空気を入れるために窓を開けようとして、こういう場合は何にも手を触れてはいけないと思いましたから」

H・Mはシーツを戻し、窓の外を見た。

「厩舎の向こうに誰かの住まいがあるな。あの窓はこの窓の真向かいになっておる。あれに気がついていたろうな……それならよろしい。では、お前がマーシャ・テイトを発見したとき、どんな具合に倒れていたかやってみてくれ。馬鹿にされているように感じるかもしれんが、真剣にやってくれ……ふうむ。よし、起きていいぞ。どうやら、やたらにあるマッチの燃えさしは彼女の周りに撒き散らされたんだな。暖炉に向かって撒き散らされたか……ところで、お前がここに入ったとき、ベッドを使った形跡はあったか？　寝具に乱れはあったか？」

「なかったと思います」

「失礼、話の腰を折るようですが」ウィラードは幾分いらいらしていた。「マッチの燃えさしが問題になっていますが、どうということはないのではありませんか？」

「そう思うか、うん？」H・Mがやや気色ばむ。「あんたは誰かがここに坐って、べらぼうな数のタバコにマッチで火を点け、燃えさしを床に放ったとでも考えるのか？　ぎりぎりまで燃えたマッチが一本あるだけなら――何なら二本でもいい――タバコに火を点けるのにずいぶん手間取ったもんだで済ますこともできるが、十本以上あるとなれば話は別じゃ。誰かが暗闇でマッチを擦ったとしか思えん」

「こうは考えられませんか？」ウィラードが食い下がった。「偶然そうなってしまったんです。ブーンは薄明かりのもとで不意に死体と出くわしたので、確かめるために身を屈めてマッチを擦った……」

H・Mは頬をへこませたり膨らませたりした。「やつはそんなことはしていないと言っておるし、そのことで嘘をつく理由がないという事実を措《お》いたとしても、人が死んでいるかどうか確かめるのにマッチは一ダースも要らんな。その頃にはマッチがなくても見えるくらい明るくなっていたはずだし……そうじゃな？」H・Mはいきなり振り向いた。ベネットは、この質問には表面的な意味のほかに隠れた意図があると感じた。

「ええ、そうでした。窓からの光がマーシャに当たっていたのを覚えています」

「そんな！」ウィラードが嚙みつくように言った。「いくら何でも真っ暗闇で殺されたはずはありませんよ」

どういうわけか急にH・Mの機嫌がよくなった。帽子をちょこんと傾けて、愛想のいい口調で言う。

「うん、すこぶるおかしな事件じゃな。訪問者はなぜ暗闇でマッチを擦ったのか？　暖炉の火が二つの部屋とも同じだけ燃えたのはなぜか？　訪問者はなぜかっとなってグラスを二つ炉床に置いて踏み砕いたのか？――ところで、あんたがやったんじゃあるまいな、ん？」

「何ですって？」

「ふむ。教えてやったほうがいいか。こっちへ来るんじゃ。壊れたデカンタが見えるか？　見るからに重そうだとわかるな？　どこにある？――炉石の上ではなく絨緞の上じゃな。試しに低い小卓をひっくり返し、床に落ちただけでデカンタが砕けるかやってみればいい。訪問者はわざと壊したんじゃ……お次はグラスだ。グラスが床に落ちて、どの部分でもいい、粉々に砕けるのを見たことがあるか？　五ポンド賭けてもいいが、見たことはあるまい。グラスは二つとも炉石の上にある。訪問者はわざわざそこに置いて踏みつぶしたんじゃ」

「揉み合っているうちにそうなったのでは――」

「ホッホッ」Ｈ・Ｍはコートの肩の位置を直しながら言った。「実験してみればわかる。床にグラスを置いて、揉み合いながら部屋を動き回る真似をして、見事グラスの上に着地できるかやってみるんじゃな。グラスは転げ回ってしまう。ウナギみたいにつるつる滑るからな。そして、グラスを一つでなく二つも踏みつぶす確率がどんなに小さいかわかったとき、あんたはこの老いぼれの言うことが正しかったと気づく。わしらの暮らしは昔からちっとも楽になっていないと言ったやつがいたと思うが、気のせいか？　さて、煙突のことじゃが……」

三人には、客間との境のドアが開く音も聞こえず、冷たい風を感じただけだった。その風が暖炉の灰を乱し（ベネットは視界の隅で捉えたが）マーシャ・テイトの遺体を覆うシーツをかすかにはためかせた。薄気味悪さに、誰もすぐには振り返ろうとしなかった。部屋の向こうから話しかけてきた細い声にも同様の薄気味悪さがあった。

「すると、どなたかがようやく煙突のことを思いつかれたのですね？　お見事と申し上げましょう」

モーリス・ブーンが戸口に立っていた。毛織りのマフラーで喉をくるみ、小粋な鳥打ち帽を片方の目まで下げてかぶり、ステッキを突いていた。霞がかったような目がベッドに向かうと、わずかに皮肉っぽい仕草で帽子を脱ぎ、全身で非難を表した。その背後に、戸惑い腹立たしげな顔のマスターズがそびえ立ち、ブーンの肩越しに盛んに合図を送ってくる。

「思いつかれたのは驚くべきことだとしても」モーリスは顎を妙な具合に動かしながら言った。「私なら、誰よりも詳しく説明できます。こちらの部屋にお移り願えますか？　私は――死者を見るのには耐えられないのです！」

モーリスは不意に後ずさりした。

「ヘンリ卿」モーリスの肩越しに、マスターズが訴えるように叫ぶ。「私は信じているわけではありませんぞ。これが正しいと言うつもりもないんです。でも、ブーンさんの考えを聞いてくだされば……」

「そう言っていただいて痛み入ります、首席警部さん」

「……参考になるところがあるかもしれません。少なくとも、我々を悩ませているいろんなことに説明がつくんです。しかも、ある意味しっぺ返しや雌のガチョウのソース（雌のガチョウのソースは雄のガチョウのソースにもなる。一方に言えることは他方にも当てはまる、の意）のようでもあり……」

「戯言《たわごと》はやめろ、マスターズ」H・Mが厳《いか》めしい顔でたしなめる。「わしは戯言は好かん。それにしても何の騒ぎだ？　いきなり押し入られてわけのわからんことを聞かされるんでは、心の平穏なんぞあったもんじゃない」

モーリスが少し身を乗り出し、抗議するように言う。

「首席警部さんをお許しにならなければ。いささか文学的な洗練に欠けますが、この方はいわゆる詩的正義について話されているのです。もっともな考えと申せましょう。カール・レインジャー氏は深い悪意に駆られ、今朝マーシャ・テイト殺害の罪を我が弟ジョンに着せようとしました。氏はこの不可能状況に、五分も調べれば崩れ去る不器用な説明を試みました」

言葉を切り、霞がかったような目を動かぬ姿に据えて再び後ずさった。吐き出すように言葉を継ぐ。

「ヘンリ卿、こちらの部屋へお越しください。レインジャー氏がいかにしてマーシャ・テイトを殺し、お粗末なペテンで私の注意を逸らそうとしたかを、詳しくお話しします。屋敷では話す気にはなれませんでした。不快な事態になるのを避けたかったのです……一緒においでくださるでしょうね？　ありがとうございます。私は――死体を――見るのは――耐えられないのです」

後ずさったまま急いで部屋を出ようとしてつまずき、モーリスはドア枠につかまってかろうじて身を支えた。

15　絞首刑への第二のプロット

その夕六時半、ベネットは自室の暖炉の前で肘掛け椅子に坐っていた。晩餐の着替えをする気力もなかった。疲労のせいで文字通り頭が重い。あちこちできしむ部屋の中は隙間風が我がもの顔だ。ジョンは間違いなく回復すると電話してきたきり、キャサリンはウィン医師のところから戻らない。電話の伝言はほかにもあった。「こちらはカニフェスト卿の秘書でございます。カニフェスト卿は昨夜心臓の発作を起こされ、目下のところ自動車での移動はおできになれず、自室にこもっておられます。先ほど電話に出られた警察の方がお疑いなら、カニフェスト卿の主治医に連絡されることをお勧めします……云々」

ベネットはマントルピースの上に掛かっている陰気な絵を見やり、膝に載せた飾りボタンのないシャツへと視線を下げた。殺人があろうが自殺があろうが、きっと大量虐殺があっても、食事やタキシードに黒い蝶ネクタイの儀式はいつも通りなのだ。今夜モーリスはすこぶる上機嫌で、ヘンリ・メリヴェール卿にカクテルではなく取っておきのシェリー酒をお出ししろとトムスンに言いつけてさえいた。H・Mは〈白い僧院〉で一夜を過ごすことに同意した。言い換えると、何か魂胆があるのだ。それはいったい何だ？

執拗につきまとう一番厄介な疑問がまたぞろ頭をもたげる。殺人事件についてのモーリスの考えは正しいのか？　別館からの帰り道、ベネット、マスターズ、Ｈ・Ｍの三人はモーリスとウィラードの前を歩き、道すがらＨ・Ｍはモーリスを小声でこき下ろし憂さを晴らしていた。モーリスの性格や習癖についての毒舌は苛烈を極め、聞いていて耳が焦げつきそうだった。しかしそれ以上のことはなかった。モーリスが自説を長々と披露したとき、Ｈ・Ｍは鼻を鳴らしただけだった。別館の客間、ろうそくまがいの明かりのもと、Ｈ・Ｍが木に彫ったような無表情で椅子にもたれている間、モーリスはカール・レインジャーの首を絞めるロープを巧みに縒《よ》り上げていったのだ。マスターズはその説に感銘を受けていたし、ウィラードも明らかに感じ入っていた。ベネット自身、感銘以上のものを受けたと喜んで認めるつもりだ。だがＨ・Ｍの胸中はさっぱり読めなかった。

「じゃあ、レインジャーは酔いつぶれて自分の部屋におるんじゃな？　わかった。そのままにしておけ。ところで、あんたはその説でレ、イ、ン、ジャーと対決するのを恐れてはおらんのか？」

ということは、Ｈ・Ｍはモーリスの説明を信じていないのではないか？　モーリスの思いつきは巧妙でもっともらしく、レインジャーへの報復の意味合いもあって、なおさら強く訴えかけるものがあった。レインジャーは足跡を根拠にジョン・ブーンを告発し、仕返しに咬みついてくる蛇に触れてしまったのだ。再びベネットの耳に、モーリスが平板な調子で静かに話す声がよみがえった。蛇の警告にも似たシューシューという音が交じっていた。

「私は今朝、おそらくレインジャーが犯人だと見抜きました。あのとき犯行方法をお聞かせすることもできました」ここで小さな頭がいかにも蛇らしくマスターズに向けられた。「警部さん、覚えておられるでしょう、私はあのとき、警部さんを悩ませている問題を説明できるかもしれないと申しましたね？　そうですか、きっと覚えていらっしゃると思いました。私がなぜ話せなかったかはおわかりでしょう？」

マスターズは衝動的に答えた。「あなたのことをどう考えていいのかわからなくなってきましたな。それはそれとして、理由はわかります。あなたはレインジャーさんの仕事上の申し出が真面目なものかどうか判断できなかった。本気であなたに素晴らしい仕事を、とてつもない報酬で持ちかけたのだとしたら、あなたはレインジャーさんが殺人者であっても喜んでかばうつもりだった、こういうことでしょうな」

モーリスはわずかに戸惑い、心を痛めたように見えた。

「そうするのが合理的だったと思います。違いますか？」

「胡散臭いレインジャーの申し出を本気にしたのですかな？」

突如モーリスは声を荒らげた。「束の間ですが一杯食わされたことは認めましょう！　しかしあの場合、誰でも同じことを考えたはずです。アメリカ人の金銭感覚がでたらめなのは広く知られていて、映画業界の人間は群を抜いてひどい。それに、口幅ったいようですが私は自分の価値を知らないわけではない。しかし幸いなことに、ヘンリ卿、あなたとエメリーという無礼な人物との会話を小耳に挟んだとき、あわよくばという思いは完全に消えました。レインジャーは私を愚弄したのです——！」野放図になった己が言葉に愚弄され失態を演じないうちに、モーリスは声を抑え冷ややかな口調に戻った。「もしや、あのときヘンリ卿は、エメリーにわざと大きな声で話されていたのではないかと……」

H・Mは眠そうに瞬きした。喉の奥から音らしきものが聞こえてきた。

「ああ、かもしれん。たぶんな。わしの目はあまりよくないが、あのときドアの外に灰色っぽいもやもやしたものがうろうろしておった。で、あんたも知っておいたほうがいいだろうと思ったのでな。それで？」

ベネットはそういった別館でのやり取りを頭の奥へ押し込もうとして立ち上がり、部屋の中を歩き回りながら着替えを続けた。あの問題は、誰かと話せる時まで考えないことにしよう。話す相手はできればキャサリンがいい。錯綜した状況にはルイーズ・カルーも絡んでいる。H・Mはルイーズへの尋問は今晩まで延ばすべきだと主張し、モーリスも（自分の説に入れ上げていたからとはいえ）その件をお預けにすることに同意した。

問題は……ベネットがネクタイを直して上着に袖を通したとき、ノックの音が聞こえた。

「入ってもいいかしら」キャサリンの声だった。「間が悪いかと思ったんだけど、どうしても会いたくて。何もかもうまくいっているわ。今までジョン叔父のところにいたの。意識は戻っていないけど、危険は脱したわ」

キャサリンは帽子をかぶっておらず、厚手のツイードのコートに雪がついている。寒さで頬が上気していた。

「本当に、どこへ行ってもいいニュース。驚くことばかりよ。ルイーズが、もう起きて動き回っていたの。晩餐には下りてこられるわね。ここ何年も感じたことがないくらい浮き浮きした気分よ」暖炉の前に来て両腕を広げ、髪を払い上げながら肩越しに振り向いた。「ところで、モーリス伯父はどうしちゃったの？」

「どうしたって？」

「上機嫌なのよ。あんなの気持ち悪い。トムスンが、レインジャーのことでひと騒動あったって教えてくれたの。感じがいいほうの人、そう、エメリーさんが午後いっぱい酔いを醒まそうとしていたんですって。ただし、当のレインジャーには酔いを醒ます気がなくて、トムスンの話だと、わめいたり歌ったりしながら家の中をうろうろしているらしいわ。モーリス伯父はそういうことが大嫌いなの。ところが、わたしが帰ってきたら、ちょうどエメリーさんが階段を下りてきた。そこへモーリス伯父が出てきて——肩をぽんと叩いたのよ。もう、本当に信じられない！　モーリス伯父がどんな人か知っている者にとってはね。そして伯父は『どこへ行かれるのです？』と言ったのよ。エメリーさんは具合が悪そうで、病気みたいだったの。何かしてあげられることがないか訊きたかったくらい。でも知らない人だったから。エメリーさんは、近くのエプソンに宿を取っていて、そこに安置してあるんですって、その、マーシャの……」

「しっかり！　もう怖がることはない。続けて」

「モーリス伯父は『あなたはレインジャーさんのご友人ですか？』と尋ねたの。エメリーさんは『うん、それが何か？』と答えたわ。すると伯父は『ぜひ晩餐をご一緒に。大変興味深い話が聞けますよ』と言ったの。エメリーさんは変な目つきで伯父を見たわ。心配になったんだと思う。だって『あんたはこの俺を晩餐に招待する気か？　カニフェストが俺のことをどう思っていたか知っているのか?』と言ったから。あの人、取り乱していたわ! きっと自分が他人から——あの人の言葉を使うと『シラミ』みたいに思われているのに、と考えていたんでしょうね。するとモーリス伯父は『レインジャーさんのご友人なら、あなた以上に歓迎すべき方はいませんな』と言ったのよ。ちっとも伯父らしくないわ」

「実は、君が思うよりずっと伯父さんらしいんだ」

キャサリンは両手を下ろして振り向き、まともにベネットを見た。

「あなたが何を言おうとしているかはわかるわ。わからないのは、なぜ……」

ベネットは別館での話を聞かせた。レインジャーが告発されたと言うにとどめ、こう付け加えた。「腰を下ろして僕の説明を聞いてほしい。きみにも関係することなんだ。もう僕に隠し事はしないでくれるね?」

「ええ。一つのことだけは除いてね。それは関係ないの——殺人には」

率直な思いがあらわになっていた。どんなに隠そうとしても透けて見えただろう。キャサリンは頭を心持ち引いて、挑みかかるようにベネットを見ていた。肩が小刻みに震え、胸が上下している。

「だめ!」ベネットが一歩踏み出すと、突然ヒステリックに言った。「隠し事はしないと言ったけど、それだけはだめなの。今はだめ! わかるでしょう? わたしはただの卑しい——卑しい——ああ、何て言ったらいいのかわからない! でも、今は自分の気持ちは後回し。ほかに考えたり心配したりすることがなくなって、たった一つのことにかまけるのが許されるまで

なきゃフェアじゃないわ」

「モーリス伯父のことで何か言おうとしていたでしょう？　言わなきゃフェアじゃないわ」

「モーリスは」ベネットは、嫌いな男の名前を吐き捨てるように言えることに喜びに似たものを感じていた。「レインジャーをマーシャ殺しの罪で告発した。それはもう言ったね。僕がさっき訊こうとしたのは、ルイーズが別館へ行ったことを君は本当に信じていたのかということなんだ。ちなみに、モーリスによればルイーズは行ったことになっている。さあ坐って。これは君にも関係がある」

「あなたは本当に信じているの？　レインジャーが――あなたの〈煉瓦の壁でも見通す〉伯父さんはどうお考えなの？」

「それは僕にもわからない。伯父が僕に言ったのは、そのときは真面目な態度だったけど、レインジャーにはできたかもしれないってことだけ。つまり犯人かもしれないってことだけど、伯父はそう信じていないと思う……」

状況を整理してみようか。レインジャーは昨夜君に誘いをかけた。それに気づいたマーシャは面白くない。自分の崇拝者たちを紐の先で踊らせるのが好きだから。その一人がよそ見をしたので、マーシャはその男に猛然と飛びかかった。君自身、そう認めたはずだ。そのときマーシャがレインジャーに何か言って、レインジャーが『本気で言ってるのか？』と答えたのを覚えているね？　モーリスによれば、それは別館へ誘う言葉だった」

キャサリンは目を丸くし、次いで細め、最後に顔を赤らめた。

「じゃあ、一時半にレインジャーが二階へ上がってきてわたしに会ったとき、『さっき俺が言ったことは忘れていいぞ。もっといいものにありついたんだ』と言ったのは、あとで別館へ行くということだったのね？」

「うん。モーリスはそれを先に進めたんだ。何しろ君のモーリス伯父さんはどんなことにでも理屈を用意しているからね！　マーシャがレインジャーを誘ったのは、甘い情事のためじゃなく、むしろ正反対の目的だった。もちろんレインジャーは知らなかったがね。マーシャとジョン叔父さんとで――落ち着いてくれよ、僕は君の叔父さんに含むところはない――レインジャーを問い詰めて、必要なら締め上げるためだった……」

「でも、どうして？」

「マーシャと結婚していることをエメリーがカニフェスト卿に告げた一件の陰で糸を引いていたのがレインジャーだったからだ。マーシャはエメリーを扱うこつは心得ていたが、レインジャーがエメリーの不安をあおり、カニフェストに打ち明けるように仕向けたので、手の打ちようがなかった。事件の背景には、レインジャーのイタリア人らしい腕の冴えを見ることができる。殺人の罪を負わせるかどうかは別にしてね。マーシャは秘密が漏れたらしいと勘づいた。それでジョンがカニフェストに会いに行ったんだ」ベネットはためらったが、キャサリンは激しい身振りで先を促した。「正直なところ、ジョンがマーシャとエメリーの婚姻関係を知っていたかどうかはわからない。ジョンは知らなかったとエメリーは思っている。いずれにしろ、自分の壮大な夢がはかなく潰《つい》えたことをカニフェストから聞かされただけで、ジョンには大シヨックだった。そして、エメリーをそそのかしたのが誰なのか気づいた。今朝ウィラードと僕に話を振ったとき、ジョンは裏にレインジャーがいると、腹に据えかねたように話していた。わかるだろう？ ジョンもマーシャも秘密が漏れたと思った。マーシャは昨夜レインジャーを別館に呼んだ。もうじきジョンが悪い知らせを携えて帰ってくる、二人でレインジャーをとっちめようと考えたんだ」

「でもそうはならなかったわ！ できたはずがないもの、だって――」

「その通り」キャサリンがジョンとカニフェストの確執を知っているかどうかわからないが、黙っているに限ると思った。「ジョンはロンドンで手間取った。マーシャはジョンが戻るのを当てにしてレインジャーを引き止めていたが、とうとう一人でレインジャーと対決しなければならなくなった。

いまいましいが、この説ならほぼ完璧につじつまが合うんだ！ ルイーズがどう絡んでくるかも含めてね。ルイーズは、その気もないのにこの構図に入ってしまった。トムスン夫人が一時半に目撃した、犬が吠え出すきっかけを作った人物はルイーズだった。ルイーズは、これで最後にするつもりでマーシャを説得しに別館へ行った。マーシャが耳を貸さなくても、殺す気はなかった。小柄でおとなしい君の友達は、乗馬鞭でマーシャを打ち据え、顔を傷つけてやろうと思ったんだ……」

キャサリンは青ざめていた。ベネットは自分が考えていた通りだとわかって、胸が悪くなった。キャサリンは唇を噛み、ためらい迷っている。

「どうやって」出し抜けに叫ぶ。「どうやってモーリス伯父はそのことを知ったの？　鞭のことは誰も口にしなかったのに！　わたしは誰にも言わなかったわ。何とか隠そうとして――」

「うん、君が隠そうとしていたことは知っている。モーリスが知ったのは、戸口で立ち聞きする気持ち悪い癖のせいだよ。彼は屋敷で交わされる会話という会話を盗み聞きしている。この瞬間、僕たちの話を聞いていたって驚かないね」

　至るところにモーリスの薄笑いが見える気がした。額が広く、針でつついたような黒い瞳の、冷ややかで青白い顔の薄笑いが。その感覚があまりにも強かったので、ドアを開けて外を覗くことまでした。廊下に誰もいないのを確かめて安心し、元の場所へ戻る。

「モーリスは僕たちが見落としていたことを一つ指摘した。女性が人を殺す際に、鉛を詰めた乗馬鞭の握りなんか使わないってことさ。あれは意味合いが違う。硫酸や馬用の柔らかい鞭と同種の道具と考えれば、用途は火を見るより明らかだろう。顔に傷をつけるためだよ。さあ、そうしてルイーズは一時半に別館へ向かった。一方レインジャーは犬が吠えるのを聞いてジョンが帰ってきたと考え、ジョンが自室へ引っ込むのを自分の部屋で待つことにして図書室を出た。ここまではいいかい？」

「ええ、でも――」

「もう少しだから待ってくれ。一時四十分頃、レインジャーは（夜会服を着たままだ）一階へ下りていく。裏口から出て〈愛の一夜《ニユイ・ダムール》〉の期待を胸に別館へ向かった。

　雪は激しく降り続いている。別館に着くと激しく争う音が聞こえた。ルイーズは勇気を振り絞り、鞭を手にマーシャに襲いかかった。二人のどちらかが傷つき、血が流れる。マーシャのほうが体力気力ともに勝っていて、レインジャーが止めに入るまでもなくルイーズを追い出した。わかると思うけど、マーシャはルイーズの父親が芝居の後援をやめたことをまだ知らないから、大事《おおごと》にはしたくなかった。ルイーズは奮い起こした勇気も萎《な》えて、乗馬鞭を手に泣きじゃくりながら別館からよろよろと出ていった。マーシャ・テイトはそれを見て笑っている。楽しんでいたんだ」

モーリスの言葉を語り直してみて、なぜ素晴らしい芝居の脚本を書くことができたのかベネットは理解した。モーリスが乾いた正確な抑揚を用いて人の脳に探りを入れ、傷ついた女性の苦悩を再現したときの鮮やかな技倆は、とうてい自分には望めない。ステッキの握りに両手をかけ、やや前屈みになって薄笑いを浮かべている姿が見える気がした。

「ルイーズがそれからどうなったか、モーリスが話したことは君にも察しがつくと思う。奮い起こした勇気もしぼみ、ヒステリー状態で屋敷に戻ってきたのが一時四十五分より遅くはない頃。濡れた靴は脱いだが、コートその他は着たまま真っ暗な部屋で横になり、気が狂いそうになるまで考えた。ルイーズは君に会って話そうと決心する。深夜誰かを起こすのに、それ以上もっともらしい動機は考えつかないだろう？　君の部屋へ向かう途中、暗闇で迷って――枯尾花も幽霊に見える心境だったルイーズは、かろうじて残っていた理性も影のようなものに奪い去られ――悲鳴を上げた。意識を取り戻して目を開けたとき、君とウィラードが自分を覗き込んでいた。君だけになら事情を話せただろうが、ウィ、ラ、ー、ドがいたのでは話せなくて、取り澄ました神経質なミス・カルーに戻ってしまった。しかし、自分の体に血がついているのを見て、彼女のようなタイプの女性が真っ先に思いつきそうなことを口走った。未婚のご婦人のお気に入り、〈謎の男〉に袖を引かれた、とね……」

キャサリンは静かに言った。

「そんなはずはないけど、それはいいわ。レインジャーが別館へ行ったこととは無関係だから。わたし、事件の〈不可能状況〉がどんなものか全部知っているのよ。ウィン先生が詳しく説明してくださったの。レインジャーがマーシャを殺したというのは、どうやって？」

「信じられないほど簡単なトリックなんだ、もし本当だとすればね。ウィン先生は別館の状況を教えてくれたかい？　いろんなものがどんな様子だったかを？」

「ええ。話を続けて。どうしても知りたいの！」

「わかった。雪が降りしきる中、レインジャーはいそいそと密会へ出かけていく。マーシャも当面この狒々《ひひ》おやじをもてなす……そう、ジョンが決定的な知らせを持ち帰るまでは、レインジャーを非難したくなかった。ひょっとすると、まだレインジャーには使い途があると考えていたのかもしれない。あるいは、頭のよさや卑劣さを少しは恐れていたか。マーシャは優しく甘い態度で接した。ジョンが帰ってきて味方してくれるまでの辛抱だと思って。——時間が経つにつれ、緊張が高まっていく。二時、二時半、それでもジョンは現れない……

事態が動いたのは三時頃だったに違いない。レインジャーは疑い始め、マーシャはマーシャで、いい知らせならジョンは喜び勇んでとっくに帰っているはずだと不意に気づいた。つまり、芝居の計画はご破算になり、ジョンは合わせる顔がないんだとね。それは取りも直さず、目の前にいる男のせいだ。言い寄ってくる、ずんぐりしたチビのせいだ……」

「やめて！」キャサリンは身震いした。

「でもそれじゃ」ベネットは心許なさそうに言った。「モーリス伯父さんの説が正しいと言っているようなものだ。そのときマーシャがレインジャーに何と言ったか想像できるかい？　奇妙な話なんだ。レインジャーは今朝ジョン犯人説を披露しているとき、ジョンがマーシャを殺す前に交わした二人の会話をでっち上げたんだが、レインジャー自身がこう言っている。『そのとき初めて、相手に対する本当の気持ちをぶちまけたんだ』とね。

驚いたことに、その言葉はレインジャーに手厳しく跳ね返るんだ。そうだろう？　レインジャーがジョンについて話したことは、レインジャーの頭の中では自分についての言葉だった。レインジャーは逆上したが（これはモーリスの説だからね）、ひねくれた理性は失っていなかった。いつものずる賢い知恵はね。彼は気づいたんだ。仮に自分がマーシャの頭をぶち割れば、嫌疑はルイーズにかかる。ルイーズは実際にマーシャに襲いかかったんだから。

どのみちレインジャーは行動をためらわなかった。部屋の至るところにある銀メッキを施した重い鋼鉄や真鍮製の花瓶を使ってマーシャを殺した。角の鋭い花瓶なら、頭の傷とぴったり合うだろう。殺害後、花瓶を洗って漆塗りの飾り棚に戻しておいた——ルイーズの鉛を詰めた乗馬鞭が凶器だと思われるように。そしてね」

ベネットはいまいましそうな口調になる。「モーリスの説がもっともらしいのはそこなんだ。

モーリスは、ルイーズが暗がりで血まみれの手の男につかまれたと言ったのは全くの作り話だとわかったと言うんだよ。殺人者がいくら間抜けでも、手を洗わずにはるばる別館から戻ってくるはずがない。別館に水道があるんだから。仮に殺人者が別館内のことを知らなくても、真っ先に水を探すだろう、と」

　キャサリンは少し黙っていたが、目まいがしたように額を撫でる。

「血の痕がついたのは」つぶやくように言った。「ルイーズが、その、マーシャの顔を傷つけようとしたからだと言うのね……レインジャーはどうなの？　別館から戻ってこなければならないはずよ、そうでしょう？　雪はもうやんでいたわ！　どうやって戻れたかは措《お》くとしても、ルイーズが疑われると知っていたのなら、なぜジョン叔父に罪を着せようとしたの？」

「なぜなら、いいかい、そうするしかなかったからだ！　レインジャーは急遽計画の変更を迫られた。これまでに犯人だと告発された誰もが指摘されたのと同じ理由でね。つまり、雪がやんでいたことを計算に入れていなかった。完璧にお膳立てしたと思った矢先、雪が一時間も前にやんでいたばっかりに計画が頓挫したのを知り、とんでもないショックを受けたに違いない。別館を離れる足跡が自分のものだけなら、ほかの誰かに罪を着せることはできない。頭の回転がよくない人間だったら、この苦境を抜け出す気力すら湧かなかっただろう。でも、レインジャーはやってのけた。見事にね。つまり……」

「ちょっと待って！　ウィン先生はレインジャーがジョン叔父を告発したことも話してくれたわ……レインジャーがルイーズに罪を着せたいと思ったのなら、できたんじゃない？　別館に閉じ込められても、自分がつける足跡を乱して誰のものかわからないようにすればよかったのに、なぜそうしなかったのかと尋ねられたレインジャーは、それでは時間がかかりすぎる、犬が吠えて家中の者が起きてしまうだろう、と答えたそうね。でも、それはレインジャーには当てはまらないわよね？　だって彼はテンペストが家の中につながれているのを知っていたんですもの。モーリス伯父が言いつけたのを聞いたんだから。足跡をめちゃくちゃにしておけば、それはルイーズがやったんだと思われたでしょうし、レインジャーにはそうする時間がたっぷりあったはずよ、そうでしょう？」

ベネットはポケットを探ってタバコを取り、そそくさと火を点けた。

「お見事！　それと全く同じことをマスターズさんが君の伯父さんに言ったよ。でもね、巡り合わせが悪くて、レインジャーはもっとまずい状況にあった。彼も時間をかける危険は冒せなかった。レインジャーの場合、犬を恐れる必要はなかったけれど……」

「けれど？」

「ジョンが今にもロンドンから帰ってくると考えていたんだ！――容易に想像がつくけど、マーシャが態度を一変させたとき、ジョンは帰ったらすぐ別館に来るとレインジャーにきつい言葉を投げただろうからね。レインジャーはジョンがまだ帰っていないことは知っていた。帰ってきたら車の音がするはずだから。レインジャーが足跡を乱すのにもたついたら、芝生の真ん中でジョンと出くわすかもしれない……まあ、わかるよね？」

「それは……どうにもならない状況ね！　レインジャーはどうしたの？　何かできたの？」

ベネットは深く息を吸い込む。「こういうことなんだ。モーリスの説によると、ジョンがまだ帰っていないことがレインジャーに閃きを与えた。その夜のうちに、あるいは夜明け前に、ジョンは別館へ来る。ロンドンから帰ってすぐか、マーシャの希望に従って遠乗りをしに来るときか、どちらかに。レインジャーは長く待たなければならないかもしれないが、ジョンが死んだマーシャの発見者になる見込みは極めて大きかった。万が一ジョンでなくても構わない。三時十分頃、車の音が聞こえた。でも別館へ来る気配がない。屋敷に寄ったのかもしれない。レインジャーはジョンがどう動くかわからないし、一か八かで別館を出ていくと見つかる危険がある。そこでとっさの閃きを発展させて、完璧なアリバイを考案した……君は今朝レインジャーの姿を見かけたかい？」

キャサリンは不思議そうに彼を見た。「ええ、八時半頃だったかしら。ぞっとする柄のガウンを着て、自分の部屋の戸口に立っていたわ。確かメイドの頭を小突きながら――そう、ベリルだったわ！――『いい娘《こ》だ、いい娘《こ》だ』と言っていたの。あのとき酔っていたかどうかはわからないけど」

「そうか！　じゃあ、モーリスの説に戻るよ。ベリルというメイドがレインジャーに、昨夜ジョンのベッドは使われた形跡がないと教えた。ジョンは昨夜一睡もしていない。屋敷に戻ってから明かりの点いた部屋の中を行ったり来たりして、悪い知らせを持ってマーシャと顔を合わせる勇気があるかと自問していたんだ！　わかるね？　レインジャーのほうは、さっき言ったように別館を出ていけなかった……ジョンの部屋に明かりが見えたからね。

モーリスはとても示唆に富む質問をしたよ。『事件が発見されたばかりで誰も状況を把握していないときに、なぜレインジャーはジョンのベッドを使った形跡があるかと尋ねる気になったのか？　どうしてそんなことを思いついたのか？』とね。モーリスは自分で答えを言った。『レインジャーはジョンの部屋に夜通し明かりが点いているのを見て、ジョンに罪を着せる算段をしていたからだ』――ところで、今朝君が見たとき、レインジャーはまだ夜会服を着ていたかい？　特にワイシャツとズボンだけど？」

「そうだったと思うけど、はっきり覚えていないわ」

「図書室で僕たちに話しかけてきたときはそうだった。シャツの両肩に真っ黒な染みがいくつかあって、シャツ全体に粉っぽい汚れがついていたことには気づいたかい？」

「ええ、はっきり覚えてるわ。この人ったらずいぶん不潔だわ、と思ったから。まるで……」

ベネットは不意に立ち上がり、暖炉のフードの下に手を差し入れ、そっと触れた。引き出した手には煤《すす》がついていた。

「こんな風だったろう？　うん、僕もあの染みを見た。別館の暖炉の火は消えていた。煙突は馬鹿でかくて、内側に掃除用の鉄の梯子がついている。レインジャーは動きやすいように上着を脱いで、中に入れるかどうか試した。いけるとわかったので、ジョンが来るまで辛抱強く待つことにした。明かりは夜が明けるずっと前に消した。厩舎にいる誰かが別館に夜通し明かりが点いていることを怪しむといけないからだ。それで、自分の時計を見るために暗闇でマッチを何度も擦った。別館の表のドアは開けたままにしてある。ジョンの足音が聞こえたらいよいよ決行だ。

　まだわからないかい？　ジョンが死体を発見したとき、レインジャーは煙突に隠れていたんだ。きっと別館の捜索があるだろうが、自分は見つからないと考えていた。実際、捜索は行なわれた。ジョンと僕とでね。僕たちが別館の裏手を調べていたとき……」

「でもレインジャーは別館から出なきゃいけないのよ！」

　モーリスが不意にステッキをＨ・Ｍに向け、自分の告発に仕上げのひと筆を加えたとき、抑えてはいるが顔に激しい勝利の色が浮かんでいたのを、ベネットは思い出していた。

「忘れていないかい？」ベネットはそう言いながら、あのときのモーリスの言葉の残響が聞こえる気がした。「レインジャーの足がとても小さいことを。僕たちは図書室にいるときそれに気づいた。君のジョン叔父さんは、男物の一番大きいサイズの靴を履いていることを忘れてしまったかい？――例えば君でも、二人の間抜けが別館の裏手を捜索しているとき、ジョンの足跡の輪郭には一度も触れずに、その足跡を踏んで屋敷に戻ることができたと思わないかい？それに、池を渡り切ってしまえば、緩やかにカーブしている常緑樹の並木道が君の姿を隠してくれる。六号（約二四・五センチ）の靴を履いていれば、十号（約二八・五センチ）の靴跡をたどるのに普通の歩き方でいい。そして、ジョンが屋敷を出るときに開けておいたドアから入る。足跡がぼやけていることに疑問を持たれたら、レインジャーが実際にやったように、あとで説明してジョン・ブーンに罪を着せることができた」

　沈黙が落ちる。ベネットは片側ばかりが燃え進んだタバコを暖炉に投げ込んだ。

物思うように付け加える。

「このことを、つむじ曲がりの運命の企みだとか、人間社会にあまねく存在する偶然のいたずらの好例だとか、訳知り顔に呼びたくはない。僕に言えるのは、将来陪審の務めを果たす日が来たら、とても慎重にやるつもりだってことだけだ。ここに非の打ち所のない説得力十分の説が二つあり、どちらも全く同じ材料で組み立てられている。それなのに、二つはそれぞれ異なる人物を指し示し、どちらも不可能状況を説明する唯一の解釈に見える。悪夢のように混乱を極めたこの事件に第三の解釈が出てきたら、僕は病院の隔離室に引っ込むよ。ジョンを犯人とする主張は崩れた。レインジャーへの告発も同じように崩れ去ったら……君はどう思う？」

「わたしが話そうとしていたのはそのことなのよ！」キャサリンは興奮していた。「いい知らせがあると言ったのを覚えてる？　レインジャーが有罪か無罪かとは関係ないし、そもそもレインジャーのことじゃないけれど――」

神経を高ぶらせた彼女は叫び声を上げそうになり、くるりと振り向いた。外の車道、ちょうど車寄せの下あたりから、あくまで食い下がろうとする新聞記者連中が、ポッター警部の大喝に公道へと追い払われ、冷え切った車のエンジンをかける音やバックファイアの音が聞こえてきた。しかし、二人が聞きつけ、はっと身を硬くし目をみはったのは、その音ではなかった。

「あの音はまるで――」キャサリンはその先を続けられなかった。

16　銀の三角片

その音の一部でさえ、ぴったりする言葉は見つからなかった。七面鳥が喉をごろごろ鳴らすような不気味な音で、首を絞められた者が上げる叫びとも、むせぶ声とも、押し殺した笑い声とも取れる。近くから聞こえたのか遠くからかも判然としないが、続いて物がぶつかる鈍い音がした。部屋は寒いのに、ベネットは体がかっと熱くなるのを感じた。

車寄せから聞こえる、車のギアを入れる音とは違う。ベネットは戸口へ行って、ドアをさっと開いた。

「あれは――？」キャサリンが言った。「出ちゃだめ！」

廊下の明かりは消えていた。悲劇が迫っているという不気味な感覚が再び強まるのを感じながら、ベネットは暗がりを覗き込んだ。

「変だな、ちょっと前まで明かりが点いていたのに。今さら名前を言う必要はないと思うけど、誰かが立ち聞きしているんじゃないかと思った。だから覗いたんだ……出ちゃだめって、どういう意味だい？　ここは君の家だろう？　自分の家で怖がることはない」

濃い暗闇には動きもきしる音もない。廊下そのものが意志を持ち、今は息をひそめているみたいだ。吹きつける風に窓枠ががたがた鳴る。ほんの少し前に誰かが明かりを消した。ベネットは、外に暗闇が広がる古い屋敷にいる者が時々襲われる感覚を経験していた。暗闇は自分をほかの人間から切り離す。だから暖炉の明かりが届かないところに足を踏み入れてはいけない。踏み入れれば会いたくないものに出会ってしまう、そんな感じがしていた。そして、筋の通った理由はないが、思いは絶えず廊下の向かいにある〈チャールズ王の部屋〉のドアに戻っていく。今朝ここに、この同じ場所に、ほとんど同じような感じを抱いて立っていた。そのときベネットはキャサリン・ブーンとの出会いをもたらした音を耳にしたのだ。ルイーズ・カルーが錯乱してキャサリンの首を絞めようとしたときだ……

今の音はあの音に似ていたが、性質は異なっている。昨夜正体不明の人物Xが〈チャールズ王の部屋〉の急な階段からマーシャ・テイトを突き落とそうとしたときの場景を誰かが描写したが、その言葉が脳裏によみがえった。ろうそくが消えたとき「忍び笑い」がした、と言っていた。殺人者がマーシャ・テイトの頭蓋骨を打ち砕いたときの激しい怒りを思うと、突然暗くなったら用心して歩かねば、という気になる。理屈では説明できないが、今この瞬間にも殺人者がうろついているという確信が生まれていた。それは誰なのか？ いったい誰が……？

廊下を横切り〈チャールズ王の部屋〉のドアに触れたとき、廊下のずっと向こうで重い足音がとどろき、ベネットはぞっとして飛び上がりかけた。

「誰だ、廊下の明かりを全部消しおったのは？」H・Mのうなり声に思わずほっとする。「鼻っ面にある眼鏡の縁も見えんぞ。マスターズ、スイッチは見つかったか？」

カチッと音がし、鈍い明かりがともる。ベネットの姿を見た二人の足が止まった。

「おっ！」Ｈ・Ｍはどたどたと歩いてきて目をぱちくりさせながら渋い顔で甥を見た。「どうした？　変な顔をしとるぞ」首を伸ばしてベネットの背後を見やり、戸口にいるキャサリンを見つけた。「あの娘とここで遊んでおったのか？　こんばんは、嬢ちゃん」

「何か音が聞こえませんでしたか？」

「音が聞こえたかじゃと？　お前、びくついておるな。一日中妙な音ばかり聞こえていたが、大概は自分の頭からじゃった。わしは疲れておって、ブランデーをしこたまやりたい気分だ。今夜は、どこの誰だろうが、わしを燕尾服に押し込むことはできんぞ。こっちへ持ってきているとしてもじゃ。まだやらねばならんことがある……」

「ちょっと見てきます」ベネットは目の前のドアを開け、素早く手を伸ばして電灯のスイッチを入れ、身構えて部屋へ踏み込んだ。

何事もなかった。〈チャールズ王の部屋〉、ジョン・ブーンの居室でもある部屋はきれいに掃除され、厳《いか》めしい雰囲気が漂っていた。衣服は片づけられていた。中央にある大きなテーブルに近い一箇所だけ、灰色の絨緞をこすって洗った跡が目立っている。窓辺の厚い黒ビロードのカーテンは開けられ、隙間風でかすかに揺れていた。

「ふむ。お化けはいなかったか？　わしはこの部屋へ向かっておった」Ｈ・Ｍは説明を始めた。「捜し物があってな。目当てのものが見つかれば、命令を二、三出す。マスターズがわしに隠し事をしておったんじゃ。なぜ証拠を全部わしに話さん？　ジョン・ブーンが胸に銃弾をぶち込んで倒れているのが見つかったとき、変てこりんな銀色のかけらを握っていたというのに、誰もそのかけらについてわしに話そうとせん。マスターズ、それをどこへやった？」

マスターズは片方の足に預けていた体重をもう一方へ移した。帽子とコートを身につけ、だいぶ遅れたお茶のためにポッター警部の家へ向かうつもりらしい。

「あれが重要なものだとは思えませんよ、ヘンリ卿！」マスターズは抗議した。「何かの記念品でしょう。ジョン・ブーン氏は殺人とは無関係で、やってもいない犯罪の手がかりになるものを握っていたとは考えにくい――ことに、自分はやっていないと書き置きしたばかりですからね。きっと感傷的な価値のあるものだと思います……そこのテーブルの引き出しに入れておきました」

「感傷的な価値じゃと？　よろしい、調べてみよう。入ったらどうだ、ブーンの嬢ちゃん。ジミー坊やにはドアを閉めてもらおう」

H・Mは樫材の大きな椅子に腰を下ろす。そして、テーブルの引き出しを開けた……

〈ディオゲネス・クラブ〉でポーカーをする者ならベネットにあらかじめ忠告できたのだが、H・Mの考えていることを読み取ろうとする試みは全くの徒労に終わった。H・Mはいつもの茫漠とした無表情でいた。引き出しから奇妙な渦巻き模様のついた銀色の小さな三角形のかけらが取り出された。ベネットは、今朝マスターズが手のひらに載せて差し出したときにそれを見た。H・Mは顔をしかめず、驚きもせず、およそどんな素振りも見せなかった。しかし、何かを見たというよりは何かが聞こえたというように、それとわかる間を置いてから口を開いた。

H・Mは銀色のかけらの重さを手秤《てばかり》で確かめていた。

「ふむ。違うな。これは何かからもぎ取られたらしい……ブーンの嬢ちゃん、これを見て思い当たることがあるか？　叔父さんが〈思い切った行為〉を決行したとき手に取りたくなるような、感傷的な価値があるのかね？　これこれ、そう眉を曇らせずともよい。叔父さんは間違いなく回復する」

キャサリンは首を横に振った。「わたしは見たことがありません」

「いいかマスターズ、わしは明日の朝、ロンドンへ行ってくる。昔ちょっとばかり助けてやった銀細工師が、リンカーンズ・イン・フィールズ（ホルボーンにある公園広場）の裏に面白い店を出しておるんじゃ。あの男なら、これが何か一目でわかる。明日これを見せに行く――必要があればな。そうなるかもしれんし、そうならないかもしれん。成り行き次第じゃな。わしは別のことを考えておった」懐中時計を取り出し、目をぱちくりさせて時間を確かめた。「七時か。七時半に食事が始まるから……ブーンの嬢ちゃん、ゆうべ月明かりの屋敷見学ツアーの最中にこの部屋へ来て、誰かがマーシャ・テイトをそこの階段から突き落とそうとしたということじゃが、それは何時頃だった？」

「わたしの記憶では十一時近くです」

「ちょっとばかり早いな」H・Mは悲しげな声を出した。「いまいましいことに、わしも少しは眠らねばならん。詩的感興をそぐ真似はしたくないが、体のことも考えねばならんし。うん――まあいい。十一時にするか。そうすりゃ、マスターズもここへ戻る前に腹ごしらえしてひと眠りできる。十一時過ぎには、お前さんたちに殺人犯を引き合わせることができるかもしれん……みんなして、月明かりのもとでこの部屋を見て回ろう。マーシャ・テイトを階段から突き落とそうとした場面を再現するんじゃ。わしはこの寸劇にかなり期待しておる」

考え込みながら交互に足を動かして重心を移していたマスターズが、ぴたりと動きを止めた。H・Mがごくさりげなく口にしたので、三人は言葉の意味に気づくのに少し時間がかかった。

「またお得意の冗談ですか？」首席警部が早口で尋ねる。「それとも、真面目におっしゃっているので――？」

「もちろん真面目じゃ」

「すると犯人は昨夜マーシャ・テイトと一緒に階段を見に行った五人の中にいるんですな？」

「そうじゃよ」

頭の中で一人ずつ思い浮かべて、ベネットはこれまでにない不安を感じていた。振り向いて目が合うと、キャサリンは非難がましい身振りをした。そのとき屋外で新聞記者連中の最後の車が抗議するように耳障りなギア音を残して出ていき、追い払うポッター警部が怒鳴り声を上げる一幕があって、少々みんなを驚かせた。しかめ顔で鼻の頭を指で叩いていたH・Mは、何か思いついたらしく、立ち上がり横手の壁にある遠いほうの窓へどたどた歩いていった。H・Mが車寄せの端を見下ろす窓の掛け金を外し押し開けると、凍えるような風が吹き込み、テーブルの上の書類を乱した。

「おおい！」H・Mが叫ぶ。

ポッター警部の姿が、下の車道にぼんやりした影となって現れた。

「わしらは二階の〈チャールズ王の部屋〉にいる。執事のトムスンをつかまえて、ここへ連れてきてくれ。ちょっと思いついたことがあるんじゃ。すまんな」

窓がバタンと閉じられる。マスターズが言った。

「本題に戻りましょう。私にはまるで理解できませんな！　十一時過ぎに殺人犯に引き合わせると、あなたはいきなり涼しい顔でおっしゃる。マーシャ・テイトを階段から突き落とした場面を再現して犯人を暴くですと……？」

「その通りじゃ」

「私は卿のお考えにけちをつけているのではありませんぞ。これまで卿のお考えが素晴らしいものだったと認めるのにやぶさかではないですし。今回はどんな見世物を企んでおられるのです？　それがどんな役に立つのです？　殺人犯が、義理堅くまた誰かを突き落としてくれるとは期待できないじゃありませんか。居合わせた人たちの位置関係から特定しようとしたって無駄です。私は全員を尋問しましたが、明かりはろうそく一本、みんなまごついていて、ほかの人がどこにいたか誰も覚えていませんでした。そのほかに何が――？」

不意に口をつぐんだマスターズのいぶかしげな目がさまよい、階段に通じる大きくて細長いドアに落ちた。鉄枠が張られ、長い間使われていない大きな鍵穴の上に鉄の閂《かんぬき》がついている。マスターズの様子を抜け目なさそうな小さくて謎めいた目で見ていたH・Mは、顔に微笑みらしきものを浮かべた。

「ホッホッ。お前さんが何を考えているか言ってやろうか！　マスターズ、お前さんは何でもメロドラマにしてしまう傾向があるな。わしもそんな話を一ダースほど読んだが、誰かがシルクハットの上に坐るのを見るよりは面白かった。わかるぞ……誰かにマーシャ・テイトの恰好をさせる、例えばブーンの嬢ちゃんにな。そして階段の下に立たせ、明かりを消す。みんなが階段の上に集まる。ろうそくの明かりをかざす。幽霊のような不気味な姿が、安息のない墓場から戻ってきたのが見える。その不気味な姿は片手を挙げ階段の上を指さし、墓場から響くような声で『お前が殺したのだ!』と唱える。良心の呵責に耐えられなくなった殺人犯はたちまち悲鳴を上げてくずおれる。やれやれ、マスターズ。事がそんなに簡単に運ぶなら、警察の仕事なんて柔らかなバラの花びらを詰めたベッドみたいなもんじゃないか」

H・Mは両手で頭を掻きながら思案顔になった。

「これもまた奇妙でな、マスターズ。殺人犯は十中八九、つまらない芝居はやめろと退屈そうに言い出すもんだ……だが、この事件は例外に思えてならん。かび臭いトリックを使っても、犯人Xにとてつもないショックを与えられる気がするんじゃ。大事なのは想像力、こういうタイプの犯人に働きかける想像力だな。知力は問題ではない。Xには十分な知力があるが、犯行に大して役立ったわけではない。本件の手際の見事さは、殺人者の祈りを聞き入れたかのような、無類に幸運な巡り合わせにあるんじゃ……」

だが、わしらは陳腐なトリックを使うわけにはいかん。それで何も証明できなければ、犯人を警戒させるだけだ。わしは腰を据えて考え、うまくいけばXをユダよりも高く吊るせる計画を思いついた。もしもだがな。うまくいくかどうかはわからん。いまいましいがな、マスターズ、それが心配なんじゃ……」
「どんな計画か尋ねても教えてくださらんのでしょうな？」マスターズが不満げに言った。

「そうじゃ。指示を聞くだけで我慢せい。ポッターと部下を二人、わしが言うところに配置してもらいたい。武装させていかんこともあるまい。わしは電報の返事を待っておる。それを確かめてからでないと、わしはとんでもない間抜けに見えるかもしれん。まず、トムスンに一つ質問せねばならん。事件全体を通じて一番重要な質問じゃ。そこの階段の上に五人を集め、わしがマーシャ・テイトの役をやるから六人になるが、当てにしていた答えでなければ芝居をやる意味はなくなり、全くの無駄骨になる」

「トムスンに」マスターズが尋ねる。「何を訊くんです？」

「奴さんの歯についてじゃ」

「わかりました！」少し黙っていたマスターズが撥ねつけるように言った。「この話の流れには覚えがありますし、どんな言い方をなさろうとも卿が本気であることは承知しております。ですが、一つだけはっきりさせておきたい。それくらい教えてくださっても罰《ばち》は当たりますまい。モーリス・ブーンのレインジャー犯人説を――卿は信じているのですか？　信じていないのですか？　卿はほかの意見は鼻であしらったのに、モーリスがあの説を披露したときは頭ごなしにやっつけませんでした。モーリスの言っていることは正しいのですか？　考えると頭が変になりそうですし、正直言って、私はあれが正しいかどうかわからんのです……」

「わたしにはわかります」キャサリンが言った。

冷え冷えとした部屋に静かな確信を響かせる声だった。キャサリンはテーブルの前に立ち、指でそっとテーブルに触れていた。ろうそく形の明かりが黒い髪に艶めいた輝きを与えている。古いツイードのコートの下で胸が気ぜわしく上下していたが、神経を高ぶらせている兆候はそれだけだった。

「あなたは――どんな計画か存じませんけれど――今夜どうしても実行されるんですね？」

「さてさて！」H・Mは体をもぞもぞ動かし、片手を目の上にかざす。「わしはやったほうがいいと思う。嬢ちゃんも構わんのだろう？」

「ええ。でも、始める前に一人は除外できます。二人かもしれません」

「そいつは面白い。どうしてそうなるんじゃ、ブーンの嬢ちゃん？」

「あなたがここへいらっしゃる直前、わたしはモーリス伯父の説を人づてに聞きました。始めから終わりまで。頭のいい説明で伯父らしいと思います。レインジャーが殺人を犯したかどうかはわかりませんが、わかることもあります。レインジャー犯人説は、ある人物を中心にして組み立てられているということです。その人物なしでは彼に対する告発がすっかり崩れてしまうとまでは言えないにしても……」

「それはつまり――？」

「ルイーズです」キャサリンは軽く触れていた指をテーブルに押しつけ、早口になった。「ルイーズは別館へ行ったことになっています。そして、廊下をうろついていた人物から手首に血をつけられたというのは実際にはなかったこと、ルイーズの作り話だとされています……わたしがお話ししたいのはそのことです。わたしはこの話をウィン先生から聞きました。先生は誓って間違いないとおっしゃいました。今朝、先生はルイーズを診察してから、ジャーヴィス・ウィラードを廊下に呼んで話をしようとしました。ちょうどそのとき銃声がしたんです……」視線が灰色の絨緞のこすった跡に向かい、キャサリンはしばらく先を続けられなかった。「銃声が聞こえたあと、先生はジョン叔父の手当てにかかりきり、ウィラードさんと話をすることができなくなりました。

こういうことなんです。昨夜遅く、ルイーズはヴェロナールか何かの睡眠薬を飲みすぎたに違いないと先生は言いました。なぜそうしたかは想像がつくと思います。ところが、飲みすぎたせいで正反対の効果が出てしまいました。目が冴え、異常に興奮したのです。でも体は部分的に麻痺していました。ルイーズは別館へ行くつもりだったかもしれません。幻覚を見て、本当に行こうとしたんでしょう。わたしの部屋の前で倒れていたのも、別館へ行こうとしていたからかもしれません。ウィン先生は進んで証言してくれると思いますが、ルイーズが睡眠薬を飲んだのは一時以降ではなく、また服用後四、五時間は自分の部屋から二、三十フィート以上歩くのは不可能だったそうです。とても動けたはずはないんです。歩けるだけ歩いて、倒れました。暗闇で謎の人物にぶつかったのも、廊下をよろよろ歩いていたからです。その人物は本当に存在していて、想像の産物ではありません。これでわかると思いますが、ルイーズに殺人の罪を着せるのは不可能です」

マスターズは手帳をテーブルに置き、いまいましげにつぶやいてH・Mを見つめる。

「そんなことがありうるでしょうか？」

「ふむ、大いにありうる。何をどれくらい服用したかによるし、個人差はあるがな。患者の神経状態を知らずに臆測で言うのはいささか軽率じゃが、ウィンには好きなように言わせて構わん。ウィンの言うことが正しいかもしれんし、誤りかもしれん。誤っている気はするが、お前さんはお前さんで好きに考えるんだな」H・Mの顔ににやにや笑いがゆっくりと広がる。「で、何なんだ、マスターズ？」

「卿はモーリス・ブーン氏の説が正しいと思っているということですかな？」

H・Mは居心地悪そうに身動きした。

「なあマスターズ、わしは思うところあって、お前さんを必要以上に混乱させたくないんじゃ。この事件は、ただでさえ十分あくどくてこんぐらかっておるんでな。わしに言えるのは、ただの当てずっぽうで水晶玉に手をかざしたり、謎めいたご託宣をくれたりしておるのではない、ということだけじゃ。だが、お前さんでもわかることがあるぞ。ブーンの嬢ちゃんは一つもっともなことを言っておる。お前さんがレインジャー犯人説を受け入れるのなら、都合のいい部分だけ受け入れるわけにはいかん。すべて受け入れるか、全く受け入れないかだ。この説の要《かなめ》石は、手首に血をつけられたと言っている娘じゃ。廊下をうろついていた人物という作り事だとお前さんが考えるなら、それはそれで構わん。だが、その人物が実在したと考えるなら、レインジャー犯人説は捨てねばならん。なぜか？　手を血まみれにした人物が二人、この敷地内をうろついていたと考えるのは、偶然の一致にしてもできすぎだからじゃ。そして、ルイーズ・カルーが屋敷でその人物にぶつかったと言っている時刻には、まさにモーリス・ブーンの説自体が根拠になって、レインジャーは別館にいたはずだからだ。ジョン・ブーンの足跡をたどって屋敷に戻るまで、別館を一歩も出ておらんことになっておる。これはこれで構わん。廊下をうろついていた人物は、作り事かそうでないかだ。作り事でないとするなら、モーリスの説を捨て、レインジャーの無実を証明する方向へ舵を切ったことになる」

マスターズは絨緞の染みを計測するように大股で数歩移動した。それから振り返り、怒りの交じった不安そうな顔を見せた。

「ごもっとも、ごもっともです。だからこそ私は、卿のご命令が納得できんのです。あなたは私がミス・カルーに尋問するのを許可されず、ご自分でも尋問されていませんが――」

「ホッホッ！　そうじゃな」

「あなたはレインジャーを尋問する気もなさそうですな。エメリーと二人で話し込んで、レインジャーをできるだけ早く素面《しらふ》に戻せと命じられただけで……」

H・Mは片目を開けた。「お前さんはわしの言ったことをちゃんと聞いておらんな。わしがエメリーに出した指示は、できるだけ酒浸りにさせておけ、だぞ。ふむ。枕許で目を光らせ、レインジャーが酔いから醒めそうになったら鼻先に酒を突き出せと言ったんじゃ。エメリーはわしの気がふれたと考えておる。お前さんもそうらしいな。女房を殺したやつを教えてやるとわしが約束したので、エメリーは指示に従っておるのだ。お前さんもそうだがな」

マスターズの顔に妙な表情がゆっくりと広がっていった。H・Mは意地の悪い笑みを浮かべたままうなずく。

「やれやれ、ようやくじゃな！　遅かれ早かれわかると思っておったが。ふむ。お前さんの考えは正しい。わしはルイーズ・カルーにもレインジャーにも尋問したくなかったんじゃ。とりわけレインジャーにはな。正直に言おう、もしレインジャーが自分になされた告発に対して反論する機会を与えられたら、わしはおしまいでな……二時間ほどあれば十分だが、その時間がどうしても必要なんじゃ。これは前置きとしてあんたに頼んでおくぞ、ブーンの嬢ちゃん。これから三時間ほど、嬢ちゃんが何をしようと構わんが、ウィン先生があんたの友達について話したことを、絶対に口外せんでもらいたい。わかったかな？」

Ｈ・Ｍの声は低く、煙突の中でうなり始めた風の音より小さかったが、冷え切った部屋にとどろき渡った。前屈みになって埃っぽい禿げ頭を明かりにさらしていたＨ・Ｍが、灰色と黒の重厚な調度品を背景にして、巨大な姿に膨れ上がったように見えた。雪が窓に吹きつけ、小刻みに音を立てる。ベネットは悪夢の中にいるような感覚に再びとらわれていた。風の吹き方が変わるにつれ、風の音の中に今朝耳にした何かのこだまが聞き分けられる気がした。

キャサリンが不意に言った。「犬が吠えているのが聞こえませんか？」

ほかの三人にも聞こえていたが、誰も口を利かなかった。やがてキャサリンが背を向け、会釈した。「失礼します」抑揚のない声だった。「遅くなってしまいました。着替えませんと」

17　ランプシェードに浮き出た殺人

「胡散臭いですな」マスターズの穏やかな物腰にはかすかに不安が交じっていた。「あなたのお考えがですよ、ええ?」舌を鳴らし、微笑もうとする。「私は使用人の話を聞きましたが、今朝もあのジャーマンシェパードが吠えていたと口を揃えていました。あれが見つかる直前にです——私は犬が大好きでして。さて、これから何をしましょう?」

H・Mは顎の横をつまんだ。表情のない目が部屋の中をさまよう。でっぷりとした巨体が落ち着かない印象を与えていた。

「うん?　ああ!　お前さんたち二人はレインジャーの様子を見に行って、赤ん坊のように安らかに眠っているか確かめるんじゃ。それにしても、ポッターは執事と一緒にどこへ消えおった?　わしは執事と話してから部屋を見て回るつもりなのに。おお!」ノックが聞こえたとき、H・Mは愛想よくうなずいた。長身のポッター警部の前に、いささか不安そうなトムスンが立っていた。

「やっと《アン》お出まし《ファン》か!」H・Mがうなる。「ずっとあんたに会いたかったんじゃ。取って食いやせんよ!　ポッターはここにいてくれ。そこの二人はさっさと行くがいい。用事が済んだらここに戻ってくるんだぞ。ふう!　さてと、トムスン。わしはあんたの顎が昨夜どんなに痛んだかを知りたいんじゃ。歯痛というのは厄介なもんだろう？　わしにも覚えがある。そのせいであんたは昨夜まんじりともできなかったんじゃないかと気の毒に思ってな。それとも、明け方に少しはうとうとできたのかな、四時とか五時くらいに？……」

マスターズがドアを閉めたので、聞こえたのはそこまでだった。鈍重そうな首席警部は、ぼんやりした明かりの廊下に出ると、大きなこぶしを振り上げ無言で激しく振り回した。

「伯父は何をやろうとしているんでしょうね。少しでも見当がつきますか？」

「まあね」マスターズはこぶしを下ろした。「ですが、正直言ってそれが何を意味しているのかは考えたくありませんな。というより――いや、必ずしも考えたくないわけではありません。私の予想通り、卿がある男に目星をつけているならば。私には、卿がどうやって証明する気なのかわからんのです。世間には卿も持て余すような悪賢い連中がいますからな。とりわけわからんのは、昨夜のマーシャ・テイト殺害未遂を再現して、卿が何を得ようとしているのかです。まったく、取るに足らん一件でしょうが！　うまくいきっこありませんよ」

「ええ、そうですよね。犬が吠えているのが聞こえますか？」

「犬は吠えるものですからな」マスターズの返答は素っ気ない。「仕事を仰せつかりましたね。レインジャーの部屋へ行って脈でも診ましょう。これが犯罪捜査課のやる仕事ですか、ええ？でも、あの男を酔いつぶれさせておかないと、我々がヘンリ卿からお目玉を食らいますからな。行きましょう」

レインジャーの部屋は階段の降り口近く、廊下の曲がり角に位置していて、屋敷内では比較的近代的な部分にあった。ドア上の欄間窓から光が漏れ、ドアも少し開いている。中から人の声が聞こえると、マスターズは本能的に身を引いた。一人はエメリー。一人は女性で、すすり泣きの合間に息が詰まったような声で何か言っている。もう一人はエメリー。激しくいらだちかん高い声だ。

「頼むから聞いてくれよ！」エメリーは懸命だった。「もう五分も頼んでるんだぜ――泣くのはやめてくれよ。神経が参ってじっと坐っていることもできない。やめろって！　言いたいことがあるんなら、さっさとぶちまけちまえ。俺が聞いてやるから。さあ、これを――ジンだよ、飲むだろ？　さあ、いいか、ええと――名前は？」

「ベリルです、旦那さま。ベリル・シモンズ」

「わかった！　さあ、気を楽にしなよ。何を言いかけていたんだっけ？」

息が詰まったような声が落ち着きを取り戻した。「あたし、今日の午後、本当に、その紳士に申し上げようとしたんです。でも、あの方とても酔っていらして、あたしにつかまっただけでした。あたしは言おうとしたんです。屋敷の旦那さまに申し上げることはできないって。わかっていただけないでしょうし、あたし、く、馘首《くび》になってしまうって！」

「ちょっと待った、カールがあんたに言い寄ったと言いたいのか？　そうなのか？」

「あなたはあの方のお友達だから、あたしに無理やり話をさせることはないって、みんな言うんです！　そんなことはなさらないでください。今朝お茶をお持ちしたとき、あの方は『あれでよかった！』と言いました。あたしがこの部屋に鍵を掛けたことを『あれでよかった！』とおっしゃったんです。あたしは、殺人があったとみんなが噂していると教えて差し上げました。

そしたらあの方、変な顔色になって——厭らしい顔つきになっていたことじゃないんです——あたしを追いかけてきました。本当です。バスローブを羽織って追いかけてきて、こう言ったんです。『よくやった、よくやってくれた。これで俺が巻き込まれることがあっても、あんたは俺が昨夜どこにいたか知っているわけだ、な？』あたしは、はいと答えました。でも——」

マスターズはドアをノックし、間髪を容れずに押し開けた。

おそらく純粋な恐怖ゆえに、かえって娘は悲鳴を上げることができなかった。衝動的に身を引き、「どうしよう、警察だわ！」と口にした。青ざめ、だらしない態《なり》のエメリーは、椅子から飛び上がり、けばけばしい表紙の雑誌を膝から落とした。驚きのあまり口を衝きかけた叫び声をかろうじて押し殺している。

それまでエメリーはベッドのそばの椅子に坐っていた。ベッドは乱れているものの空っぽ。近くのテーブルの上には、シェードに新聞紙を巻きつけた卓上ランプがともり、酒壜が数本。うち二本は空だ。テーブルはレモンの皮やソーダ水や砂糖でべたつき、吸い殻でいっぱいの灰皿まで湿っていた。鈍いランプの明かりのもと、時間が経って鼻を衝くタバコの煙が漂い、空気は胸が悪くなるほど汚れていた。

「その通り、警察です」マスターズが言った。「話なら私が聞きますよ、お嬢さん」

「待ってくれ」エメリーは再び腰を下ろした。灰皿の隅から吸いさしをつまみ上げ唇へ当てようとするが、手が震えていた。「ここじゃ、どれだけいかれた騒ぎが起こるんだ？　ノックの音がしたんでドアを開けてみりゃ誰もいない。明かりはいつの間にか消えている。誰かが廊下の角を曲がる気配がして……」

「何の話です？」

「嘘じゃない！　その娘に訊いてみなよ。ついさっきだ。はっきり時間は言えないけどね。カールのやつがふざけてやったんじゃない。あいつはそんな酔い方はしないんだ。長い付き合いで、そんなことは一度もしたことがない。ほんの少しぞっとしたよ。誰かが俺の注意を惹こうとしているみたいで。頭がおかしくなりそうだ」

　マスターズの視線がさっとベッドに動く。「ところで、レインジャーさんはどこです？」

「あいつなら大丈夫だよ。ちょっと出ていったんだ――」エメリーは娘を見やり、気を利かせた。「浴室にね。ああなったら、ほっといたほうがいいのさ。警部さん、言わせてもらうがね、あいつにはこれ以上飲ませられないぜ。でないと、急性アルコール中毒患者ができあがっちまう。あの男はね――」

「わかりました」マスターズが口を挟む。「ところでお嬢さん」

　ベリル・シモンズは後ろに控えていた。小柄なブルネットの娘は、田舎っぽいがきれいな顔立ちで、ややずんぐりしていた。実直そうな褐色の目を赤く泣きはらし、お仕着せの帽子とエプロンを懸命に直そうとしている。

　やがて堰《せき》を切ったように話し出した。「あたしあの人の映画は全部観てます！　あの人は映画監督なんです。名前だって、あの女優さんと同じくらい大きな字で出ているし。だから話をするのが悪いことだなんて思わなかったんです。あたし馘首《くび》にはなりたくないんです。お願いですから馘首《くび》にされないようにしてください！」

「今日の午後、君と話したな」マスターズは剣呑な口調でゆっくりと言った。「そのとき君は昨夜の出来事について何も知らないと言った。それは君にとって不利な材料になる。治安判事の前に出たことがあるかな？」

マスターズは少しずつ話を引き出していった。ベネットは、ひねくれて自棄《やけ》になりいささか滑稽でもあるレインジャーの姿を思い浮かべながら、今聞いていることを自分はなぜ予想できなかったのかといぶかしく思った。心理的見地からは、レインジャーの行動はほとんど必然の成り行きだった。皮肉で滑稽な結末さえ予想できても不思議ではなかった。ベリル・シモンズは昨日の午後、レインジャーの部屋に火を入れ支度をするよう言いつかった。「あの方にはそのときお目にかかりましたが、ふざけ半分にあたしをつねって（そういうことをなさる方も、なさらない方もいらっしゃいます）、あたしが部屋を出るとき、意味はわからないけれど何かおかしなことをしゃべっただけでした。それからあたしはずっとわくわくして、いい気になってしまいました。次にお目にかかったのは、昨夜十一時に上の階にある自分の部屋に退《さ》がって寝ようとしたときです。ちょうど、屋敷の旦那さまとお客さま方が〈チャールズ王の部屋〉の見物を終えて戻られた頃でした。レインジャーさんはほかの方々より少し遅れて、取り乱し、腹を立てているような、おかしな様子でした。あの方は突然立ち止まってあたしを見つめ、ほかの方々が見えなくなるまで待っていました――」

本当に必然の成り行きだったのか？　レインジャーは、ほかの連中が寝静まった午前二時頃に部屋に来ればハリウッドのことを話してやると持ちかけた。レインジャーは、ジンのボトルが一本あるし何も構うことなんかないと言った。ベリルはロマンティックな冒険に舞い上がり、「あの人が作る映画みたいだし、あたしも出演するような気になって」、部屋に行くかもしれないと答えた。わくわくしながら階段を上がって部屋に戻り、同室のステラに小声で打ち明けた。ステラは卒倒しそうになるほど驚いて言った。「何ですって、馬鹿なことはよしなさいよ。旦那さまにわかったらどうするつもり？」

「そこははしょっていい。で、君は二時に下りてきたのかね？」マスターズが訊いた。

マスターズにもベネットにも、レインジャーが一時半に二階へ上がったときキャサリン・ブーンに投げつけた捨て台詞の真意がわかり始めていた。ベリルは泣き出して、自分は下りていってあの人を見るだけのつもりだった、と繰り返し訴えた。最後にもう一度だけ有名人の映画監督を見て、出方を探ってからどうするか決めよう、その考えに後押しされたらしい。

「でも、下りていって部屋に入った途端、ここにいてはいけないと思いました。レインジャーさんは酔っ払って、部屋の中をうろうろして独り言を言っていました。振り向いてあたしを見ると、声を出して笑い始めました。その顔を見たら怖くなって、身動きできませんでした。そのとき、そもそもここに来ちゃいけなかったんだとわかったんです……」

「うんうん、それはもう気にしなくていいから。で、君はどうしたのかな？」

「あの人が迫ってきました。あたし、鍵がドアの外側に差したままになっていることに気づいたので、部屋を出てドアを閉め、鍵を回しました」

マスターズはベネットを見て、ゆっくり額を手でぬぐった。

「で、君はもう一度ドアを開けたんだろう？」

「とんでもない！　外からドアノブを押さえていたくらいです。怖くて動けませんでしたし。そしたら、あの人の声が聞こえてきました。大きな声ではなかったんですが、欄間窓を通して聞こえたんです。『どういうつもりだ？』怒り出して、『ドアを開けたほうがいいぞ。ドアをぶち壊して屋敷中の人間の目を覚まされたくなければな。そしたら君はどうなると思う？』と言いました。あたしは何と言えばいいか思いつかず、『それはおやめになったほうがいいです。ご自分が恥ずかしいほど間抜けに見えますから。そうでしょう？』とだけ言いました」

ベリルは大きくつばを呑み込み、マスターズとベネットを交互に見つめた。

「だって、それしか思いつかなかったんです！」弁解がましく叫ぶ。「どっちみち、これで紳士方はたいていおやめになります」

「だろうな」マスターズは否定とも肯定ともつかない重々しい声で言った。「それで？」

「あたしはどうしたらいいのかわからなくなりました。ドアを開けるのは怖いし、廊下にいるのも厭で。旦那さまがいつものようにこっそりやって来るかもしれないし。あたしは後ずさって廊下の端に立ちました。あの人は何も言わず物音も立てませんでしたが、そのうち欄間窓から這い出そうとしたんです」

「欄間窓から？」マスターズが繰り返す。「そのときレインジャーは何を着ていたんだね？」

「何を着ていたですって？　まあひどい！」ベリルは叫んだ。「そんな当てこすりを言われるなんて我慢できないわ！　いっそ馘首《くび》になったほうがましよ。あの人はちゃんと服を着ていました！　ワイシャツ姿でした。あたし、小窓からは出られないとわかっていました。向こう側にしか開かないんですから。あの人は無理やり体を押し込もうとして、肩のあたりを汚しただけでした。それで諦めて、『まだそこにいるんだろ？　まあいい。俺はこれから酔っ払うつもりだからな』と言うのが聞こえました。ちょっと笑っていました。その言い方がとても怖くて……あたしは階段を駆け上がりました。神様に誓ってそれが本当のことです。どうかあたしを助けてください。あたしはあの人を朝まで出してあげませんでした」

マスターズは頭をがっくり垂れた。

「やられた。これで第二の解釈もおじゃんですな。そして、ヘンリ卿は、どういうわけか、こうなるのを知っておられた。レインジャーが自分にはアリバイがあると言ったのはこれなんですな！」マスターズは憤然としてベリルに向き直る。「それで、今朝はどうしたんだね？」

「もちろん、ドアを開けて差し上げました。それまでには殺人の恐ろしい噂が伝わっていて、あたし考えたんです。『そうだわ！　あの人があたしに何か言ったり腹を立てたりしたら、まずテイト様がお亡くなりになったことをお伝えしてなだめよう、あのお気の毒な――』」一瞬、ベリルの目に涙があふれかける。「その計画はうまくいきました。あの人、息が止まりそうなほど驚きましたから。あたしの腕をつかんでこう言ったんです。『ブーンがやったんだな、そうだろ？　あいつは今どこにいる？』あたしは『旦那さまのことですか？』と訊きました。そしたらあの人は――口にしたくないようなひどい言葉を投げつけてから――『違う！　もう一人のほうだ』と言いました。あたしは、ジョン様はどうなさったのかわからないと言いました。ベッドで休まれた跡がなく、身につけていらした服が散らばっているだけだったから、と。そして階下《した》で聞いた噂も伝えました。あの人は、もし自分が困った立場になったら部屋に閉じ込められていたことを警察に話してほしいと言ったので、あの人から離れたい一心で、わかりましたと答えました。さっきステラに聞いたら、旦那さまはレインジャーさんがやったとおっしゃっているらしいので、あたしこの方にお知らせしなきゃと思って……」

「行っていい」マスターズが言った。

「はい？」

「行きなさい、お嬢さん。さあ早く！　もう用はないよ。おいおい、腕をつかまんでくれ。悪いようにはしないから安心しなさい。私はただの警官だ、それくらいしか言えんのだよ。でもやれるだけのことはしてあげるから」

説き伏せるようにしてベリルを部屋の外へ追いやると、マスターズは振り返ってこぶしを振り回し、苦々しげに言った。

「いろいろわかりましたな。レインジャーの腹の底がやっと見えてきました。何を企んでいたのか、今朝あの男が口にしたひと言ひと言の意味もわかった。アリバイを説明したがらなかった理由もね。だが、それは我々の役には立たんときている！　そうでしょう？」

「それにしても、戻ってくるのにずいぶん時間がかかっていますね」

ベネットは自分が口にした言葉に驚いた。主《ぬし》のいない乱れたベッドやテーブルの上に散らかった酒壜を眺めているうちに、シェードに新聞紙を巻きつけたランプスタンドの明かりで催眠術にかかったようになっていた。新聞の油染みた活字を透かして光が射し、見出しの一部が浮き出て見えた。しわになった新聞紙の活字はぼやけていて判読できるのは一語だけだったが、次第に黒い文字列がはっきりしてきた……

「戻ってくるのにずいぶん時間がかかっていますね」ベネットは繰り返した。「見に行ったほうが――」

「まさか！」とマスターズ。「ほら、噂をすれば、ですよ」

だが、それはレインジャーではなかった。H・Mが一人でやって来て、戸口にそびえるように立ったのだ。相変わらず何を考えているのかうかがい知れない表情で、背を丸め険悪な雰囲気だ。部屋に入り、廊下に誰もいないのを確かめてからドアを閉め、その前に立つ。

マスターズがうんざりしたように手帳を取り出した。「卿、また新しい証拠です。あなたが知っておられたのかどうか、レインジャーにはアリバイがあります。メイドの証言が得られまして……あとで読んで差し上げます。レインジャーはまだ戻っていませんが、彼はシロです」

「読まなくていい」H・Mはゆっくりと言った。「あの男はもう戻ってこん」

その言葉の持つ恐ろしげで決定的な響きは、絶叫のように部屋にとどろいた。窓の外では風が鳴りをひそめていた。屋敷中が動きを止めたようだった。ベネットの目は、腕を広げてドアの前で仁王立ちになっているH・Mに向けられ、次いでランプシェードに巻かれて鈍く光る新聞紙に戻る。浮き出ていたのは殺人の二文字だった。

しばらく沈黙が続いたのち、H・Mはどたどたとテーブルまで歩き、マスターズ、ベネット、次いでエメリーを見た。

「我々四人で、今夜の計画について作戦会議を行なう。いいな、わしの計画はまだ生きておる。この計画の妙ちきりんなところは、我々がやりきる度胸と非情さを持ち合わせれば、かつてない成果を上げることじゃ。マスターズ、お前さんは悪魔を信じるか？ 悪魔が人間の形を取って、鍵穴で聞き耳を立てたり、ドアをノックしたり、人間の命をドミノみたいに操るということを信じるか？……まあ、落ち着け。レインジャーは死んだよ。絞め殺されて〈チャールズ王の部屋〉の階段の下に投げ捨てられていた。かわいそうなやつじゃ！ 身を守ることができないほど酔っ払っていたが、考えることができないほどではなかったのが仇《あだ》になった。考えたせいで殺されたんじゃ。その壜の中身は何だ？ ジン？ ジンは好かんが、生《き》で一杯やろう。あの男は生きているときもあまり見栄えはせんかったが、死んでからはなおさらじゃ。今となっては、あの男に同情だってしてやれる」

「でも」エメリーがかん高い声で言った。「あいつはただ浴室へ――」

「ふむ。お前さんはそう考えた。お前さん、頭がすっかり働かなくなるほどあの男が酔ったのを見たことがあるかな？ やつは出ていって、廊下の外れにある部屋で何者かの不意を衝いた。その何者かがレインジャーを絞め殺して階段から投げ落としたんじゃ……わしは威張り散らすだけのうつけじゃな、違うか？」H・Mは両のこぶしを握ったり開いたりしながら言い、やがてベネットをじっと見た。「わしは幽霊や物音にびくついているお前をからかっていた。あの部屋に坐ってな。ところがその間、女好きのくせに振られっぱなしのレインジャーは、真っ青な顔で、喉に指の痕をつけられ、あの部屋の階段の下に横たわっていたんじゃ。どうしてわしにそれがわかる？　わしはあることを心配していた。それは殺人ではなかった。ポッターと一緒に階段を見に行ってようやく知ったんじゃ――落ち着け、マスターズ。どこへ行く？」

首席警部の声は震えていた。「どこへ行くか、お訊きになるんですか？　もう我慢の限界です！　屋敷にいる誰も彼も、どこにいたか調べ上げて……」

「それはならん。わしに免じてやめてくれ。ここにいる者のほかは、屋敷の誰にもレインジャーが死んだことを知られてはならん」

「なんですと？」

「言った通りだ。ポッターに遺体の番をさせておる。帽子を取って死を悼むほかに、我々が何をしてやれる？　あの男は死んだ。遺体は動かさないでくれ、マスターズ。たぶん二、三時間で済む。これは残酷なトリックかもしれん。遺体をショーの人形に仕立てるのは、死者への冒瀆かもしれん。しかし、ショーはプログラム通りに進むしかない。数人が固まってあの階段へ行き、暗がりでろうそくを掲げると、階段の下に落ちたままの姿であの男が発見される、という寸法じゃ。わかったな。ジンをもらおう」

Ｈ・Ｍはおぼつかない手つきのエメリーから酒壜とグラスを受け取り、ベッドに腰を下ろしているエメリーを見つめた。

「お前さんにやってもらいたいことがある。しっかり聞いて、わしの指示からほんのちょっとでも外れんでほしい。みんなが納得できるようにこれができるのはお前さんしかおらん。レインジャーの友達だからな。お前さんは晩餐に下りていかずに、中から鍵を掛けてこの部屋にいてくれ。誰かが来ても、それが誰であろうと、どんな口実であろうと、ドアを開けてはならん。ドア越しにこう言うんじゃ。レインジャーは泥酔から醒めかけているが、あんまりみっともない状態だから、人前に出せるようになるまでは部屋にいさせる、とな。わかったか？」

「ああ、だけど——」

「それでよい。晩餐が済んだらなるべく早く二階へ上がり、〈チャールズ王の部屋〉でちょっとした実験をやる。どんな実験かは気にせんでいい。もし誰かがレインジャーを引きずり出して参加させようとしたら、さっきの言い訳をすればいい。このジム・ベネットがレインジャーの代役、わしがマーシャ・テイトをやる。さすがにマスターズを登場させるわけにはいかん。然るべき理由があって、マスターズは階段の下に待機してもらう。わしらのグループが〈チャールズ王の部屋〉に入ったら、みんなにはお前さんがこの部屋にいると思わせたまま、こっそりここを出て〈チャールズ王の部屋〉へ行き、戸口に立って目を光らせてくれ。誰もお前さんには気づかん。みんな階段の上にいて、明かりはろうそくだけじゃ。どんなに意外なものを見たり聞いたりしても、わしが合図をするまで何も言ってはいかん。わかったか？」

マスターズがこぶしでテーブルを叩いた。

「ちょっとお待ちを、ヘンリ卿！　あなたが何を意図しているのか、ヒントくらいいただけませんか。そうしろとおっしゃるなら、酔狂な演《だ》し物にも喜んで参加します。ですが、レインジャーの亡骸《なきがら》を見ただけで殺人犯が尻尾を出すと考えるほど、卿もおめでたくはないでしょう？　殺人犯はレインジャーがそこに倒れていることは百も承知なんですぞ」

Ｈ・Ｍは奇妙な目つきでマスターズを見た。指三本分ほどのジンを、傍目にはやすやすとサメのごとく一気に飲み干し、グラスを見つめる。

「まだわからんのか？　まあいい。お前さんにもやってもらいたいことがある。わしと一緒に行ってレインジャーの遺体を見てくれ。はっきりした悪魔の署名は残っておらんと思うが、少しはほじくって調べんことには始まらん。おい！」エメリーの肩を揺する。「元気を出さんか。そう、お前もだ。とことん青ざめおって、わしも頼もしい甥を持ったもんじゃ！　いいか、晩餐に下りていったら自然に振る舞うんだぞ！　わかったな？」

「僕なら大丈夫です」ベネットは言った。「晩餐をどれくらい食べたらいいか考えていたところです。それもあなたの計画のうちなんですか？　これはまともな計画とは言えません！　恐ろしく汚いトリックです！　僕たち相手にならお好きなトリックを仕掛けてもらって構いませんが、ご婦人方はどうなんです？　死体を見たら、どう感じるでしょう？　ルイーズは既に相当ショックを受けています。ルイーズが犯人でないことはもうご存じでしょう。ケイトが潔白なことも知っていますよね？　だったら、子供が針金の先にゴム製の蜘蛛をぶら下げるみたいに彼女たちの前に死体をぶら下げたところで、どんないいことがあるんです？」

Ｈ・Ｍはグラスを下に置き、どたどたとドアまで歩いてマスターズを手招きしてからやっとベネットのほうを向いた。

「これは手品みたいなトリックで、種明かしをするわけにはいかん。だが、やらねばならんのだ。それにな、わしのゴム製の蜘蛛は誰かにしっかり咬みつくんじゃ。わしがひどい勘違いをやらかしておらん限りはな。これだけは言っておくぞ。これからやることについて、誰にせよお前がほんの少しでもほのめかせば、わしをこっぴどく裏切ることになる。結果を見れば思い出すのも厭になるような真似をしたことになるんじゃ。わかったか？　誰にせよだぞ。行こう、マスターズ」

Ｈ・Ｍはドアを開けた。晩餐を告げる銅鑼《どら》の、柔らかで深みのある音が屋敷中に響き渡る。その音色には、恐怖だけでなく後戻りできない展開を予感させるものが交じっていた。

18　序盤の再現

「どうやら」皿を拭くように、片方の手でもう一方の手のひらをゆっくり撫でながら、モーリス・ブーンが言った。「ヘンリ卿が提案なさった興味深い実験の用意ができたようですな」自分の手を眺めるのをやめて視線を上げる。「もちろん、これでマーシャ・テイトを殺した犯人につながることがわかるわけでもないでしょう。ヘンリ卿のたってのご要望で、私は皆さま方に事実をお話しするのを控えて参りました――つまり、ある紳士が自らを弁護しなければならない立場に置かれるまでは、ということですが――それでも我々はほとんど疑問を抱いておりません。しかし……」

ベネットはどう晩餐を切り抜けたのか、のちに全く思い出せなかった。食堂へ下りる前に、本来の性質や自分の意志にさえ逆らい、何かに強《し》いられたように〈チャールズ王の部屋〉へ行った。遺体の惨状について想像をたくましくし恐れおののくうち、ひと目見て好奇心をなだめないことには我慢できなくなったのだ。結果的に見なければよかったと後悔し高い代償についたが。ポッター警部が廊下に面したドアの見張りに立っていた。部屋に明かりは点いておらず、窓から青白い月の光が射しているだけだった。秘密の階段へ通じるドアは吹き上げる風のせいで開いていて、懐中電灯の光が揺らめく階段下から、H・Mがマスターズに話しかける低い声が聞こえた。ベネットはドアまで行ってみた。階段がどれほど高く傾斜が急なのか、それまではわからなかった。でこぼこした石段が、地下室のような匂いのする狭い壁に挟まれて落とし穴へ落ち込むように続いているのも、そのとき初めて知った。突然マスターズの懐中電灯に顔を照らされ、ベネットは危うくバランスを失いかけた。懐中電灯の光は再び下に向かい、別の顔を照らした。石段に乗った、のけぞるようにねじれた顔は、明かりを向けられても瞬き一つしなかった。

その後、ベネットはほかの五人——H・M、モーリス、ウィラード、キャサリン、ルイーズ——と共に席についた。モーリスのせいで晩餐は堅苦しいだけの惨めなものになり、終わってからベネットは早く忘れてしまいたいと思った。主人役のモーリスを除けば、誰もが新たな緊張を意識していた。聞かされていなくても、死が再び屋敷を訪れたのを感じ取ったかのように。

食堂へ向かう前、図書室に集まったとき、ベネットはイギリスに来て初めてルイーズに会った。ダークブルーのドレスを着て暖炉の近くに坐っていた。ねずみ色の髪をぴったり撫でつけ、真ん中で分けている。ごく淡い印象しか抱いていなかったが、ベネットが思い浮かべるルイーズは、決まって背が低くずんぐりした、そばかすの目立つ、二十代後半かと思う女性だった。ところが目の前にいるルイーズは驚くほど痩せて見え、隈《くま》ができてはいるが、はっとするほど美しい目をしている。重圧に苛まれ幽霊めいていたが、どうして、野暮ったい幽霊とはほど遠い。年は四十に届くかとも思われた。

ベネットはもごもごとお決まりの挨拶をした。うまい言葉が見つからず、気の利いたことを言おうとして口を滑らす愚は避けたかった。ルイーズは手を差し伸べて機械的な微笑みを返し、そのあとは手にハンカチを握り、ほかの人間がいるのを忘れたように火に見入っていた。モーリスは――しかつめらしい上品さに磨きをかけ――鷹揚な主人役をこなし、「カクテルという忌むべき流行の代わりに」振る舞ったシェリー酒を自画自賛した。モーリスのか細い笑い声が部屋中に響く。ジャーヴィス・ウィラードは物静かで慇懃《いんぎん》に振る舞っていたが、檻に閉じ込められた獣が歩き回るような足取りで図書室の中を行ったり来たりしていた。ひげを剃っていないのが目立つ。H・Mがどたどたと入ってきて、目をぱちくりさせながら誰彼なしにもごもごと、しかし愛想よく挨拶すると、皆が少し驚いたようだった。今夜の実験のことを誰もが承知しているのか、ベネットにはわからなかった。最後にキャサリンが下りてきた。地味な黒のドレスを着て、宝石や装飾品はつけていない。暗い色の鏡板を背に、ドレスから覗く両肩が映えていた。

キャサリンが姿を見せると一同にのしかかる恐怖が突然強まったようにベネットは感じた。キャサリンは現実の存在であり、ベネットが知っている温かさ、美しさを体現していた。ほかの連中は仮面の下に悪鬼の素顔を秘めているかもしれず、うち一人は確かにそうなのだ。その忌まわしい疑いゆえに、晩餐の席に連なることや（さらにおぞましいことに）一緒にものを食べることが不気味に思われる。隙間風の吹き込む薄暗い食堂に入った途端、偶然かもしれないが彼らはその問題に直面した。

ろうそくの明かりのもと、モーリスがうなずいた。「食卓に席を一つ増やすように言いつけました」

一同の足取りが変化し、ためらうような歩みになる。

「一つ増やす?」とキャサリン。

「もちろんレインジャー氏の席だよ」モーリスが静かに指摘した。「気分がよくなって下りてこられるかもしれないからね。お前は誤解したんじゃないかい、ケイト」報告するトムスンにうなずきを返し、微笑みながら軽い驚きを見せて振り向く。「エメリー氏によると、レインジャー氏は今夜、私たちと食卓を囲める状態ではないそうです……何かおっしゃいましたか、ヘンリ卿」

「わしが?」H・Mはうなるように言った。「ああ、きっとほかのことを考えていたんじゃな。レインジャーという男は驚くべき体質の持ち主に違いないと考えておっただけなんだが」

椅子がこすれる音がした。「異常なほどですな。あの男は最後まであがくでしょう。絞首台の上でもそうするでしょうな」モーリスは残忍なまでに機嫌がよかった。食卓のどこかでスプーンが皿にぶつかった。「ああ、ケイト! 食べなければいけないよ。このスープはきっと気に入る。お前が裸同然の恰好で食卓につくと言い張るのなら、せめて温まるものを食べなさい。それとも温かいものはもう十分に摂っているのかな? アメリカからおいでになった若いご友人も――ああ――明らかに食欲がなさそうだ。そこから実質的な結論が導かれると思うが、どうかな? ふむ。もてなし役にとっては、あまりありがたくないですな。あなたはよもやボルジア家の面々と食事をしているとお考えではないでしょうな?」

「まさか」こめかみのあたりで、小さな、外交的とは言えないハンマーが槌音を立て始めていた。ベネットは目を上げた。「ボルジア家が相手でしたら、少なくとも何に気をつければいいかわかりますからね」

「もちろん」モーリスはいくらか不満そうな口調になった。「アメリカ式の——そう、何と言いましたか——『押し』と創意工夫があれば料理についても近道が見つかったのでしょうな、お得意の恋愛術と同じように。あなたは本当に毒を恐れていたんでしょうかね？　ひょっとしてチェーザレ・ボルジアその人に毒を盛る方法を見つけたのですか？」

「いいえ」とベネット。「せいぜいヒマシ油くらいです」

「スープを召し上がりなさいな、モーリス伯父さま」そう勧めたキャサリンが突然椅子にもたれ、ヒステリックな笑い声を上げた。広い部屋の中に響くその声は、ろうそくの炎の上を吹き渡る風が新しい依《よ》り代《しろ》を見つけたようにも思われた。ジャーヴィス・ウィラードが皮肉めいた憂鬱そうな目で食卓を見回す。

「ねえ、モーリス。スープと毒についての愉快な分析に水を注すつもりはないけど、少しの間だけでも分別を持とうじゃないか。第一、聞いていて楽しいもんじゃない。なぜって——」ウィラードは先をためらい、午後はずっとそうだったが戸惑い屈託ありげな様子に戻ってしまった。口にする気のなかったことを言った自分に毒突いているかのようだ。

「わたしは気にしません」か細いがしっかりした口調でルイーズが言った。食卓から目を上げる。「もうご存じでしょう、わたしは毒を飲んだのではありません。眠ろうとしただけです。

我ながら不思議ですが、もう何も気になりません。ただ一つの望みは、汽車でロンドンへ戻り、父が無事で――心配していないか確かめることです」

父親とジョン・ブーンの間のごたごたについて何も聞かされていないことは、口振りから明らかだった。ベネットは素早く視線を向け、モーリスがちらちら光る無表情な灰色の目の奥にどんなねじ曲がった考えを抱いているか、少なくとも一部はわかった気がした。モーリスは頭の中で外科用のメスを何本も手に取り、どれを使うか思案していた。選んだのは二本目のメスだった。

「汽車でロンドンへ戻られる？　我々はお父上に対するあなたの優しい心遣いに感銘を受けております。弟のジョンがここにいれば、やはり同じでしょう。ですが、警察は我々をそこまで親切に扱ってくれるでしょうか。ひょっとしてどなたもまだ聞いておられませんか？　ああ！　我々は昨夜と同じ役を演じることになっているのです。〈チャールズ王の部屋〉の階段で、気の毒なマーシャ・テイトが殺されかけた場面を再演するのですよ。それが捜査の役に立つとヘンリ卿はお考えのようです。今のところはこう言うにとどめましょう。私のせいでどなたかの食事がまずくなっては申し訳ないですからな」

食卓に動揺が広がる。何よりも驚きが場を強く支配していた。トムスンが慣れた所作で動き回ると、誰もが執事の存在を突然意識したように黙り込んだ。皿を動かす音が不自然なほど大きく響く。ベネットは顔を上げずに、皆の手の動きを追っていた。磨き込まれた黒い樫材の食卓の上を手が動き、または何もせず、あるいは銀器に伸びている。モーリスの骨張った手は甲の筋に沿って陰影ができ、手を洗うようにこすり合わされていた。ルイーズのピンクがかった爪は食卓の上でかすかに引っかくような音を立てている。先がへらのように広がったウィラードの人差し指がスプーンをゆっくり叩いていた。キャサリンの手は、レースの縁取りがあるリンネルの皿敷きのように真っ白で、握りしめられたまま動かない。ベネットは空っぽのレインジャーの席を見て、先刻秘密の階段の下で見た光景を思い出していた。誰かの手がせわしなく動き……

「そんなことをしてどんな意味があるのかね？」とウィラード。

「誰にも異議はないと思うがね」モーリスが言った。「異議があれば、もちろんヘンリ卿は理由を知りたいだろうね」

キャサリンがはっきりと言う。「少し恐ろしい気もしますが、そうする必要があるのでしたら仕方ありませんわ。でもモーリス伯父さま、レインジャーさんがいらっしゃらないんでしたら、あなたは殺人未遂の再現にあまり興味をお持ちになれませんね」

「私には私なりの理由があるんだよ」モーリスは思案含みにうなずく。「たとえレインジャーの役をほかの誰かが演《や》るとしても、極めて興味深い試みになりそうだ。あえて言わせてもらうが、アメリカから来られた我々の友人は、レインジャー本人よりずっと適役だと思うね。この話はもうよそう」

晩餐はだらだらと進んだ。料理は上等らしいが、ベネットにとっては料理から立ちのぼる湯気さえむかつくようで、忘れた頃に突然盛り上がる会話はさらに不快だった。モーリスは料理が出されるたびに長広舌を振るい、時間を引き延ばした。時計が八時半を打つ。トムスンが酒のデカンタを食卓に置いたのを潮に、キャサリンとルイーズは引き取ろうとしたが、モーリスの細い声が二人を引き止めた。H・Mは晩餐のあいだ無言で通し、木に彫りつけたように無表情で身じろぎもせず椅子にもたれていた。モーリスがクルミを割る鋭い音が、広い部屋に響く。暖炉の火は衰え始め、並んだ窓の向こうに月が高く出ていた……

カチリ。クルミ割り器がかすかに音を立てる。ベネットはやにわに冷めたコーヒーを押しやった……

モーリスが話し出した。「どうやら、ヘンリ卿が提案なさった興味深い実験の用意ができたようですな。もちろん、これでマーシャ・テイトを殺した犯人のことがわかるわけでもないでしょう。ヘンリ卿のたってのご要望で、私は皆さま方に事実をお話しするのを控えて参りました。それでも、我々はほとんど疑問を抱いておりません。しかしこの再現は、我々のうちの幾人かにとっては極めて興味深いはずです。とりわけ――」カチリ！　小さな鋼鉄の顎が再び音を立てる。「――我がうら若き友人ルイーズにとってはね。昨夜のように〈白い僧院〉の美しさを語ることでしたら、私はいつでも喜んでやらせていただきます。ヘンリ卿、昨夜と同様、私が屋敷を案内して回ることをお望みですか？」

「いや」その声に誰もがH・Mの存在を思い出し、少々驚いた。「そこまで念を入れんでもいい。ここを出たら、まっすぐあの部屋へ行くとしよう。ふむ。あんたが屋敷の講釈をしたいと言うんなら異存はない。それにな、わしにマーシャ・テイトの役はちょっとばかり荷が重くはないか？　そうだろう。では、テイトがその場にいると想像するだけにしよう。暗がりでなら難しくはなかろう。彼女はあんたとわしの間を歩いていることにする。我々二人が先に立ち、ほかの者は昨夜と同じ順番でついてくればよい」

モーリスが立ち上がる。「承知しました。ルイーズは私の友人ウィラードと一緒に、ケイトは、ここにいない客人の役を演じるベネット君と一緒に歩きなさい。各人が昨夜通りの行動を取るようお願いする。私自身は、死せるご婦人方と屋敷内を連れ立って歩き語らうことをこれまで幾度となく思い描いてきたので、その仲間入りをしたばかりのご婦人が傍らを歩いている様を想像するのは苦になりません……トムスン、ろうそくを一本だけ残して、あとは消しなさい」

ろうそくが順に吹き消されていく。自分たちを過去に閉じ込めるドアに釘が一本一本打ち込まれていくかのようだ。つい昨夜のこととはいえ、後戻りのできない過去であることに変わりはなかった。並んだ窓から月の光が触手を伸ばし、真っ黒な影絵となった一同に触れ、横顔をスキムミルクの色に変えた。皆の足が床をこする。モーリスがろうそくを掲げると、黄色い小さな炎が揺らめき、一枚の肖像画を照らし出した。黄色いドレスを着た女性が描かれ、煤《すす》けて絵の具がひび割れている。その謎めいた目には見覚えがあると誰もが気づいたが、すぐに明かりが下ろされた。

「こちらへ」とモーリス。

再び石の床をこする足音がした。小さな炎が先へ進む。ベネットの腕に触れたキャサリンの腕が震える。迷路のような廊下に出たとき、モーリスの細い声が淀みなく、耳に快く流れ始めた。

「この官能的な美女に関して、興味深い事実があります」ろうそくの炎の下の虚空に向かって薄笑いを浮かべながらモーリスが言った。「彼女を保護した寛容な神とでも喩《たと》えるしかない王との情事は別にして、彼女の人生は主に四人の男性との愛によって彩られていました。一人は著名な俳優。一人は劇作家。一人はジョンという名の勇敢な将軍。そしてもう一人は言うまでもなく、彼女のわがままを許していた控えめな夫でした。

この女性は――そう――バーバラ・ヴィリアーズ・パーマー、カースルメイン伯爵夫人であり、のちにクリーヴランド公爵夫人に叙せられた人物です。著名な俳優とはチャールズ・ハート（一六二五―一六八三）、シェークスピアの甥の息子でドルリー・レーン劇場の偉大な悲劇役者でした。どんな王にも、王たるにふさわしい立ち居振る舞いを教えることができると言われていました。劇作家はウィリアム・ウィチャリー（一六四一―一七一五）。機知に富んだ御仁で、公爵夫人に『世の男たちを最善にして最適なやり方で喜ばせる術を何にもまして心得ている』という賛辞を捧げました。勇敢な将軍とはジョン・チャーチル（一六五〇―一七二二）、のちにマールバラ公爵として名を馳せました（もっぱら金銭への執着によってですが）。夫は小男のロジャー・パーマーで、妻から一顧だにされていませんでした……

もちろんほかにも男はいました。例えば、ジェイコブ・ホールという、卑しい生まれのさもしい綱渡り芸人。時折バーソロミューの市《いち》でパンチとジュディの操り人形芝居を演じていました。晩年には〈伊達男《ボー》フィールディング〉と呼ばれる白髪の道楽者が現れて彼女との結婚を希い、その望みを叶えました（のちに男の重婚が発覚）。ちなみに、伊達男には既に成人した娘がおりました。ふと思うのですが、気まぐれな時の流れが変わっていれば……」

ベネットの前方に、影絵になったルイーズとウィラードがぼんやり見える。神経を張り詰めて前を見つめている様子から、ルイーズが何かを見分けようとしているのだと察せられた。ルイーズは寒気がしたように身震いし、その腕をウィラードが優しく押さえた。階段で、モーリスもH・Mも足をかけないうちに踏み板がきしんだことを、ベネットは自信を持って断言できると思った。あたりを見回すベネットとキャサリンは、ほかの人たちよりだいぶ遅れていた。

キャサリンが顔を上げたとき、暗がりでも彼女の目ははっきり見て取れた。

「ここで、あの人が……」

「そう。そして僕は今レインジャーなんだ」

ベネットは両手を彼女の肩にかけ、ぐっと抱き寄せた。戯《たわむ》れのすぎた出来事だったが、狂った運命が一同を〈チャールズ王の部屋〉に引き寄せたのと同じように、運命が命じたことにはあらがえなかった。一秒だったのか二分続いたのかもわからない。体中がかっと熱く空っぽになったまま、キャサリンの体が震えた。唇が動き、ささやく声がベネットの激しく高鳴る鼓動に消されることなく聞こえた。「――ウィラードさんとご一緒するわ。あなたはルイーズのところよ」キャサリンは身を離すと急いで歩き去り、ベネットに「あの部屋へ行っても階段の下を見てはいけないよ」とうっかり漏らす暇《いとま》を与えなかった。そうでなければきっと口に出してしまっただろう。その瞬間、暗闇でベネットの気持ちは千々に乱れ、何一つ理解できずにいた。確かなのは、自分が混乱していること、本物のレインジャーがどこにいるかを束の間忘れてい

たことだけだ。

愛と死、愛と死、そしてキャサリンの唇。先を行くろうそくの炎が階段を上がり、金の額縁の縦長の肖像画を次々と照らし出す。忌まわしい女性の絵姿が暗闇から再び浮かび上がった。バーバラ・ヴィリアーズ、それともマーシャ・テイトか。肖像画の女性は微笑んでいた……視線を落とすと、ルイーズが隣を歩いていた。ベネットの姿は目に入っていない。両手は固く握られ、指の関節が鳴る音がした。前方からモーリスの細い声が淀みなく流れていた。

「――がこの廊下に並んでおります。ご覧になれば、椅子はみな王室の所有にかかるものとおわかりいただけるでしょう。後ろ肢で立ち上がった二頭のライオンが王冠を支え、C・Rの文字を組み込んだ王の紋章が、椅子の背の上部に刻まれています……」

ベネットは自分が何を言っているかもわからずに、口ごもりながらルイーズに言葉をかけた。しかしルイーズの険しい目は前方に釘付けになっている。ろうそくの明かりは〈チャールズ王の部屋〉のドアに近づいていた。

「そしてここが――」モーリスが立ち止まる。「ドアに」鋭い口調。「鍵が掛かっている!」

「ああ、そうじゃった」とH・M。「気にせんでよい。鍵はわしが持っておる。開けるからちょっと待ってくれ」

かちりと音がした。「さあ行くぞ!」ベネットは心の中で号令をかけながら、どんな高みか

もわからないところから目隠しして飛び降りる気分になっていた。

「秘密の階段に通じるドアまで進んでくれ」Ｈ・Ｍの胴間声が突然高くなり廊下に響く。「昨晩ときっちり同じ順序でな。尻込みは無用。さあ進め。その調子じゃ」

ろうそくが部屋の中へ入った。階段に通じるドアが開いているのがうっすら見え、隙間風が感じられた。ベネットが追いつくと、思ったより多くの人間が押し合っていた。誰かの激しい息遣いが聞こえる。モーリスがろうそくを手で囲いながら階段上の踊り場へ最初に出ていった。キャサリンが続く。ベネットは、昨夜レインジャーがどの位置にいたのか、自分はどう行動すればいいのかもわからずに、キャサリンが階段の下を見るのを遮りたいと漠然と考え、彼女の後についた。ろうそくの光は階段の下まで届かないだろう。ウィラードがそれに続き、Ｈ・Ｍが肘を取ってルイーズを促した。ベネットは肩越しに目を向けたが、階段下の暗がりには何も見えなかった。明かりが消え混雑した地下鉄に押し込まれ、やはり明かりのない真っ暗なトンネルに突進していく、そんな場違いで馬鹿げた幻想にとらわれていた。その幻想は、Ｈ・Ｍの恐ろしげな巨体がドアの前に立ちふさがっていることで強められた。

「さて、このドアはしばらく閉めることにする。わしが諸君の仲間入りをして昨夜テイトがいた場所に立ったら、誰かろうそくを吹き消してくれ。わしが懐中電灯を点けたら、昨夜のように動いてほしい。次にわしは階段の下を照らして、背中を押されて転げ落ちたらどういう具合になっていたか、諸君が想像できるようにする。もし階段の下に何かが見えたら……」

Ｈ・Ｍがドアをいったん広めに開けると隙間風がろうそくの炎をとらえ、炎は大きく揺らいで消えてしまった。ドアが閉まる音がし、一同は暗闇に閉じ込められた。

見えない高みにいるのは、高さが見えるときよりも始末が悪かった。暗闇が次第に狭まっていき、彼らを奈落へ突き落とそうとしているように感じられる。ベネットは思った。「誰かにちょっと押されただけで——」グループ内に震えが伝わり、あえぐような気配を感じ取ったそのとき、自分の踵《かかと》が深淵の縁にかかっているのがわかった。

奈落のはるか下方で、何かがうごめく気配がした。

「もう我慢できない」ベネットの背後で、早口のささやき。「外へ出させて」

ルイーズ・カルーの声がうわずり、ヒステリックな震え声になったかと思うと、麻酔をかけられたような上り調子のうめき声になった。

「わたしは無理強いされたりしないわ。飛び降りさせようとしたってだめよ。そうさせようとしているんでしょう？　引っかからないわよ、聞こえているんでしょう？　お願い、外へ出させて。明かりを点けて。わたしは後悔してないわ。何度でもやるわよ。ああ。後生ですから、明かりを点けて外へ行かせて。行かせてくれないとわたし——」

何かが狂ったようにやみくもに動いた。ベネットは踵が虚空へ滑り出るのを感じ、突き出した手は底なしの空間を虚しくつかむ。自分が落ちかけているとわかったときには胃袋が突き上げる感じがあったが、そのときでさえ誰かにつかまってはいけないと思っていた。二人して首の骨を折るだけだ。踵がざらざらした石に当たり、腰が大きくねじれ、背中が横の壁に激しくぶつかった……

ベネットはまだその場所にとどまっていた。転落していなかったのだ。肘で強く押して部屋のほうへ体を戻す。そのときも、酷使した肩と脚の筋肉は弦楽器の弦のようにぶるぶる震えていた。

「明かりじゃ！」H・Mが叫んだ。「おい、ドアのそばにいるやつ！　エメリー！　明かりを点けろ……」

光があふれ、その一部が階段上の踊り場まで漏れてきた。ベネットはショックでふらふらしていたが、踊り場から数段下の壁を背に蟹《かに》のようにへばりついた体勢から立ち上がった。キャサリンが手を貸し、二人は〈チャールズ王の部屋〉へ戻った。一同は真ん中にある爆弾を遠巻きにするように、それぞれ離れて立っていた。H・Mが激しい身振りでエメリーを黙らせる。エメリーは電灯のスイッチのそばに立ち、ルイーズ・カルーの告白を聞いただけでは浮かべるはずのない驚愕の表情を浮かべていた。H・Mがエメリーに与えた指示がベネットの脳裏をよぎる。「どんなに意外なものを見たり聞いたりしても、わしが合図をするまで何も言ってはいかん――」

何だったんだ、このいまいましいお芝居は？　何がわかるんだ？

ベネットは皆に囲まれるようにして部屋の真ん中に立つルイーズを見た。モーリスは薄笑いを浮かべ、ウィラードは明らかに困惑した様子で顔を撫でている。

「わたしを見ないで」ルイーズが低い声で言った。髪は乱れ、あえぐような息遣い。うつむき加減に一同をさっと見渡す。「こんな安っぽいトリックでおしまい？　こんなの、陳腐も陳腐、お粗末もいいところじゃありませんか。わたしがミス・テイトを突き飛ばしました。それが何だって言うんです？　また同じことをやってみせます」

　モーリスは敬意を表するように真鍮の燭台を掲げた。「ありがとう、お嬢さん。ヘンリ卿と私が知りたかったのはそれだけでした。あなたは殺人を企てた。しかし我々は、マーシャ・テイトを殺したのはあなたではなくレインジャーだと知っています。我々は事件の絵解きを完全なものにしたかっただけなのです。それがヘンリ卿と私の狙いでした」

「本当にそうかな？」

　H・Mはわずかに声の調子を上げただけだったが、その言葉は部屋中に反響した。

「あなたは私にそうおっしゃったと思いますが」モーリスが言った。「お芝居は上首尾でした。カルー嬢はマーシャ・テイトを殺そうとしたと認めています。それを疑われるのですか？　どうやら見込み違いでした。あなたは、別館へ行って雪がやむ前に戻ってきたのはカルー嬢ではない、とおっしゃるつもりですね」

「いかにも」H・Mは言った。「カルーの嬢ちゃんはそんなことはしておらん。わしが試みた実験の意味するところを、あんたはわかっておらんと見える。実験は成功したが、どのように成功したのか、あんたはわかっておらん。諸君はどうか腰を下ろしてほしい。ふむ、そうじゃ。腰を下ろすんじゃ。ドアに鍵を掛けてくれ。誰もがすっかりくつろいだら、何が起こったのか教えて進ぜよう。

　今その娘が言ったことをわしは額面通りに受け取るつもりじゃ。だがカルー嬢は別館には行かなかった。たとえその意志があったとしてもじゃ。わしは彼女がマーシャ・テイトを殺したと言うつもりはないし、殺さなかったとも言わん。ヴェロナールを飲みすぎて廊下で倒れ、別館へは行けなかったとだけ言おう」

ウィラードが沈黙を破る。「ちょっと待ってください、気は確かですか？　あなたはルイーズが別館へは行っていないと言う。それなのにルイーズが犯人かもしれないとおっしゃるんですか？　どうかわかるように話してください！　別館へ行っていないのなら、ルイーズが犯人のはずはない」

「さあ、それはどうかな。わしが諸君に話したいというのはそれじゃよ……いいかな、かぼちゃ頭諸君、マーシャ・テイトはこの部屋で殺されたんじゃ」

19 殺人者の映像

「ホッホッ」H・Mは嘲るように一同を見回す。「物狂いのじじいが世迷言《よまいごと》を並べ立てていると思っておるな、うん？　だが、その物狂いは、誰もこの部屋から出ないうちに殺人者を捕まえようとしておるのだ。誰も動いてはならん。まあ、少し楽にするのは構わん。そのほうがわしの話を気分よく聞けるじゃろう」

近眼の者がやるおなじみの仕方で目をぱちくりさせながら、H・Mはテーブルの向こうに置かれた大きな椅子へのそのそ歩いて腰を下ろし、黒いパイプを取り出した。

「それでよい。ジミー、ご婦人方に椅子を勧めてくれ。カルー嬢にはぜひとも必要じゃ。さあお嬢さん、楽にしなさい――ほかの者は黙っとれ！」冷たい怒りを浮かべて進み出たモーリスには険しい顔を向けた。

「今からわしがやろうとしておるのは」愛想のいい口調で先を続ける。「一度狭められてしまった事件に対する見方を、また広げることじゃ。わしが証明してみせる前に、諸君も考えてみるといい。屋敷にいる誰がこの部屋に入ってきてマーシャ・テイトの頭をぶち割ったのか、その際に何を使ったのか……ふむ。いや、今のところは凶器には触れずにおく。

さて、殺人者がどんな行動を取ったかについて、我々は既に、はなはだ興味深い説を二つ聞かされておる。たまたま二つとも間違っておるがな。しかし面白いことに、どちらにも理知と真実の閃きが宿っておって、臆測をたくましくする者を誤った方向に導くもっともらしさがあった。わしは腰を据えて考えるうちに、二つの説の胡散臭いところや無理のあるところを避けられる、簡単明瞭な説を誰も思いつかないのがすこぶる不思議に思えてきた。

これからわしは『想像力を駆使した常識』と題する小講義を始めようと思う。今から数分前の出来事については、わしのほかにも証人がおるから、殺人者を絞首台に送れるかどうか気を揉まずに済む。わしが生徒諸君に二、三質問をする間、殺人者には少しばかりやきもきしてもらおう。ホッホッ。最初に、誰もが知っていて誰もが受け入れている明々白々な事実を二、三述べたい。第二に、それでも生徒諸君が真相に思い至らない場合、さっきほのめかしたわしの説を述べよう。第三に、二つの説のまぐれで正しかった部分を借用してわしの説を補強し、そこにわしの推理を交えて、パイの形を完全にしたい。ふむ、始めようか」

H・Mはパイプを逆さにくわえ、へらのような指を眠そうに差し出して眺めた。「昨夜十二時よりかなり前に、マーシャ・テイトはいらいらし始め、別館へ連れていってほしいと言い出した。これはいいな？　それで真夜中過ぎに別館に送ってもらったが、いらいらは募る一方だった。少し経ってからウィラードがなごやかにおしゃべりをするつもりで出向いたが、すぐに追い出された。実際マスターズの報告では、二人がいた寝室からテイトが何度か客間へ行って窓から外を見たとウィラードが証言した、となっている。そうじゃな？」

「ええ」ウィラードが素っ気なく言った。「こうした事実を繰り返すのはいささか退屈のそしりを免れないと思いますが？」

「はん。だから、わしは諸君の知性には失望させられるんじゃ！　ジョン・ブーンは、ある場合にはカニフェストと会ったのは昨晩の早い時間だったと言い、また別のときには十時だったと言った。その違いはさて措《お》き、新聞社のオフィスでの面会が十時だったとしておこう。こう言っても諸君はぴんと来とらんようだが、そんな時間だったと仮定してもジョン・ブーンは遅くとも真夜中には屋敷に到着しているはずなんじゃ！　我々はマーシャ・テイトの立場から見ているのを忘れてはいかん。今まで誰にも待たされたことがなく、今さら待たされることなどまっぴらだと考えておる女、生死を分かつ重大な関心事についての知らせをブーンがロンドンからもたらすのを待って心穏やかではいられない女の立場から見ていることをな。十一時半や十二時にじりじりしていたのが事実なら、十二時半にはどれほどじりじりしていたじゃろう。さらに三十分経って一時になってもブーンは姿を見せない。彼女の心境はいかばかりか？

しかし想像は働かせず事実を述べることに集中しよう。ところでこの部屋の窓じゃが――裏手に向かって並んでおる――」パイプで指した。「あれが別館から見えることは知っておるな？　ウィラードと一緒にいるときテイトが別館の表側に位置する部屋に何度も行って外を見たこともわかったな？　よろしい。もう一つ、彼女の堪忍袋の緒が切れかかっていたに違いない一時頃、この部屋に明かりが点いたのもわかっておる」

窮屈な椅子に背筋を伸ばして坐っていたモーリスが、ステッキで床をどんと突いてから静かに言った。「これはしたり。それに何の意味もないことはご存じでしょう。ジョンが帰宅したときの備えにトムスンがサンドイッチを用意し部屋を整える際に点けた明かりなのですから」

「もちろん知っておる。トムスンが話してくれたよ。だが、マーシャ・テイトにどうしてそれがわかる？　彼女は男を待っていて、予想した時刻から既に一時間遅れている。窓から外を見ると男の部屋に明かりがともった。じゃあ会いに来てくれるだろう。帰ったらすぐにそうする段取りになっていた。ところが男は来ない。明かりは煌々とともり続け、我慢の限界に近づいていた女はさらに三十分待つが、誰も来ない！

　わしは、マーシャ・テイトの心の動きを思い描きながら、可能性の限界をいつまでもおめでたく延ばすつもりはない。彼女は、屋敷に戻ったジョンが単に自分のことを忘れているわけではないと心得ていた。何しろジョンがロンドンから持ち帰る知らせには二人の未来がかかっているのだ。それでこう判断する。きっと悪い知らせで、ジョンはわたしに告げる勇気がないんだわ、とな。どう判断したにせよ、テイトとしては事実を知る必要があったことは諸君も認めてくれると思う。

　ここで自明の事実に立ち返ると、一時半に犬が吠え始め、芝生を走り回る謎の女が目撃されたという、驚くにも当たらない情報が想起される。

　わしは腰を据えて考え、そんな状況で誰かに会いに出ていく可能性が最も高いのはテイト自身だと思い至った。問題は、諸君が近視眼的に屋敷から別館の方向ばかりを見て、逆の方向で見ようとはしなかったことじゃ。屋敷内にいる、謎の女の可能性がある女性には皆アリバイがあるとわかったときでさえ、諸君は逆の方向で見ようとしなかった。わしはじきに証拠を示すつもりだが、それまでは、この考えを信じてくれとは言わん。とにかく、わしが最初に思いついたのはこの可能性だった。人に見られずにテイトがこの部屋へ来るのはたやすいことだったからな。芝生を歩いて、階段下のドアから入ることができた（ドアに鍵が掛かっていないことをテイトは知っていた。昨夜この階段を見物したとき、帰宅するジョンのためにミス・ブーンが鍵を外すのを見ていたからじゃ）。あとは階段を上がりさえすればジョンに会える、という寸法だ。どうしてテイトにわかる？」Ｈ・Ｍは少し声を高くした。「ジョンがここにいないということが」

動く者も声を出す者もいなかった。Ｈ・Ｍは両手で頭を掻きむしり、顔をしかめ、さらに深く椅子に坐ったが、その直前、身じろぎもしない聞き手たちを表情のない目で見回していた。

「すこぶる簡単ではないかな？　ほかのやつを絞首刑にするためにせっせと説明をこしらえていた連中がかき集めたがらくたを頭から追い払い、最も自然な成り行きを考えるんじゃ。わしにはテイトの姿が見えてきた。不安のせいか、待ち切れなくなったのか、その両方か、気もそぞろになってネグリジェの上に毛皮のコートを羽織り――諸君はミス・カルーが同じようにできたことはすぐさま思いついたわけだ――オーバーシューズを履き、ジョンがどんな知らせを持ち帰ったか聞こうとこっそり出ていく姿がな。わしは自分に問うた。『待てよ！　テイトは騒ぎを起こしたり、ほかの者に怪しまれたりするのを望むか？　犬のことはどうなる？』そしてわしは知った。彼女が別館へ行ったとき、犬は犬小屋にいなかったばかりか午後はずっと放されていなかったので、実のところ彼女は犬のことなど何も知らなかったとな。どうして知るよしがある？　テイトが男たちに送られて別館へ行ったとき、犬は吠えなかった。男たちが引き揚げ、そのあと屋敷の人間ではないウィラードが再びやって来て戻っていったときにも犬は吠えなかった。こっそりジョンに会いに行ったら騒ぎになるだろうと考えるはずがないではないか？

テイトが別館を出て半分ほど行ったとき、突然大きくて獰猛そうなジャーマンシェパードに吠え立てられた。死にそうなほど怯えただろう。諸君ならどうだ？　その犬は滑走ワイヤにつながれていて放し飼いではないが、そんな事情を知らず、ただ自分に向かって吠えながら追いかけてくるのを見たとすれば、どう感じる？　彼女はどっちへ行けばいいかわからず、恐怖で身がすくんだに違いない。走って戻るか、いっそ屋敷のほうへ駆け出すか、それともじっとしているか。おそらくその三つを少しずつやったんだと思う。それがトムスン夫人が見た謎の人影の動きに当てはまらないとしたら、むしろそっちのほうがわしには驚きじゃな。さて、テイトはためらっている。まだ家人に見つかっていないが、別館に駆け戻る気にはなれない。なぜなら吠え声が後ろから聞こえるからじゃ。するとミス・ブーンがポーチに続く横のドアを開けて外を覗き、また引っ込むのが見えた。それが何を意味するのかわからないが、とにかく逃げなければならない。雪がなおも降りしきる中、テイトは思い切って芝生を走り抜け、階段下のドアから屋敷に入ってそこの階段を上がった」

H・Mは階段のほうを指さした。ベネットの心中で恐ろしい疑惑が頭をもたげていたが、無理やり抑え込んだ。誰かが驚いて体を動かした。ちょうどそのとき階段の下から足音が聞こえたのだ。

「階段の下にいるのは誰なんです？」ジャーヴィス・ウィラードが静かに尋ねた。

「死者じゃよ。一人を挙げるとすればな。諸君の中のある者には教えるまでもない。死者が誰かわかるかな？　カール・レインジャーだ。誰も動くな！――あえて動く気にはならんはずじゃ。ここで動けばわしの疑いを招くと、潔白なら考えるだろうからな。じっとしておれ。そしてレインジャーが今日の午後ここで絞め殺されたことを忘れないでほしい。

昨夜、マーシャ・テイトはそこの階段を上ってきた（これがわしの説じゃ）。今聞こえているような足音を立ててな。ただし、あれはジャック・ケッチ（パンチとジュディの人形芝居に登場する絞刑吏）のように誰かを待ち構えている警官だがな。テイトがこの部屋に入ると、誰もいない。どういうことかわからなくなったが、次第に、そもそもジョンはまだ帰っていないのかもしれないと思い始めた。さあ、どうする？　自分がここにいることは誰にも知られたくない。テイトはそつなく立ち回っていて、ジョンとややこしい関係になっていることをわざわざ知らせる真似はしたくない。それなのに、夜中の一時半に肌もあらわな姿でジョンの部屋にいるところを見つかったら……わかるな？

しかし――ここからがわしの説の眼目じゃ――彼女は今さら別館へ戻る気になれなかった。諸君だって、人食い犬が待ち構えているとわかっていて戻る気になれるか？　ましてや犬と出くわしたショックから立ち直ったばかり、奇跡的に助かったと思い込んでいるときだ、同じ危険にのこのこ踏み込む気にはなるまい。この部屋は安全だし、ジョンだってやがて帰ってくる。

テイトは一つ予防策を講じるじゃろうな。それが何か、諸君に考えてもらいたい……

さて、わしの説を一歩進めて、テイトがこの部屋にとどまっていたことを証明しよう」H・Mは突然大きな手のひらをテーブルに振り下ろした。

「諸君は別館の様子を見たし、暖炉の状態にも目を留めたな。暖炉の一つは客間、もう一つは寝室にあり、共にトムスンが十二時前に火を起こした。誰もが認めていることだから、ここで繰り返しても反論されたり睨まれたりすることはないと思うが、テイトは昨夜客間を使わなかった。誰にも寝室で応対した。使わない部屋の暖炉で火を盛んに燃やしはしないものじゃ。また、彼女が寝室を使ったもののベッドには入らなかったこともわかっておる。そして三時十五分頃に殺された。

我々が発見したものは何か？　二つの火はどちらもごく短時間しか燃えていない。それは諸君が見た灰の量で証明される。どちらも同じ時間燃えていた——諸君も見たように灰の量は同じだった。となると我々は、雪の降る十二月の夜、文字通り氷室《ひむろ》のような別館で、甘やかされた温室育ちの蘭みたいなテイトが三時間半ものあいだ寝室の暖炉の小さな火だけで心地よく過ごしたのを信じろと言われているようなもんじゃ——寝室の暖炉には一度も薪《たきぎ》が足されず、客間の暖炉の火と同じ時間しか燃えていなかった。すると我々は、薪がすっかり灰になってから優に一時間経っていた三時十五分に、ネグリジェ姿の彼女が暖炉の前に腰を下ろしてくつろぎ、殺人者とポートワインを飲んでいたと信じるよう求められてもいることになる。

二つの火が同じように燃えほぼ同じ時間に消えたのは、そもそもテイトが別館にいなかったからだということは、それほど脳味噌を絞らなくてもわかる。

そこでわしはあの部屋を調べる前に、既に聞いていた別の事実をふと思い出した。この証拠は諸君に向かって声高に叫んでいるに等しいあからさまなものだが、それゆえにかえって、一人のかぼちゃ頭がそれに気づいてすぐに途方もないこじつけを行なった。本当の意味はずっと単純なものだったのにじゃ。わしが言っておるのは、三時をかなり過ぎた頃に廊下をうろついて、ミス・カルーの手に血をつけた人物のことだ。かぼちゃ頭の理論家は、極めて正しい問題提示をした。すなわち、『別館に水があるのに、愚かな殺人者はなぜ手を洗わずにはるばる屋敷まで行ったのか？』

その理論家は答えを探そうとして夢見る乙女のごとき空想に走り、謎の人物は作り話だという屁理屈を並べ、あまつさえカルー嬢がテイトを乗馬鞭で殴ったという、何の裏づけもない手の込んだ話もでっち上げた。正しい答えは『殺人者は別館から戻ったのではない。この部屋でテイトを殺したのだ』というものだ。単純だが、これが真相じゃ。わしは自分に言った。『きっと犯人は水を求めて浴室へ行こうとしたのだ。マスターズの報告にあったように、この部屋には水がない。今朝ジョン・ブーンが自殺を試みたとき、洗面器を持って浴室までお湯を取りに行ったじゃないか』とな」

一同は黙り込む。ベネットの脳裏に、浴室へお湯を取りに行ったときの鮮明な記憶がよみがえった。しかしモーリスは椅子から身を乗り出し、肩を怒らせて、コウモリのようなきいきい声を発した。

「私への優雅なお褒めの言葉、まことに感謝に堪えません。あなたが何を狙っておられるのかわかり始めました。あなたは――ひと回りして――弟のジョンを殺人犯として告発なさろうとしているのですな?」

モーリス・ブーンはもがくように立ち上がり、身を震わせていた。

H・Mが胴間声をとどろかせる。「いや、そうではない。必ずしもそうはならん。だが、あんたはすぐそこまで来ておるぞ。あんたは遠回りしながらも不可能状況の真相に肉薄しておる。すっかり話してみるんじゃ！　もう真相にたどり着いたも同然だぞ。さあ、どんなことが起こった?」

モーリスは前へ進み、テーブルに手をついてもたれかかる。目が細められ、縮んだように見えた。

「ジョンが悪い知らせを携えて帰ると、部屋にマーシャがいた。ジョンはカニフェストを殺したと思い込んでいる。頭に血が上り自棄《やけ》になって、どうにでもなれという心境だった。それで、マーシャがいかにも彼女らしく食ってかかると、かっとなって殺してしまった。

ジョンは自分の立場を理解し始める。カニフェストを殺した現場は誰にも見られていない。そっちの殺人は免れるかもしれない。だが、マーシャの死体がこの部屋で発見されたら、絞首台を逃れる途は閉ざされてしまう。身を守る唯一の方法は、夜明けまで待って死体を別館まで運び、別館で殺されたように見せかける証拠をでっち上げてから、自分が発見者になることだ……そうだ！　これが答えです！　やはりジョンが殺したんです」

H・Mは椅子からゆっくり立ち上がった。

「あんたは当たりがつきかけていると言ったはずじゃ」吐き出すように言った。「最後の部分については、あんたはまさに正鵠《せいこく》を射ておる。かぼちゃ頭諸君、これが不可能状況の説明じゃ――ただしその一部だがな。わかってきたか？

今朝ジョンが絶望に駆られ、この部屋で自殺を試みた理由がわかっておるか？　何が生きる意志をくじいた？　思い返してみるんじゃ。マスターズが話してくれたが、あのときジョンはここにいるうちの数人と一緒に食堂にいた。窓際へ行き、何を見た？　さあ話してみろ！」

再び記憶がよみがえった。

「ジョンは見たんです」ベネットには自分の声と思えなかった。「自分の足跡をポッター警部が詳しく調べているのを。というのもレインジャーが……」

「レインジャーがあの説を披露したからじゃな。ふむ。で、ジョンはマスターズに、ポッターが何をしているのか尋ねた。するとマスターズは、そのことにどんな効果があるかもわからずに不吉な薄笑いを浮かべて『雪の上のあなたの足跡を測っているだけです』と答えた。それがどうしてジョンの気力を奪ったんじゃ？　レインジャーが得意げに披露した凝った説のせいではない。朝早く死体を運んだことを警察に見抜かれたと考えたからだ！　さあ、どうじゃ？小細工をしたインチキな足跡だといった戯言《たわごと》に出番はない。それが諸君の頭をずっと悩ませていたらしいがな。大柄で屈強な男が死体をかついで別館へ運んだが、雪が浅くて二人分の重さだとわかるほど深い跡はつかなかったというだけの話じゃ。レインジャーは一つだけ正しいことを言っておる。雪がもっと深かったら、ばれずにやりおおせはしなかっただろう、とな。うんと深くめり込んだ足跡になるから、確かにそうだ。実際は、雪はうっすら積もっていただけだった……ポッターが指摘した通り、足跡がくっきりと残っていたわけが、そして爪先のあたりが引きずられたようになっていたわけが諸君にもわかったのではないかな？」

H・Mは木に彫ったような無表情を脱し、その声は静かな部屋に力強く響き渡った。

「誰かがデカンタを割り、炉床でもグラスを二つ砕いたとわしは言った。覚えておるか？　争いがあったように見せるためにわざと壊したのだと言ったはずじゃ。なぜそんなことをしたのかと諸君はいぶかしく思っただろう。それはもちろん、テイトが別館で殺された証拠をこしらえるためじゃ。

では、ジョンが何をしたかを詳しく説明して進ぜる。最初に言っておくが、ジョンはあの女を殺してはいない。この部屋に入ってきて、死んでいるテイトを発見したのだ。これからの話で、諸君は誰が殺したのかを示す動かぬ証拠を見つけることになる。さあ、始めるぞ。

マーシャ・テイトは明かりを消して別館を出た。そしてこの部屋に来た。ジョンは不在だが、犬が怖くて別館に戻る気にはなれなかった。ところで、この話にわしは黒い雲を一つ残しておくつもりじゃ。その雲は、この部屋でマーシャの頭をぶち割った犯人を隠しておる。犯人は死体を放置する――あのベッドの上かもしれん」H・Mが指さした。「あるいはほかのどこかかもしれん。黒い雲は話の終わりまで、ジョン・ブーンがその中に入ってくるまで、そのままにしておくぞ。

ジョンはロンドンから車で戻った。カニフェストを殺したと思い込んでいて、自分が助かる唯一の道は屋敷へ帰り着いた時間をごまかすことだと考えをめぐらせている。ロンドンでカニフェストを殺した時刻に屋敷に着いたと証明できれば、つまり、カニフェストが死んだ時刻にジョンはこの屋敷にいたと誰かに証言してもらってアリバイが成立すれば、自分は助かる、と。単純な話だな？　さあ、何とかしてアリバイを作らねばならん。ロンドンから猛スピードで屋敷に向かう間、その考えは頭の中でじりじりと燃え続けている。アリバイだ、アリバイを作るんだ！　そうして、半狂乱になった、神経質で考えがころころ変わる優柔不断な男は——屋敷へ戻り、ここまで上がってきた。なんと、自分の部屋でマーシャ・テイトが死んでいる！

さて、これでも今朝のジョンの行動が不思議だと思うか？　やつは二人の絞首刑執行人の間にすっぽりはまってしまったんじゃ。今さら偽のアリバイを申し立て、自分はここにいたのだからカニフェストと一緒にいられたはずがないと言えば、自分の部屋で女が死んでいることの釈明をしなければならない。帰宅した時間を正直に認めれば、カニフェスト殺しで吊るされる。どっちを向いても麻の絞首索がぶら下がっているというわけじゃ。ジョンは誰がマーシャを殺したのかわからない。そもそもマーシャがどうして自分の部屋にいるのだろう。わからないことばかり。わかっているのはたった一つ、自分がとてつもない苦境に陥っていて、逃げ道を見つけないとどっちかの罪で吊るされてしまうということだった。

例えば、彼女の部屋へ運んで、そこで殺されたように見せかけられないか？　そうすれば、帰宅時間を偽って申し立てても安全だし、誰かが口裏を合わせてくれるかもしれない。ところで、マーシャはどこで寝ることになっていた？　そうか、別館だ。本当に別館をあてがわれたのか突き止めたいが、みんな寝ていて教えてもらえない。そこでジョンは別のことを思い出す。今朝遠乗りの約束をしていた、とな。

　肝心なのは事情を把握することだ。ここで、レインジャーの説のわずかばかりの真実が関わってくる。ジョンは乗馬服に着替え、マーシャが別館で寝たとすれば（彼はそう信じていた）、朝早く自分が『発見する』いい口実となるように図る。執事を起こし、マーシャが別館で寝ていること、七時に馬を用意するよう言いつかっていることを聞き出す。よし、いい具合だ！　ここからは薄氷を踏む行動になる。厩舎からは別館が見える、入口のドアさえ見えるのだ！　あたりが明るくなるまでぐずぐずしていたら、誰かが遠乗りの馬を引き出す際に、死体を運ぶ自分の姿を目撃してしまうかもしれない……一方、もし自分がその数分前にマーシャを別館へ運び、寝室に横たえて入口に戻り、厩舎に誰か来るまで待って、そのとき初めて別館に入る振りをしてその人間に声をかけ、おもむろに彼女を『発見する』、そんな風に事が運べば——自分は助かる」

　H・Mは指をぐいと突き出した。「マッチの燃えさしの意味がこれでわからんか？　ジョンがマーシャを別館の床に横たえたのは、図らずもジム・ベネットが現れる数分前だった。あの足跡は本当に数分前についたばかりだった。あたりは明るくなりかけていたが、すっかり明るかったわけではない（わしは甥にその点を注意深く尋ねておる）。ブーンはそこが殺人現場だと見せかける舞台作りのために、部屋をはっきり見る必要があった！　これでわかったな？

部屋の明かりを点けるわけにはいかん。大きな窓が厩舎のほうをまともに向いていて、もう厩舎の人間が起きている頃合いじゃ。仮に、ブーンが入ったと主張している時間の数分前に、突然不可解にもあの部屋に明かりが点いたら――誰かがそれを見て、なぜだろうと思うかもしれん」

「ちょっと待ってください！」ベネットは言った。「あの窓にはブラインドが――ベネチアンブラインドがありました。ブラインドを下ろせばそれでよかったんじゃありませんか？」

H・Mはベネットに向かって目を瞬《しばた》く。

「お前、頭をどっかに置き忘れてきたか？　そうすれば明かりが漏れないとでも言うのか？　今日の午後ウィラードが客間の明かりを点けたとき、ベネチアンブラインドの隙間から光が漏れるのをお前とわしとで見たのをお忘れか？――不思議なことだが、そういった質問に対する答えは全部、わしらの目の前で何度も示されてきた。わしらが前に進むのを助けるようにな。話の腰を折るのはやめろ、いいな？　興が乗ってきたところなんじゃ……

ジョンは次から次へマッチを擦りながら、いろんなものをひっくり返し、グラスを砕き、毛皮のコートを脱がせ、オーバーシューズをクロゼットにしまった――ちなみに、そいつはわしが探し出した。だが、凶器になりそうなものはなかった。仕方なく火かき棒をそれらしく見えるようにしたが、わしには凶器でないとすぐにわかった。血も髪の毛もついとらんのでは話にならん。ジョンはとんちんかんな作業を二分ほど続け、床にマーシャを横たえた。別館の入口に戻ると向こうに馬丁の姿が見えたので声をかけ、何気ない足取りで再び別館に入り、大げさな叫び声を上げた。それがブーンらしくない行動だったから、わしが疑いを持つきっかけになったんじゃ。ジョンは入口のドアに駆け戻り、やって来たジム・ベネットに出くわす……ところで、わしが聞いた話では、そのときジョンの手には血がついていた。変だと思わなかったか？——あの女は何時間も前に殺された。血がべとついているのはおかしな話だ。それは、ジョンが殺したということではない。遺体を引っ張ったり、手荒くいじったりしたせいだ。遺体を調べただけならそんなことにはならん。固まっていた血糊が破れ、いくらか血が流れたんだろうな。心臓は動いていないから、鮮血ではなかったが——」

誰かが叫び声を上げる。H・Mは鞭を持って獣に対峙するように一同を見た。

「こうしてジョンは準備を終えた」重々しく続ける。「抜け目ないつもりだったが、一つ手抜かりがあった。雪のことじゃ。ジム・ベネットに雪のことを指摘されるとジョンはうろたえ、こんなことを話していたって意味がないと撥ねつけたそうだが、諸君はそれを意外だと思うか？　ウィラードに、テイトが別館で殺されたのは昨夜そこで密会があったからではないかとほのめかされたとき、それを笑い飛ばす余裕があった理由に見当がつくか？　大きな窓のブラインドも下ろさず密会とは笑止！　というわけじゃ——下宿住まいをしたことがある者ならすぐ思いつくんじゃないか？　まあ、それはどうでもよい。ジョンはうまく隠しおおせたと考えた。これで誰に対しても、実際よりずっと早い時間に帰宅したと言うことができる。カニフェストが殴り倒された時間より前に帰ってきたんだから、カニフェストを殺していないと言える……」

そのときモーリス・ブーンが笑い出した。肩を震わせながら、毒のある細い笑い声だった。

「お見事、ヘンリ卿。しかし私は思うのですが――実際、そう思わずにはいられないのですが――まさにその点であなたの説は崩れ始めていますな。すこぶる興味深い！　あなたはジョンの一点の染みもない潔白を主張なさる。弟がさまざまな工作をしたのも、ただ一つの目的のためだったとおっしゃる。その目的は二つの部分に分けられます。一つ目、こちらについては私も喜んでお説は正しいと認めましょう。自分の部屋で死体が発見され、自分に疑いがかかるのを防ぐためにマーシャを運んだことですが。しかし二つ目の部分は――実際に帰宅した時間を偽ること――あなたの主張を根こそぎ崩してしまいます。ジョンは帰宅した時間を偽りはしませんでした。実際あなたがなさったのは、哀れな弟を殺人者に仕立てる、流麗かつ反論の余地がない主張を打ち立てたことです。ジョンは三時過ぎに帰ってきました。医師の証言によると、その数分後にマーシャは殺されたのです。いかがです？」

「その通り」H・Mが言った。「だからこそジョンは殺人を犯していないと、わしは完璧に確信したんじゃ」

「なんですと？」モーリスは怒りを抑えながら言った。「冗談をおっしゃるのにふさわしい時とは思えませんが……」

「冗談など言っておらん。少し考えてみるんじゃな。ここに一人の男がいて、自分はカニフェストを殺していないと示し、なおかつテイトも殺していないと示す、二重の目的を持っている。これはいいな？　男は一方の目的を自分が実際より早い時間に帰宅したとすることでかなえ、もう一方は遺体を移動させてかなえようとする。ふむ、これもよろしい。彼がテイトを殺したのなら、死亡時刻を知っているはずだ。これは無理のない推測じゃな。ならばなぜ、自分が帰宅した時間を言う際に、テイトが殺された時刻にうんと近づけるのか？――なぜわざわざ死亡時刻よりほんの少し早い時間にするのか？　これは嫌疑をあえて自分に引き寄せるに等しい、信じられんほど間抜けなやり方じゃ。ましてや、ロンドンから車を飛ばしてきたあとで、二十分や三十分の違いは問題にならんというのに！　どうしてジョンは三時頃などと言ったのか？なぜもっと遅くして、両方の殺人に対してアリバイを作らなかったのか？――あんたはすぐにこう答えるじゃろう、『車を乗り入れる音をトムスンが聞いていたので、その点について嘘はつけなかった』とな。だが、その反論は通用せん。トムスンが歯痛で寝つけなかったために偶然ジョンの証言を裏づけることになったと知るずっと前に、ジョンは帰宅時刻を公言しておった。あれは誰にも予想できない偶然だった。だからジョンは自分からその時刻を言い出したことになる。それはなぜかと言うとじゃな……諸君に電報を読んで聞かせよう」

「電報ですと？　どんな？」

「カニフェストからだ。晩餐前に届いた。すこぶる興味深い内容でな」H・Mは内ポケットから折り畳んだ紙を取り出した。「実はな、わしはジョン・ブーンが昨夜何時にカニフェスト宅を訪問したのか問い合わせておって、その返電というわけじゃ」

グローブ＝ジャーナル紙朝刊を印刷に回した直後、午前二時四十五分に帰宅。照会のあった人物が通用口にいるのに気づき私室へ通す。貴殿もご承知の心臓発作のため、かの人物が何時に立ち去ったかは不明。ただし、三時半以前でないことは確実。

H・Mは紙片をテーブルに放り出す。

「ジョンが三時と言ったのは」吐き出すように言葉を継ぐ。「その時間に帰宅したことにすれば安全だと考えたからだ。実際に帰ったのは、その一時間か二時間後だった……」

「でも、誰かがここへ来ました！」ウィラードが叫ぶ。「誰かが三時十分頃に車を乗り入れたんです！　あれは誰です？」

「殺人犯じゃよ。そいつはこの世のありとあらゆる幸運に恵まれて行動した。これまでずっと、自然や運命や狂気じみた行き違いが作り出せる限りの偶然に守られてきた。そうして我々を虚《こ》仮《け》にしてきたんじゃ――そいつを逃がすな、マスターズ！」

その声が部屋にとどろき渡ると、何者かが廊下との境のドアを勢いよく開けた。と同時に階段へ通じるドアが開き、ポッター警部が飛び込んできた。間を置かず、廊下への戸口にマスターズが立ちはだかる。マスターズは静かに、しかし有無を言わさぬ凄みを利かせて、型通りの文句を口にした。

「ハーバート・ティモンズ・エメリー、マーシャ・テイト及びカール・レインジャー殺害容疑で逮捕する。警告するが、これから君が述べるいかなることも――」

砂色の髪の痩せた男はほんの一瞬目をみはったが、自分の肩に下ろされかけた手をかいくぐり、ポッターの脚めがけて椅子を突き飛ばし、再び身を屈め、何か叫びながら階段に続くドアへと身を躍らせた。ポッターは男の上着の端をつかみ、次に片足をつかもうとした。だが足をすくうべきではなかった。暗闇から絶叫が、そして床に落ちる音が聞こえた。部屋が静まり返ると、真っ青な顔のポッターが踊り場で身を震わせながら起き上がった。その目は暗闇の底を見下ろしていた。

20　ホワイトホールの六月

ドアには「ヘンリ・メリヴェール卿」と記された小さくて質素な表札が掛かっていた。その上に白ペンキの殴り書きで、「取り込み中!!! 入室厳禁!!! 回れ右!!!」とよろめくような文字が並んでいる。下にはさらに乱暴な字で「オマエのことだ!」と書き加えてあった。老朽化し、ウサギ穴のように入り組んだホワイトホールの最上階では、古い廊下がかび臭さと湿気を放っていた。階段横の歪んだガラス窓越しに目をやると、薫風にそよぐ木々の緑が見える。

キャサリンはドアを見てためらった。

「こう書いてあるけど——!」

「馬鹿馬鹿しい」ベネットはドアを押し開けた。

窓が二つとも開いていて、六月のけだるい空気が入り込んでいた。薄暗い室内には古い木や紙の匂いが漂い、窓下の河岸通り《エンバンクメント》を往来する車の音が聞こえている。電話のコードが絡まったH・Mの大きな足が、デスクの上に投げ出されていた。大きな禿げ頭が前に傾《かし》ぎ、眼鏡がずり落ちそうになっている。まぶたは閉じられていた。

ベネットはドアの内側をノックした。「お邪魔して申し訳ありません」その声に、口笛を吹くようないびきの音が重なる。「ですが、どうしても——」

H・Mが片目を開け、電気ショックを受けたように突然勢いづく。「出ていけ！　失せろ！　わしの邪魔をするな！　アコーディオン弾きの件なら、昨日報告書を送った。Gのキーとロブレットの死との関係を知りたければ、それを読むんじゃな。わしは忙しいんじゃ！　わしは――おい、誰だ、そこにいるのは？」少し身を起こし、恐ろしいしかめ面を作った。「ああ、お前たちか。わしとしたことが迂闊だったわい。わしが喫緊の案件に取り組んでいるときに限って、お前みたいなやつが邪魔しに来ることくらい、わかって然るべきだった。何をにやにやしておる？　いまいましいやつじゃ。これは本当に重大な案件なんじゃ！　ダーダネルス海峡に関わることなんだが、肝心なところをど忘れしてしまった。とにかく、世界平和がかかっておる」鼻を鳴らし二人に仏頂面を向ける。「ふむ。どうやら幸せそうだな。それはいかん……」

「幸せそうだ？」ベネットはにこにこしながら叫んだ。「伯父さん、聞いてください――」

「しいっ！」とキャサリン。「落ち着きなさいな。ほら！」

H・Mは渋い顔のまま二人を交互に見た。「お前たちのせいで本当に部屋が明るくなった気がする。わしには迷惑な話だがな。まあ、とにかくこっちへ来るといい。察するに、お前たち、結婚するつもりだな？　はは！　まあそうなってからのお楽しみじゃな。その暁には思い知るだろうて。はは！」

「まさか、伯父さん。僕たちが一か月前の今日、結婚したのを覚えていないとおっしゃるんじゃないでしょうね。花嫁を花婿に引き渡す父親役をやってくださったのをお忘れですか？　となると、ケイトが優しいモーリス伯父さんに屋敷から追い出されたあと、あなたのお嬢さんのお宅にご厄介になっていたこともお忘れでしょうね」

「モーリスか」うなるように言ったH・Mの目が輝く。「うん、思い出した。ホッホッ。せっかく来たんだから腰を下ろして一杯やるがいい。ところで、あのときは定めし二人とも腰を抜かすほどびっくりしたろうな。お前たちは〈白い僧院〉のけったいな事件の犯人はモーリス・ブーンだと思っていたはずだからな。で、パリはどうじゃった？」

二人はデスクの反対側に腰を下ろした。ベネットはためらってから口を開いた。

「そのけったいな事件のお話を聞かせていただければと思って伺ったんです。つまり……その、僕たちは数日後にニューヨーク行きの船に乗るので、事件の全貌を理解した上で土産話にしたいんです。エメリー逮捕のどさくさで、詳しいことは聞けずじまいでした。エメリーが階段から落ちて——身を投げて、と言うべきかもしれませんが——二日後に病院で亡くなったことは知っていますが……」

H・Mは開いた指をじっと見ていた。

「ふむ。あの男がそんな終わり方をしてくれるのをわしは望んでおった。エメリーはそんなに悪いやつではなかった。実際、わしは見逃す気になっていたかもしれん。わしがあの男の処遇にいささか迷っていると、あの男は、勘づかれたというだけの理由でレインジャーを殺してしまった。あれは汚いやり口だった。何から何まで汚かった。一時の激情に駆られてマーシャ・テイトを殺したことは、あまり責める気になれなかった。エメリーがその件で絞首刑になるのは見たくなかったほどじゃ。だが、もう一つの殺人となると悪臭芬々《ふんぷん》だった……」

「それはそうと、どうやら誰もが知っているみたいですが、エメリーはあの派手な車のラジエーターキャップについていた、銀メッキをした重い鉄の像でマーシャを殴って殺したんですね。つまり、僕が最初にあの車を見たときについていたラジエーターキャップが凶器なんですね。*次の日エメリーが〈白い僧院〉に車を乗り入れたとき、ラジエーターキャップはブロンズ製のコウノトリに替わっていました。あのとき気づいてはいたんですが、あまり印象に残りませんでした。誰もが狐につままれたような心持ちなのは、あなたがどうやって見抜いたのか、そもそもなぜエメリーに目をつけたか、わからないからなんです――」

「それから」キャサリンが言葉を挟む。「ずっとエメリーのことを疑っていらしたのに、なぜわたしたちにマーシャ殺害未遂の場面を再現させたのか、ということもです」

H・Mは目をぱちくりさせた。その無表情な目は、生き生きと輝いている若い二人の姿を余すところなく収めていた。どのみち二人は、死んだ人間のエピソードに大きな関心があるわけではないのだ。

「そうか、お前たちにはまだわかっとらんのだな、ん？　わしはあの男を罠にかけるしかなかった。やつが犯人だと証明する手立てがほかになかったんじゃ。こんなことを話すのは気が進まんのだがな。おかしなもんじゃ。待てよ、確かエメリーの供述書があった。死ぬ前に供述したものでな。デスクのどこかにあるはずじゃ」

H・Mはぜいぜい言って身を屈め、ぼやきながら引き出しをかき回し始めた。やがて青い表

*原註　この点に疑問を感じた読者は、三四頁と二一六頁を参照されよ。

紙で綴じた紙の束を取り出し、手でタバコの灰を払うと、重さを確かめるように片手に載せた。「人間の悲劇じゃな。あれは本当に一個の人間の悲劇だった。こうやって書類番号○番△番となり、紙に『私はこれこれをして、かくかく次第で苦しみました』と形式的にタイプ打ちされた文章が何行も続くだけになっておると、苦しんだ人間がいたとは誰にも信じられないんだがな。このデスクにはそういった書類が山と積まれておる。エメリーは本当に苦しんだ。地獄の苦しみをな。あの男の顔が夢に出てきて二晩うなされたよ。わしは悪人相手の狩りも、チェスのような頭脳戦も嫌いではない。しかし、自分もそうなっていたかもしれないと考えると、そんな人間が絞首台へ向かって三分間とぼとぼ歩くのを見たいとは思わん。だから、これはお前に聞かせる、最初で最後の死刑反対論というわけじゃ。エメリーのつまずきの元は、皮一枚の美しさしかない、テイトというヒルのような女を愛しすぎたことだった」

H・Mは青い表紙の束をしばらく見つめ、やがてそれを押しのけた。

「で、お前たちが聞きたいと言っていたのは何だったたっけな？　最近いささかぼうっとしていかん。ことにまた暑い季節が巡ってきたんでな。

ああ、そうじゃった。では、わしの視点で話してやろう。わしは初めあの男を疑っていなかった。屋敷に着いたとき、テイトを殺さなかった者を教えろと言われたら、わしが選ぶ二、三人のうちに入っていたはずで、全く疑っていなかった。ほれ、毒入りチョコレートの話があったな——箱を送ったものの、あの男に殺す意図など毛頭ないことはわかっておった。あの男が白状した通り、そしてわしが睨んだ通り、宣伝係としての凝った芝居だった。あれで惑わされた。わしはあの男を、神経質で落ち着きのないタイプと踏んだ。あの手の男が犯罪を犯すと、洗いざらいぶちまけて心の重荷を下ろさずにはおれん。その点で、わしの考えは間違ってはいなかった。何らかの形でぼろを出すだろうと思っていたが、案の定だったな。あの女を殺すつもりはなかった（あの男はそう言ったし、わしもそう信じる）、あの晩〈白い僧院〉に向かって車を飛ばしているときもな、しかし——この話はもうちょいあとじゃ。

ともあれ、腰を据えて考えているうち、二、三気がかりなことが浮かんだ。

わしは、テイトが屋敷へ忍んでいってジョンの部屋に入ったと推察したことをお前たちに話したな？　ふむ。そのとき、テイトが階段からジョンの部屋へ入ってそこに居続けたなら、一つ予防策を講じただろう、と言ったはずじゃ。うん、そうだった。それはどんなことだったか考えてみろとも言った。まあ、これについては証拠がない。証拠のかけらさえ残っておらん。しかし、あんな風に行動したと結論づけた以上、わしの考えをあの女の心理にも当てはめる必要があった。いいか、テイトが一人であの部屋にいるとする。ジョンはまだ帰っていない。誰かが部屋に入ってきて自分を見つける事態は避けたい。さあ、どうする？」

「内側からドアに鍵を掛けます。その、廊下に面したほうのドアですけど」少し間を置いてキャサリンが言った。「わたしならそうしたと思います」

「そうだ。それがわしを悩ませた。テイトはきっとノックに応えず、声も出さず、廊下側から誰が入ろうとしても決して入れなかっただろう。さて、内側から鍵を掛けたとすると、廊下側から入室を試みる者は誰でも自動的に容疑者から外さねばならん。大鉈《なた》を振るうような推理で、わしもそこまで踏み込む勇気が持てなかった。この推理は、ジョンがテイトを殺したという説に後戻りすることにもなる。なぜなら、秘密の階段を上ってくるという要件を満たすのはジョンだけだと思われたからだ。彼ならすべての事実が当てはまった。だが、そうはいかん、わしはジョンが犯人だと認める気はさらさらなかったんじゃ！

それにはいくつか理由があった。わしが自説のあらましを聞かせたときの、やや弱い理由は別にしてもじゃ。第一に、殺人を犯したと思い込み良心の呵責に苛まれながら屋敷へ車を飛ばしている男、逮捕を逃れようと途方もない策をあれこれ必死に考え、犯した罪の恐ろしさにおののき、捕まりはしないかとぶるぶる震えている男――そういう神経が参りかけた男に、あんなむごい殺し方ができるだろうか？

わしはまずそれが疑わしいと思った。疑いを裏づける別の要因もあった。ジョンが帰宅したことになっていた時刻の直後に殺人がなされたことじゃ。わしの言う意味がわかるか？　ジョンは殺意につながるような怒りをテイトに抱いてはいなかった。むしろテイトのほうが自分に怒りをたぎらせていると考え、びくびくしていたろう。ところで、車が敷地内の車道に入る音がしたのは三時十分。殺人は三時十五分に起こった。ジョンが帰宅してすぐ自室に駆け上がり、何の前触れも、さしたる理由すらなくテイトを殺したと考えることに筋が通るか？

ましてやジョンは自分の部屋に彼女がいるとは夢にも思っていないんだからな。ろくに口を利く暇さえなかったはずだ。その行動のどこに、ジョン・ブーンらしいと思えるところがある？　ジョンはカニフェストを殺したことをくよくよ思い悩んでいるんだぞ？」

「待ってください」ベネットが口を挟む。「マーシャが結婚していることを知らなかったとしたらどうです？　その事実をエメリーから聞かされたカニフェストが、今度はジョンに伝えたとすればどうでしょう？　ジョンが帰宅したとき、殺人につながるような怒りに燃えていたということになりませんか？」

Ｈ・Ｍは眼鏡の上にかざしていた手を下ろした。

「そこじゃ！　お前が指摘したそのことが、わしにも強く訴えかけてきた。ただし問題は、なぜジョンが怒るのか、なんじゃ。ジョンはあの女の情夫《いろ》だった。二人の間に結婚話が持ち上がったことはなかった。ただの一度もな。ジョンはその状態を受け入れていただけじゃない、おめでたいカニフェストをテイトが結婚話を餌に釣り上げるのを後押ししていた。もしジョンがその計画に反対で、テイトが結婚していることも知らなかったら、どちらの場合でも『おい、カニフェストのことは本気じゃないだろうな？』とひと言あったはずだ。ジョンが単に夫という立場に嫉妬したのだとすれば、裏方に甘んじている目立たない人物よりも、カニフェストのような金も地位もある男に対してずっと激しい嫉妬を抱くだろう。テイトの夫になりたいという野心はなく、優先株でいつづければ満足だったのに、たかが夫の存在がわかったからといって、なぜ凶暴な怒りに駆られる？——そしてわしは考えた。『凶暴な怒りじゃと？　これは自分の愛人に夫がいるとわかった情夫の怒りには見えんぞ。その可能性は極めて薄い。むしろ、自分の妻に本当の愛人がいるのを突然知った夫が怒り狂ったと考えるほうがぴったり合うんじゃないか？』となか？」

「エメリーは本当に知らなかったとおっしゃるのですか――？」

「ちょいと待つんじゃ。今は証拠を検討しておる段階だ。で、わしは今言った考えに至った。腰を据えて考えていると、もう一つ気に食わん問題に出くわした。血まみれの手で廊下をうろつき、ルイーズ・カルーにぶつかった人物は何者なのか？　二人はどうして廊下で鉢合わせしたのか？　ルイーズという娘は、飲みすぎた睡眠薬の逆効果で眠れなくなり、乗馬鞭をポケットに入れ、テイトの顔をめちゃめちゃにするために別館へ行こうとしていたことがわかっておる（睡眠薬のせいで頭がぼうっとしていたのはわかるな。何しろスリッパ履きで雪の中に出ようとしていたんだから）――別館へ行きかけた矢先に廊下でぶっ倒れたわけじゃ。さて、殺人犯はどうしてルイーズにぶつかったのか？　殺人犯は言い逃れできない証拠を手につけている。隅っこに引っ込んでルイーズをかわすこともできたし、実際そうしていただろう――自分がどこを歩いているかわかっていたらな。言い換えれば、殺人犯は屋敷の勝手を知らなかったから、手を洗う場所を探して暗い廊下をうろうろしていた。

　これは証拠にはならんが、わしはふと証拠になるかもしれんあることを思い出した。関係者の中でエメリーだけが、テイトが別館で殺されたことを信じようとしなかったことじゃ。覚えておるか？　レインジャーは電話でエメリーに『別館でだ、別館だと何度言ったらわかる』とがなり立てた。そのときもエメリーは、レインジャーが酔っ払ってそう言っているだけだと考えていた。我々と話をしたとき、まだでたらめだと言っておったくらいじゃ！――わしはあとになって思った。真犯人がうっかり漏らして言質《げんち》を取られるのをこれまでに何度も耳にしたが、あれは飛び抜けてあからさまだったとな。

で、わしは考えた。『さてと！　今わしの手許には何がある？　暗示に富む多くの手がかりがあるし、手がかりらしく思えるものもある。さらに、廊下へのドアには鍵が掛かっていて、殺人犯はもう一方のドアから入ったという推論もある。しかしそれはブーンではない。理詰めで考えた犯人は、屋敷内の勝手がわからず、外部から来た人間で、車を持っている。さて、生身の人間で、これらの要件を備えている上に、あの女が別館で殺されたと聞いても納得しない者がいるぞ』

これに対する反論にどんなものがあるか？　真っ先に思いつく反論は、この説全体を法廷では見向きもされないものにするほど強力に思えた。つまり、真夜中に見も知らぬ屋敷に車を飛ばしたエメリーは、どうやってあの女がいる部屋を迷うことなく突き止めたのか――ましてや彼女は最初からその部屋にいたのではなく、成り行きでそうなったのにじゃ。

少しの間、これには頭を抱えた。やがて思いついた。一見解決不能に思えるこの難問自体が、事件全体の謎を解く答えなのかもしれん、ということに！　あくまでも、かもしれんにとどまるがな。あのときテイトは別館に戻る気になれず、二階の部屋でブーンを待っていた。だが、帰ってきたら別館に来るよう伝えてあったから、ジョンはきっとその通りにする。それはまずい。別館にテイトがいないと言ってジョンが騒ぎ立てでもしたら……結果は推して知るべしじゃ。お前たちが彼女の立場なら、どうする？」

長い沈黙のあと、キャサリンが言った。

「窓際で待っていて、車が入ってくる音が聞こえたら階段を下りてポーチのドアまで行き、あなたの部屋にいると声をかけ……」

キャサリンは不意に口をつぐんだ。

「ふむ」H・Mは暗い顔でうなずく。「気づいたようじゃな。あの車寄せの屋根は車道をすっかり隠していて、部屋からは、厩舎へ続く端っこがかろうじて見えるだけじゃ。わしは自分の目で確かめた。〈チャールズ王の部屋〉から車道はほんの少ししか見えん――そうじゃな？さて、折しも車が来るのを待っていたあんたは車の音を耳にする。夜中の三時にこんなうら寂しい場所に乗り入れる車が、あんたの待っている車以外にあるとはまさかに考えん。そうじゃ。あんたは肌もあらわなネグリジェ姿で、窓から身を乗り出すか、階段下のドアまで行ってさやくかして、てっきりジョン・ブーンだと思い込んでいる相手に、あたしは別館じゃなくてあなたの部屋にいるわ、と伝えてしまうんじゃ。聞くがいい！」

H・Mは青い表紙の束をさっと開いた。

ここに俺は、マーシャを殺す気は毛頭なかったと誓う。神様の御前《みまえ》に出たときも同じことを誓うつもりだ。俺はカールが言ったことを本気にしていなかった。それでも屋敷へ行って自分の目で確かめようと考えた。そうしないことには頭がおかしくなりそうだったんだ。これから話す成り行きで、あんな結果になってしまったが。毒入りチョコレートを食らって入院していると、カールが見舞いに来て言った。「やっぱりカニフェストがやつらの後援者だった。お前にほんの少しでもガッツがあるんなら、あいつのところへ行って、お前がマーシャと結婚していることをぶちまけたらどうだ？　意気地のないやつだな、ここまで馬鹿にされて平気なのか？　一度くらい男らしく行動してみろ。ブーンはな……」そして前にした話を繰り返したが、俺は信じなかった。誓ってそんなことはないとマーシャが言ったからだ。あれが初めてじゃなかったが、そんな話が出るたびにマーシャはそう誓った。スターのキャリアを積む邪魔をしないでいてくれたら俺以外の男には目もくれないと言っていたんだよ。

カールは言った。「あいつがなぜマーシャを田舎の屋敷に連れていこうとしているかわかるか？　信じないなら、行って確かめるしかないな」そしてカールは、夜遅くに行って不意打ちしろ、と言った。彼女は裏手の大理石の建物にいるはずだから、敷地内を歩いていけ、二人が見つかるさ、二人だけでいるのがな……

そう聞いて俺は落ち着かなくなった。居ても立ってもいられなくなったんだ。俺の車はあちこち調子が悪かった。ファンベルトが緩んでいたし、エンジンがすぐ熱くなった。ラジエーターが液漏れか何かを起こして……

「お前たちは気づいていたか？」Ｈ・Ｍが素早く顔を上げた。「次の日、我々が車道に停めてあるあの車を見たとき、ボンネットから湯気が出ていたことに」

……俺は車道に乗り入れた。後ろにタイヤの跡がつかないことに気づいた。車道に覆いかぶさるように枝が交叉していて、雪がほとんど積もっていなかったからだ。車寄せの屋根の下に停め、車の中で大理石の建物はどこだろうと考えていると、エンジンからまた蒸気が上がっているのが見えた。俺は雪を詰めてエンジンを冷やそうと思った。車の外に出て、ラジエーターキャップについている重くてでかい銀メッキの金具を外した。すごく熱くなっていたが、運転用の手袋をはめていたから平気だった。あたりは真っ暗で、不意に背後のポーチから誰かがささやきかけてきた……

「ここはちょいと想像力を働かせなければならんぞ」H・Mがぶっきらぼうに言った。

マーシャはこっちが誰か気づいていなかった。俺はうつむいたままでいた。どこへ行くのかわからなかったが、俺はついていった。マーシャは先に立って階段を上がった。暗がりでマーシャはしゃべり続けていた。上り切って寝室へ入ったとき、マーシャは振り返り、後ろにいるのが誰かを知ったんだ。

自分が何をしているのかわからないまま、俺は彼女を殴った。手にしていた金具で何度も殴った。何度殴ったのかわからない。

自分が何をしたのかよく覚えていない。マーシャがすっかり静かになり身動きしなくなって、俺はとんでもないことをしでかしたと気づいた。息を吹き返させようとしたり呼びかけたりしたが、ぴくりともしなかった。様子を確かめるために手袋を脱いだ。血で真っ赤な両手を見て、ああ、殺しちまったんだと思った。

それからどうしたのか、はっきりしない。手を洗わなければと考える分別はあった。ロンドンに戻って、警官に車を止められて免許証を見せろとか言われたとき、体に血がついていたらまずいと思ったんだ。部屋を出て洗面所を探したが、真っ暗で見つからなかった。そのうち誰かにぶつかり、怖くなった。

それはだいぶ時間が経ってからのことだと思う。マーシャを何度も殴ったあと、俺は床に坐り込んで、しばらく小声で話しかけていたからだ。暗がりで誰かとぶつかってすっかり怖じ気づいた俺は部屋に引き返した。手袋とラジエーターキャップをポケットに突っ込むだけの頭はあった。俺は車に戻ることに決め、階段を下りてポーチに出た。でも、エンジン音が聞こえたら屋敷の連中が外に出てくるかもしれない、さっきぶつかった女が騒ぎ立てる、と思った。幸い車道は公道へ向かって緩い下りになっていたので、ギアを入れずに車を押してやるだけで、バックのまま公道まで動かせた……

「そういうわけで、車が入ってきた音は聞こえたのに、出ていく音は聞こえなかった。それでトムスンはますます、ジョン・ブーンが帰ってきたという思い込みを募らせた。実際にジョンが帰ってきたのは——お前たちはもう知っておるが——五時になってからで、その頃トムスンは眠りに落ちていた。覚えておるかもしれんが、わしはそれをトムスンに尋ねておる……

本筋に戻ろう。お前たちも気づいているだろうが、あの銀色のかけら、小さな三角片こそが事件全体の鍵であり、エメリーがマーシャを殴ったときにラジエーターキャップの飾りが一部壊れて落ちたものだ。それをジョンが見つけた。何かわからなかったが、実はジョンが手にしていたのは唯一の手がかりだったわけじゃ。テイトの遺体を別館へ運んだとき、これで我が身は安泰だとジョンは思った。ところがポッターが足跡を測っているのを見て心底怯え、そして――」

「叔父はもうすっかり元気です」キャサリンが静かに言った。

「ふむ。そのときでさえ、ジョンは自分がやったことを話そうとしなかった。その代わり、いかにも奴さんらしい、いささか風変わりで神経質なやり方だが、拳銃の引き金を引く前にあのかけらを手に握ったんじゃ。わかるか？　ロンドン警視庁《スコットランド・ヤード》の千里眼と言われる、かの偉大なマスターズ首席警部が目の前にいることを知り、マスターズなら煉瓦の壁を透かし見るようにそのかけらが何か、誰がそれを残していったのか見抜くことに望みを託したんじゃ。

　さてと！　モーリスが得意げに自説をうだうだと披露していたとき既に、わしはエメリーに疑惑を抱いていた。しかしどんな凶器を使ったのかわからずにいた。マスターズが金属片のことを話してくれなかったからじゃ。エメリーに不利な証拠が全くない以上、わしは言いがかりすらつけられん。せめてもの望みが、エメリーをできるだけ長くわしの目の届くところに置くことだという情けないありさまでな。エメリーはあのとき屋敷にいた――だが、レインジャーの友人という立場だから、モーリスのご機嫌を取っておかないと、たちまち追い出される。そうなれば、みすみす手の届かないところにやってしまう。何しろエメリーは、犯行があった現場にいなかったことになっているんだからな。検死審問の証人として引き止めておくこともできん！

できることと言えば、モーリスにそれとなく言い含めるくらいだった。『レインジャーとその友人をもてなしてやることだ。二人を引き止め、気持ち悪いくらい愛想よくしてやって、あんたがいざ爆弾を破裂させたときに二人がどんな行動に出るか見るといい』とな。モーリスはなかなか愉快な考えだと思ったらしい。わしとしてもモーリスの説を半ば信じている振りをするしかなかった。それに、レインジャーの酔いを醒まさせる危険も冒せなかった。なぜなら、レインジャーのアリバイが本物だとわかったら、レインジャーを絞首刑にする楽しみをふいにされたモーリスが、腹いせにレインジャーともどもエメリーを追い出してしまうのは目に見えておる。そうなる前に手がかりをつかむ必要があった。しかも早急にじゃ。密かに抱いているエメリーへの嫌疑を、正しいにせよ間違っているにせよ証明せねばならん。わしは必死に骨折りを続けた。嘘ではない。するとマスターズがひょっこり金属片の話を始めた」

H・Mは大きく息を吐いた。再びエメリーの供述書に手を伸ばす。

俺はラジエーターキャップから大きな部分が欠け落ちているのに気づいた。あるはずの場所も察しがついた。そして、マーシャが別館で殺されたとみんなが思い込んでいるのを知ると、あれが見つかって実際はあの変てこな部屋で殺されたことに気づかれるかどうかで自分の運命が決まると考えたんだ。

できることならあれを見つけたかったが、どうやればいいかわからなかった。すると変なじじいが来て、カールの面倒を見てくれと頼んできた。女みたいなほうのブーンに、俺を晩餐に招待する段取りをするからと言ってな。胡散臭いと思ったが、どう胡散臭いのかは見当がつかず、俺を疑ってはいないような口振りにだまされた。じじいにカールを酔っ払わせておけと言われたときは、どういうつもりかさっぱりわからなかったが、自分のしでかしたことがカールにばれたんじゃないかと心配だったから引き受けた。カールと電話で話したとき、ついぼろを出してしまったんだ。マーシャを別の場所へ運ぶなんて馬鹿げたことをしたやつがいるなんて、わかりっこない。カールはひどく酔っていたし、忘れているかもしれないと考えた。ずっと酔っ払っていてほしいと願ったよ。

でもそうはならなかった。暗くなり、あいつが酔いつぶれて正体をなくしていると思って、俺はこっそりあの部屋へ行ってラジエーターキャップのかけらを探そうとした。そしたら、カールのやつが跡をつけてきていたんだ。振り返って目が合うと、あいつは「ここで何をしてるんだ?」と言った。「何でもない」と答えると、あいつは「この嘘つき野郎、お前がマーシャを殺したんだな」とわめき始めた。俺はあいつの首をつかんで……あいつを階段から投げ落とした直後、俺は危うく捕まるところだった。投げ落とした音が聞こえたはずはなかった。ちょうど記者連中が屋敷から引き揚げるところで、そっちこっちで車のバックファイアの音がしていたからな。そのとき、太っちょじじいが部屋に入ってきた。マスターズというお巡りとジム・ベネット、そしてあのきれいな娘を引き連れて。俺は階段側のドアの後ろにへばりついていた。階段下のドアを出て屋敷に入り直すわけにはいかなかった。外にはお巡りや記者連中がうじゃうじゃいたからな。万事休すと観念したよ……

「あのとき」H・Mが不意にこぶしでテーブルを叩き、うなった。「わしにいくらかでも分別があったら、あの男をとっ捕まえていたものを！」

「捕まえていた、ですか。エメリーがドアの向こうにいることはわからなかったのでは――」

「いや、わかっておった。いよいよ話も大詰めじゃな。わしはあの椅子に坐り引き出しを開けた……そして、銀色のかけらが何に使われたのかを知った。わしは腰を据えて考えた――過熱して湯気が出ていたエンジンのことをな。その日の午後わしはあの男の車を見ていた――すると考えが動き始め、めまぐるしく形を変えながら、起こったかもしれない場景を頭の中に描いた。そのとき、あの男を見たんじゃ」

「見た？」

「ドアの鍵穴から覗く目をな。あの鍵穴の大きさに気づかなかったか？　わしはエメリーの目を見たことを当人に知られやしないかと冷や冷やした。あのとき、やつがすぐそこでレインジャーを殺した直後だということや、今なら被害者と犯人が一緒にいる現場を申し開きできない状態で押さえられると、わかる道理はなかった。わかっているのは、ドアの向こうに誰かいるということだけなんだからな。わしが『やあ！』と言ってドアを開ければ、あの男は進退きわまっただろうが、残念ながらそこまではわからなかった。ドアの向こうでうろうろしているのを見つけただけでは、エメリーの行動の疑わしさを示しはしても、いったい何の証拠になる？　何にもなりはせん！

しかし計略が閃いた。エメリーがその部屋に来たのは、わしが手にしておる金属のかけらを探すためだろう。そうかもしれんし、そうでないかもしれん。試す価値はある。とにかくわしは、かけらを慎重に持ち上げ、エメリーからよく見えるように掲げ、引き出しにしまうつもりだと示した。階段下のドアの外にはポッターや記者連中がいて、エメリーが出ていけないのもわかっていた。エメリーがドアから離れても、ドアの下には風が我が物顔に通り抜ける隙間があるから、わしの声は届くはずだということもな。

さて、わしは自分にはこの金属のかけらが何かわからないと声に出して言った。それを引き出しに戻し、明日ロンドンへ持っていって銀細工師に見せるつもりだとな。そのときこの老いぼれの頭に、三角形のかけらはエメリーを追い詰める証拠になりそうだと閃いた――そのためには、エメリーが潔く観念するように仕向けなければならん。あの男にすれば、誰のラジエーターキャップから欠け落ちたものかわからない、と白《しら》を切ることもできるからだ。しかし、エメリーが引き出しから銀色のかけらを盗み出すように仕向け、わしがやつを犯人として告発するとき身につけたままでいれば……どうやってしらばっくれることができる？」

キャサリンは坐ったまま背筋をぴんと伸ばした。

「じゃあ、あのお芝居は、わたしたち目当てではなかったんですね？　階段の上でのやり取りを再現する必要はなかったんですね？」

Ｈ・Ｍはにやりとした。「やっとお気づきじゃな。その通り。わしに必要だったのは、注意が一つのことに集中する場所に全員を押し込み、皆の注意がそれだけに向いていることをエメリーにことさら意識させた上で、やつをわしの計画に荷担させる振りをする口実だった。その計画に乗ってもらう必要があった。そうでないと計画は空振りに終わる。レインジャーの遺体が階段の下にあるのがわかれば、みんながそのことで騒ぎ始め、誰も自分に注意を向けない、エメリーはそう踏むだろうとわしは考えた。一度あのかけらを探し出そうとして叶わなかっただけに、安全だと確信が持てない限り再びやることはないだろうともな。わしはエメリーに隠し事をせず、やつが主導権を握ったまま事態が進んでいると思い込ませたわけじゃ……

ドアの向こうで立ち聞きしているエメリーに計画の一部を聞かせ、銀色のかけらは重視していないと思っている振りをした。そしてエメリーがわしの計画をある程度頭に叩き込んだ頃合いを見計らって、窓を開けてポッターに二階へ来いと怒鳴ったんじゃ——エメリーが安全に逃げられるようにな。

エメリーは階段を下り、ポーチのドアから外に出て、どこかから入り直して屋敷の二階へ上がった。その直後、使用人のベリル・シモンズがひょっこりやって来た……マスターズが部屋へ入ったとき、エメリーはひどい慌て振りだった！　あの男の表情に気がついたか？　どんな振る舞いをしたか覚えておるか？　お前とマスターズを行かせたのは、レインジャーではなくエメリーがあの部屋にいるか確かめさせるためだった。やつは誰かがドアをノックしたとかいう途方もない話をまくし立てたが、明らかに作り話だ。廊下が暗かったとも言ったが、実はマスターズとわしとで二階へ上がったとき、明かりを点けておいた。エメリーは〈チャールズ王の部屋〉へ行くとき自分が明かりを消したことが頭にあったから、口を滑らせたんじゃな。ベリル嬢に自分の話を裏書きさせようとしていたのは、ヒステリーを起こしたあの娘が、どんなことにもはいそうですと言うだろうと心得ていたからだ。

レインジャーの遺体を見つけたときは自分の喉を掻き切ってやりたいと思ったくらいじゃ」H・Mは憤然と言い放った。「エメリーを問い詰めるだけの分別がわしにあったら！　あのとき、今度こそ尻尾をつかまえてやると自分に言い聞かせた……それでわしは、エメリーを計画に荷担させる振りをした。それでやつがわしに抱いていたかすかな疑いも氷解し、こっちの注文通り罠の中へ歩いていってくれた。マスターズは――エメリーには階段の下にいると言ってあった――実は背後の廊下に隠れていて、明かりが消えるとエメリーがこっそりテーブルの引き出しから銀色のかけらを取るのを見ていた。これでわしは、いつでも好きなときにやつを捕まえることができるのを知った。それで実験終了を告げて……」

H・Mは大儀そうに体を動かした。青表紙の書類を見つめ、デスクにしまい込む。引き出しが音を立てて閉まった。

「これでしまいじゃ」

長いこと誰も口を利かなかった。車の警笛がけだるい午後の空気に乗って漂ってくる。H・

Mはのそりと立ち上がると鉄の金庫へ歩いていき、酒壜とサイフォン、そして三人分のグラスを取り出した。窓を背景に締まりのない巨体が、緑萌える河岸通り《エンバンクメント》、きらきら輝くテムズ川、地平まで大きな弧を描いて広がるロンドンの町並みの上方に浮かび上がる。

「だからもう、お前たちはあの事件のことはすっかり忘れるんじゃな。嬢ちゃん、あんたはあの家でいろいろとつらい目に遭ったが、結婚した今は自由の身じゃ。あんたのご亭主はなかなかいい人間だぞ。何か困ったことがあってこの老いぼれが必要になったら、ひと声かければよい。それまでは……」

「それまでは？」

H・Mはグラスを見つめていた。それから、狂気の所産のような書物、ねじ曲がった絵、一人の男の並外れた頭脳がもたらしたがらくたや戦利品が詰まった部屋を見回す。そして、離れたテーブルの上に散らばるブリキの兵隊たちに目を留めた。そこでは人間についてのある問題が解かれるのを待っていた……

「さあな」そう言って、どっちつかずの身振りをした。「たぶん、ずっとこうやっておるじゃろうな。腰を据えて考えながら……」

〈密室の巨匠《マエストロ》〉のもうひとつのクラシック

森　英俊

本書は、一九三四年に米国のウィリアム・モロー社、その翌年に英国のウィリアム・ハイネマン社より刊行された、*The White Priory Murders* の新訳である。初版のカバーは英米共通で、ひと筋の足跡が玄関へと向かっている〈白い僧院〉の別館〈王妃の鏡《クイーンズ・ミラー》〉での一場面を描いている。とはいえ、本文の内容とはくい違っている箇所もあり、カバーに惹かれて購入した読者はとまどいを覚えたのではないだろうか。

〈密室の巨匠〉の名をほしいままにするジョン・ディクスン・カー（カーター・ディクスン）の、一九三〇年代の代表作とされる『三つの棺』（一九三五）『火刑法廷』（一九三七）『曲がった蝶番』（一九三八）『ユダの窓』（一九三八）あたりに比べると、知名度という点では開きがあるが、作品の質そのものは勝るとも劣らない。まさにこの巨匠にしか書きえない〈足跡のない殺人〉テーマのクラシックであり、百年を超える〈足跡のない殺人〉物の歴史においても燦然と輝いている。

その序文が「密室ミステリ概論」として訳出されている、ロバート・エイディーの不可能犯罪研究書 *Locked Room Murders and Other Impossible Crimes* の改訂増補版（一九九一）によれば、〈足跡のない殺人〉ミステリの嚆矢とされるのは、シャーロック・ホームズ物が絶大な人気を博していた《ストランド・マガジン》の、一九〇三年三月号および四月号に掲載された、「飛んできた死」である。

作者は米国人ジャーナリスト作家のサミュエル・ホプキンズ・アダムズ。砂浜で、鋭利な刃物で殺害された死体が見つかり、なおかつその周辺には、被害者のものを除けば、五本の爪と踵《かかと》を持った生き物の大きな足跡しかないという、〈（人間の）足跡のない殺人〉状況が提示される。蝶の変態を研究中の昆虫学者は、白亜紀に生息していた翼竜プテラノドンのしわざに違いないと、突拍子もない説を主張する……。

エイディーの研究書には二千を超える不可能犯罪物の実例が掲載されているが、〈足跡のない殺人〉やその変種を扱っているのは、全体の五パーセント程度にしかすぎない。実際、「飛んできた死」の三年後に短編集 *Confessions of a Detective* に収録された、判事の御者をつとめる男が空へと連れ去られ、周囲には当人の足跡しかないという、A・H・ルイスの「飛んだ男」のようなごくわずかな追随作はあったものの、黄金時代に入るまで、こうしたテーマの作品はほとんど見当たらない。密室物に比べ、バリエーションがはるかに少なく、トリックの考案も容易ではないことから、さほど創作意欲をかき立てられなかったのだろう。

一九二〇年代に入ると、〈足跡のない殺人〉を扱う作品も目立って増えはじめ、モーリス・ルブランもアルセーヌ・ルパンに雪の上に残された足跡をめぐるトリックを解明させている。この時期に注目すべきは、G・K・チェスタトンの想像力と創意とにあふれた短編群だ。《ナッシズ&ペルマル・マガジン》の一九二一年十二月号に発表されたのち、短編集『詩人と狂人たち』（一九二九）に収められた「鱶《ふか》の影」では、柔らかい砂が一面に広がる浜の真ん中で、裕福な奇人の刺殺体が発見された事件をめぐり、詩人探偵のガブリエル・ゲイルが「僕は初端《はな》から信じていた」「足跡の問題は、この事件のうちで一番単純なことだと」と思いをめぐらす。ブラウン神父も、《ナッシズ・マガジン》の一九二四年二月号に発表されたのち『ブラウン神父の不信』（一九二六）に収められた「翼ある剣」で、雪野原に横たわる黒帽子と黒いマント姿の男の死体の謎に挑む。

カー自身が初めてこのテーマを手がけたのも同じ頃で、一九二七年に匿名で大学の文芸誌に発表したアンリ・バンコラン物の「正義の果て」がそれにあたる。犯人とおぼしき人物が窓から屋敷の外に逃げ出したと思われるのに、雪の上にはなんの跡も残されていないという謎は魅力的で、カーならではのトリックも用いられている。

黄金時代まっさかりの一九三〇年代には、さらに多くの〈足跡のない殺人〉物が書かれるようになる。とはいえ、特殊な手段を用いて足跡を残さない類のものや、足跡にある種の細工を施すといった、安易で陳腐なトリックを用いたものも多く、〈足跡のない殺人〉を物語の中心に据え、なおかつ大人の鑑賞に堪えるようにした長編は、ほとんど見られなかった。そう、本書『白い僧院の殺人』が登場するまでは。

ダグラス・G・グリーンの評伝『ジョン・ディクスン・カー〈奇蹟を解く男〉』（一九九五）によれば、カーは、推理クイズ本 *The Baffle Book*（一九二八）に収められた'Sandy Peninsula Footprint Mystery'（砂浜で見つかった死体をめぐる謎）から、『白い僧院の殺人』の着想を得たという。

それが事実だとすれば、まずは作品の核となるトリックを思いつき、それを最大限に活かすための舞台設定や状況を考え、登場人物らの関係や役割を構築していった、ということになる。カーター・ディクスン名義の前作『黒死荘の殺人』に顕著だったオカルト趣味を一掃し、ペダントリーなどの贅肉を削ぎ落として、ほぼこの足跡をめぐる謎一本で勝負している感があるのは、よほどトリックそのものに自信があったからだろう。

そこにあるのは、単純明快だが、盲点をついていて、やすやすとは見破れない——まさにトリックの理想型ともいうべきもので、結果的に、それまでの〈足跡のない殺人〉物には見られない、画期的な作品ができあがった。

短編ならいざ知らず、長編においてたったひとつのトリックで勝負するのは容易なことではないが、カーは以下のようなさまざまな読みどころを用意して、読者を飽きさせない工夫をしている。

作者の分身ともいうべき米国人青年ジェームズ・ベネットの目を通じて、われわれはその伯父であるヘンリ・メリヴェール卿の魅力あふれる人柄にふれ、ますますこの名探偵に魅了されていく。随所に織り込まれるベネット青年の微笑ましいロマンスは、陰惨な殺人事件のなかにあって一服の清涼剤の役割を果たし、読者の感情移入を誘う。すなわち、くだんの青年の感じる不安や疑惑を読者の側も共有することになるのである。

犬が吠えなかったわけや、その反対の、吠えた理由に関するくだりは、本書における謎解きのもっとも巧妙な部分で、作者がのちにコナン・ドイルの評伝やホームズ物のパスティーシュを手がけていることからしても、犬が吠えなかったのが重要だというホームズ物の短編「〈シルヴァー・ブレーズ〉号の失踪」が念頭にあったことはまちがいない。

遺体の近くに散らばっていたマッチの燃えさしに関する推理も、申し分ない。ただし、凶器をめぐる手がかりだけは、あまりにさりげなく忍ばせてあるがために、それを原註で補足する形になっており、いささか苦しい印象を受けなくもない。

名探偵が謎を解く前に、誤った推理が披露されるというのは、本格物の長編ではよくあるパターンのひとつだが、本書では、誤った推理どうしにある関連性を持たせているところが面白い。

被害者の人となりが殺人の誘因となる点や、〈白い僧院〉に居合わせた風変わりな人々の複雑にからみあった関係性が事件に大きく関わってくる展開も達者なもので、書評家としても一目置かれる存在だったドロシー・L・セイヤーズが、一九三五年七月二十八日付《サンデー・

タイムズ》のミステリ書評欄で『白い僧院の殺人』をその週の第一位に推し、プロットに加えて人物描写を称賛しただけのことはある（『ジョン・ディクスン・カー〈奇蹟を解く男〉』の付録二「ドロシー・L・セイヤーズのカー書評」を参照のこと）。

再読に堪えるのもクラシックたるゆえんで、じっくり読み返してみれば、メリヴェール卿の謎めいた発言の意味も明らかになり、事件関係者たちの表情やふるまいにも、見かけとは違った理由のあったことがわかってくる。

『白い僧院の殺人』が出版されてから、八十余年。この間、密室物などに比べて数こそ多くないが、まるで舞台劇を見せられているかのようなクリスチアナ・ブランドの『自宅にて急逝』（一九四六）、十九世紀の英国で実際にあった、悪魔が雪野原に舞い降りたかのような怪事件を採り入れたノーマン・ベロウの『魔王の足跡』（一九五〇）、『白い僧院の殺人』ばりの謎に挑戦した鮎川哲也の「白い密室」（通報を受けて事件現場に駆けつけた警部や鑑識の技官たちが、『白い僧院の殺人』の方法が用いられたのではないかと検討するくだりも愉しい）、ジョン・L・ブリーンの愉快きわまるカー・パロディ「甲高い囁きの館」、ランドル・ギャレットのSFミステリ「イプスウィッチの瓶」、エドワード・D・ホックのサム・ホーソーン物「ハンティング・ロッジの謎」「雪に閉ざされた山小屋の謎」「巨大ノスリの謎」といった、〈足跡のない殺人〉の秀作が書かれている。

カー自身は本書のあと、『三つの棺』（作中で描かれる三つの不可能犯罪のうちの二番目にあたる「カリオストロ街の問題」)、『テニスコートの殺人』(一九三九)『貴婦人として死す』(一九四三)『引き潮の魔女』(一九六二)といった長編や、「めくら頭巾」「空中の足跡」「見えぬ手の殺人」の三短編で、ふたたびこのテーマに挑んでいる。いずれも大人の鑑賞に堪える作品で、〈密室の巨匠〉の名に恥じない。さまざまな状況下での殺人があり、なおかつトリックにもほとんどくり返しが見られないので、本書に続いて試されてはいかがだろう。

(本稿で言及した作品が収録されているアンソロジーや短編集を、参考までに以下に掲げておく)

＊ロバート・エイディー「密室ミステリ概論」(二階堂黎人編『密室殺人大百科［上］魔を呼ぶ密室』原書房／『密室殺人大百科［上］』講談社文庫)

＊サミュエル・ホプキンズ・アダムズ「飛んできた死」(二階堂黎人・森英俊編『密室殺人コレクション』原書房)

＊A・H・ルイス「飛んだ男」(押川曠編『シャーロック・ホームズのライヴァルたち③』ハヤカワ・ミステリ文庫)

＊ディクスン・カー「正義の果て」(『カー短編全集4 幽霊射手』創元推理文庫)／「めくら頭巾」「空中の足跡」(『カー短編全集1 不可能犯罪捜査課』創元推理文庫)／「見えぬ手の殺人」(『カー短編全集3 パリから来た紳士』創元推理文庫)

＊アーサー・コナン・ドイル「〈シルヴァー・ブレーズ〉号の失踪」(『回想のシャーロック・ホー

ムズ』創元推理文庫）
＊鮎川哲也「白い密室」（北村薫編　鮎川哲也短編傑作選1『五つの時計』創元推理文庫）
＊ジョン・L・ブリーン「甲高い囁きの館」（『巨匠を笑え』ハヤカワ・ミステリ文庫）
＊ランドル・ギャレット「イプスウィッチの瓶」（アシモフ他編『SF九つの犯罪』新潮文庫）
＊エドワード・D・ホック「ハンティング・ロッジの謎」「雪に閉ざされた山小屋の謎」（『サム・ホーソーンの事件簿Ⅲ』創元推理文庫）／「巨大ノスリの謎」（『サム・ホーソーンの事件簿Ⅵ』創元推理文庫）

図版作成　ＴＳスタジオ

訳者紹介　1957年茨城県生まれ。東京大学、同大学院人文研究科に学ぶ。英米文学翻訳家。共訳書にディクスン「黒死荘の殺人」、訳書に同「殺人者と恐喝者」「ユダの窓」「貴婦人として死す」がある。

白い僧院の殺人

2019年6月28日　初版
2025年5月30日　3版

著　者　カーター・ディクスン
訳　者　高《たか》沢《さわ》　治《おさむ》

発行所　(株)東京創元社
代表者　渋谷健太郎

162-0814 東京都新宿区新小川町1-5
電　話　03・3268・8231-営業部
　　　　03・3268・8201-代　表
URL　https://www.tsogen.co.jp
暁印刷・本間製本

乱丁・落丁本は、ご面倒ですが小社までご送付ください。送料小社負担にてお取替えいたします。

ISBN978-4-488-11846-4　C0197

鮎川哲也短編傑作選 I

BEST SHORT STORIES OF TETSUYA AYUKAWA vol.1

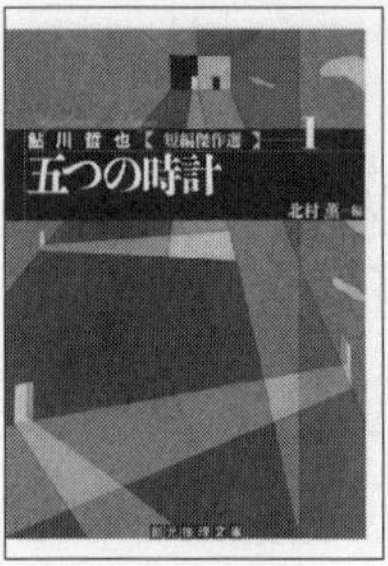

五つの時計

鮎川哲也　北村薫 編

創元推理文庫

◆

過ぐる昭和の半ば、探偵小説専門誌〈宝石〉の刷新に
乗り出した江戸川乱歩から届いた一通の書状が、
伸び盛りの駿馬に天翔る機縁を与えることとなる。
乱歩編輯の第一号に掲載された「五つの時計」を始め、
三箇月連続作「白い密室」「早春に死す」
「愛に朽ちなん」、花森安治氏が解答を寄せた
名高い犯人当て小説「薔薇荘殺人事件」など、
巨星乱歩が手ずからルーブリックを附した
全短編十編を収録。

◆

収録作品＝五つの時計，白い密室，早春に死す，
愛に朽ちなん，道化師の檻，薔薇荘殺人事件，
二ノ宮心中，悪魔はここに，不完全犯罪，急行出雲